MATÉRIA ESCURA

MATÉRIA ESCURA
BLAKE CROUCH

Tradução de Alexandre Raposo

INTRÍNSECA

Copyright © 2016 by Blake Crouch

Agradecimento especial pelo uso de "Burnt Norton", de T. S. Eliot. Tradução livre. Trecho de Mark Twain retirado de *O estranho misterioso*, editora Axis Mvndi, São Paulo, 1999, tradução de Merle Scoss.

TÍTULO ORIGINAL
Dark Matter

PREPARAÇÃO
Natalia Klussmann

REVISÃO
Taís Monteiro
Cristiane Pacanowski

DIAGRAMAÇÃO
Ilustrarte Design e Produção Editorial

ARTE DE CAPA
Christopher Brand

ADAPTAÇÃO DE CAPA
Antonio Rhoden e Lázaro Mendes

CIP-BRASIL. CATALOGAÇÃO NA PUBLICAÇÃO
SINDICATO NACIONAL DOS EDITORES DE LIVROS, RJ

C958m
2. ed.

    Crouch, Blake, 1978-
      Matéria escura / Blake Crouch ; tradução Alexandre Raposo. - 2. ed. - Rio de Janeiro : Intrínseca, 2023.
      352 p. ; 23 cm.

    Tradução de: Dark matter
    ISBN 978-65-5560-655-3

    1. Ficção americana. 2. Ficção científica americana. I. Raposo, Alexandre. II. Título.

23-83902
CDD: 813
CDU: 82-311.9(73)

Meri Gleice Rodrigues de Souza - Bibliotecária - CRB-7/6439

[2023]

Todos os direitos desta edição reservados à
EDITORA INTRÍNSECA LTDA.
Av. das Américas, 500, bloco 12, sala 303
22640-904 – Barra da Tijuca
Rio de Janeiro – RJ
Tel./Fax: (21) 3206-7400
www.intrinseca.com.br

Para todos aqueles que já se perguntaram como teria sido sua vida se tivessem pegado a outra estrada.

O que poderia ter sido e o que foi

Apontam para um único fim, sempre presente.

Passos ecoam na memória

Pelo caminho não escolhido

Rumo à porta que nunca abrimos.

— T. S. Eliot, "Burnt Norton"

UM

Adoro as noites de quinta-feira.

Parecem suspensas no tempo.

É uma tradição nossa, só nós três: a noite em família.

Meu filho, Charlie, está sentado à mesa desenhando num bloco grande. O garoto tem quase quinze anos. Cresceu cinco centímetros nos últimos meses e agora está da minha altura.

Paro de cortar a cebola por um momento e me viro para ele.

— Posso ver?

Charlie ergue o bloco de desenho e me mostra uma cadeia de montanhas que parece a paisagem de outro planeta.

— Adorei — digo. — Fez só por fazer?

— Trabalho da escola. Para amanhã.

— Então continue, seu atrasadinho.

Aqui neste momento, feliz e ligeiramente embriagado em minha cozinha, nem imagino que hoje à noite tudo isso acabará. Será o fim de tudo que conheço, tudo que amo.

Não há avisos quando tudo está prestes a mudar, a ser tomado de você. Nenhum alerta de proximidade, nenhuma placa indicando a beira do precipício. E talvez seja isso o que torna a tragédia tão trágica. Não é apenas o que acontece, mas *como* acontece: um soco que vem do nada, quando você menos espera. Não dá tempo de se esquivar ou se proteger.

Os spots de luz brilham na superfície do vinho e a cebola está começando a fazer meus olhos arderem. Na sala, um disco de Thelonious Monk gira na vitrola. O som das gravações analógicas é de uma riqueza que nunca me cansa, em especial o crepitar da estática entre uma faixa e outra. Pilhas e mais pilhas de vinis raros enchem a sala. Vivo prometendo a mim mesmo que algum dia vou tirar um tempinho para organizar tudo.

Minha esposa, Daniela, está sentada ao balcão da cozinha, girando a taça de vinho quase vazia numa das mãos e mexendo no celular com a outra. Ela sente meu olhar e sorri, sem tirar os olhos da tela.

— Eu sei, estou violando o princípio fundamental da noite em família.

— O que tem aí de tão importante? — pergunto.

Daniela ergue seus olhos escuros de espanhola.

— Nada.

Vou até ela, pego calmamente o celular de sua mão e o coloco na bancada.

— Você podia fazer o macarrão — digo.

— Prefiro ver você cozinhar.

— Ah, é? — Depois, mais baixo: — Fica excitada?

— Não. É que é mais divertido ficar só bebendo, sem fazer nada.

Sinto seu hálito adocicado pelo vinho, e ela abre aquele seu sorriso arquitetonicamente impossível, que ainda me deixa louco.

Termino minha taça.

— Mais uma garrafa?

— Acho que é nosso dever.

Enquanto manipulo o saca-rolhas, ela volta a pegar o celular para me mostrar a tela.

— Estava lendo uma crítica da *Chicago Magazine* sobre a exposição de Marsha Altman.

— Foram bonzinhos com ela?

— Aham. Quase uma carta de amor.

— Que bom para ela.

— Sempre achei que...

Ela não termina a frase, mas nem precisa. Quinze anos atrás, antes de nos conhecermos, Daniela era uma promessa no cenário artístico de Chicago. Tinha um estúdio em Bucktown, já exibira seus trabalhos em uma meia dúzia de galerias e acabara de conseguir sua primeira exposição individual em Nova York. Então veio a vida. Eu. Charlie. Uma incapacitante depressão pós-parto.

Descarrilamento.

Hoje, ela dá aulas particulares de arte para alunos do fundamental.

— Não é que eu não fique feliz por ela. Marsha é brilhante, ela merece.

— Caso sirva de consolo, esses dias mesmo Ryan Holder ganhou o Pavia — comento.

— O que é isso?

— Um prêmio multidisciplinar, concedido por realizações nas ciências físicas e naturais. No caso de Ryan, foi por um trabalho em neurociência.

— E ganha uma bolada?

— Um milhão de dólares. Honrarias. Financiamentos de pesquisas.

— Assistentes gostosas?

— Esse é o maior prêmio, claro. — Então, acrescento: — Ryan me chamou para uma comemoração informal hoje, mas eu nem vou.

— Por quê?

— Porque hoje é a nossa noite.

— Devia ir.

— Prefiro ficar aqui, de verdade.

Daniela ergue a taça vazia.

— Então você está me dizendo que hoje nós dois temos bons motivos para beber muito.

Dou um beijo nela e encho sua taça com o vinho que acabei de abrir.

— Você podia ter ganhado esse prêmio — diz Daniela.

— Você podia ser o maior nome no cenário artístico desta cidade.

— Mas fizemos isto. — Ela indica o amplo espaço em volta, referindo-se à nossa casa de pé-direito alto. Comprada com o dinheiro da herança que ganhei numa época pré-Daniela. — E aquilo — acrescenta, apontando para Charlie.

Ele desenha com uma intensidade tão linda que lembra a mãe quando está concentrada em alguma pintura.

É estranho ter um filho adolescente. Uma coisa é criar um menininho, e outra, completamente diferente, é uma pessoa quase adulta esperar que você a ensine a viver. Sinto que tenho pouco a oferecer. Sei que alguns pais enxergam o mundo com clareza e confiança, que sabem exatamente o que dizer aos filhos, mas não sou um deles. Quanto mais envelheço, menos entendo as coisas. Amo meu filho. Charlie é tudo para mim. No entanto, não consigo fugir à sensação de que estou em falta com ele. Lançando-o aos lobos sem nenhum recurso além das migalhas de minha perspectiva incerta.

Abro o armário ao lado da pia e começo a procurar um pacote de fettuccine.

— Seu pai podia ter ganhado o Nobel — diz Daniela a Charlie.

Dou uma risada.

— Isso é um exagero.

— Não deixe que ele engane você, Charlie. Seu pai é um gênio.

— São seus olhos — respondo. — E o vinho.

— É verdade, você sabe que é. A ciência não avança mais por sua culpa, porque você ama sua família.

Só me resta sorrir. Quando Daniela bebe, três coisas acontecem: seu sotaque original aflora, ela se torna agressivamente gentil e tudo que fala tende à hipérbole.

— Seu pai me disse uma vez... nunca vou esquecer... que a pesquisa científica consome a vida de uma pessoa. Ele disse...

Por um instante, para minha surpresa, a emoção toma conta de Daniela. Seus olhos ficam marejados e ela balança a cabeça rapidamente, como sempre faz quando sente que está prestes a chorar. No último segundo, ela contém as lágrimas.

— Ele me disse: "No meu leito de morte, quero me lembrar de vocês, não de um laboratório frio e asséptico."

Olho para Charlie e o flagro fazendo uma careta enquanto desenha.

Provavelmente constrangido com nossa excessiva demonstração sentimental.

Fico olhando para o interior do armário enquanto espero o nó na garganta desatar.

Quando passa, pego o macarrão e fecho o armário.

Daniela toma o vinho.

Charlie desenha.

O momento passa.

— Onde é a festa do Ryan? — pergunta Daniela.

— No Village Tap.

— É o seu bar preferido, Jason.

— E daí?

Ela se aproxima e pega o pacote de macarrão da minha mão.

— Vá tomar um drinque com seu velho amigo de faculdade. Diga que está orgulhoso dele. Cabeça erguida. E dê os parabéns por mim.

— Não vou dar seus parabéns.

— Por que não?

— Porque ele tem uma queda por você.

— Para com isso.

— É sério. Há um tempão. Desde a faculdade. Não se lembra da última festa que demos no alojamento? Quando ele ficou tentando beijar você?

Ela apenas ri.

— O jantar vai estar na mesa quando você voltar — diz.

— Ou seja, tenho que voltar em…

— Quarenta e cinco minutos.

— O que seria de mim sem você?

Ela me dá um beijo.

— Não vamos pensar nisso.

Pego minhas chaves e a carteira no prato de cerâmica que fica ao lado do micro-ondas e vou até a sala. Meus olhos passam brevemente pela luminária de hipercubo acima da mesa de jantar, um presente de Daniela quando completamos dez anos de casados. O melhor que já ganhei.

Quando chego à porta, ela grita:

— Traz sorvete!

— De flocos! — acrescenta Charlie.

Faço sinal de positivo com o polegar.

Não olho para trás.

Não me despeço.

E o momento passa despercebido.

O fim de tudo que conheço, tudo que amo.

Moro no bairro de Logan Square há vinte anos e não existe nada melhor que a primeira semana de outubro, que sempre me lembra aquela frase de Scott Fitzgerald: *A vida recomeça quando tudo fica fresco no outono.*

A noite está fria, e vejo um punhado de estrelas no céu limpo. Os bares estão mais agitados que de costume, cheios de torcedores do Cubs decepcionados com o resultado.

Paro na calçada sob o brilho espalhafatoso do letreiro piscante que anuncia village tap e olho pela porta aberta do típico bar de esquina de Chicago, presente em qualquer bairro que se preze. E este, por acaso, é o meu bar de esquina. É o mais próximo da minha casa; apenas alguns quarteirões.

Passo sob o brilho azul do letreiro neon ao entrar.

Matt, o barman e proprietário, me cumprimenta com um aceno de cabeça enquanto abro caminho entre o monte de gente em volta de Ryan Holder.

— Acabei de contar a Daniela — digo a ele.

Ryan sorri, arrumado com esmero para seu circuito de palestras: em forma e bronzeado numa camisa preta de gola rulê, os pelos faciais aparados primorosamente.

— Minha nossa, como é bom ver você! Fico honrado por ter vindo. Querida — ele toca o ombro nu da jovem sentada na banqueta ao seu lado —, se importa de emprestar seu lugar por um minuto para um velho amigo?

A mulher se levanta prontamente. Assumo o lugar dela ao lado de Ryan.

Ele chama o barman.

— Vamos querer duas doses da sua garrafa mais cara.

— Não precisa disso, Ryan.

Ele aperta meu braço.

— Hoje vamos beber o que há de melhor.

Matt se aproxima.

— Tenho um Macallan vinte e cinco anos.

— Duplos. Na minha conta.

Quando o barman se afasta, Ryan me dá um soco no braço. Dos fortes. À primeira vista, ele não faz muito o tipo cientista. Era jogador de lacrosse na época da faculdade e conserva os ombros largos e a facilidade de movimentos de um atleta nato.

— Como vão Charlie e a encantadora Daniela?

— Estão ótimos.

— Por que não a trouxe? Não vejo Daniela desde o Natal.

— Ela mandou parabéns.

— Você tem uma esposa incrível. Mas isso não é bem uma novidade.

— Quais são as chances de você se casar num futuro próximo?

— Poucas. Acho que a vida de solteiro me cai bem, com suas consideráveis vantagens. Você continua na Lakemont College?

— Aham.

— É uma boa universidade. Graduação, não é isso?

— Exato.

— Então você leciona...

— Física quântica. O básico. Nada muito sensacional.

Matt volta trazendo nosso pedido. Ryan pega os copos das mãos dele e coloca o meu na minha frente.

— E essa festa...? — pergunto.

— Foram uns alunos meus da pós que vieram com essa ideia. O que eles querem é me deixar bêbado e me ver fazendo discurso.

— Está tendo um ótimo ano, hein? E pensar que você quase foi reprovado em equações diferenciais.

— E você salvou minha pele. Mais de uma vez.

Por um segundo eu vejo, por trás da pose confiante de Ryan, o garoto bobo que só queria saber de se divertir e que por um ano e meio dividiu comigo um quarto nojento no alojamento da faculdade.

— Esse prêmio foi pelo seu trabalho em...?

— Identificação do córtex pré-frontal como gerador de consciência.

— Ah, sim. Claro. Eu li seu artigo.

— E o que achou?

— Fascinante.

Ele parece genuinamente satisfeito com o elogio.

— Para ser sincero, Jason, sem falsa modéstia, sempre achei que seria você quem publicaria ensaios canônicos.

— Sério?

Ele me olha por sobre a armação de plástico preto dos óculos.

— Claro. Você é mais inteligente que eu. Todo mundo sempre soube disso.

Tomo um gole do uísque. Tenho que me conter para não comentar como é delicioso.

— Só uma pergunta — continua Ryan. — Hoje em dia, você se vê mais como pesquisador ou como professor?

— Eu...

— Porque eu me vejo, antes de tudo, como um homem em busca de respostas para perguntas fundamentais. Se as pessoas à minha volta — ele faz um gesto indicando os alunos que começam a se aproximar — conseguirem absorver meu conhecimento por mera proximidade, ótimo. Mas a transmissão do conhecimento, por assim dizer, não me interessa. Só o que me importa é a ciência. A pesquisa científica.

Detecto uma faísca de aborrecimento na voz dele, talvez raiva, e está aumentando, como se ele estivesse se irritando com alguma coisa.

Tento quebrar a tensão forçando o humor.

— Está chateado comigo, Ryan? Parece até que você acha que o decepcionei.

— Olha, eu dei aula no MIT, em Harvard, na Johns Hopkins, nas melhores universidades do planeta. Conheci os filhos da puta mais inteligentes por aí, e, Jason, você teria mudado o mundo se tivesse optado por esse caminho. Se tivesse ido em frente. Mas não: está ensinando física elementar para futuros médicos e advogados de patentes.

— Nem todos podem ser grandes estrelas como você, Ryan.

— Claro, sempre há os que desistem.

Termino meu uísque.

— Que bom que eu vim até aqui para isso.

Desço da banqueta.

— Deixa disso, Jason. Eu estava fazendo um elogio.

— Estou orgulhoso de você, cara. De verdade.

— Jason...

— Obrigado pela bebida.

Saio do bar e sigo pela calçada. Quanto mais me distancio de Ryan, maior é minha raiva.

Raiva de quem? Nem sei direito.

Sinto meu rosto quente.

Fios de suor descem pelo meu corpo.

Sem pensar, saio da calçada para cruzar a faixa de pedestres. Na mesma hora vem o ruído de pneus travando, de borracha arranhando o asfalto.

Eu me viro e fico olhando, incrédulo, para o táxi amarelo que vem desabalado na minha direção.

Vejo claramente o motorista através do para-brisa cada vez mais próximo: um homem de bigode, o pânico cru nos olhos arregalados, preparando-se para o impacto.

No segundo seguinte, minhas mãos estão espalmadas no metal quente e amarelo do capô, o taxista com o corpo para fora da janela, gritando:

— Seu merda, você quase morreu! Olha por onde anda, babaca!

Buzinas começam a berrar atrás do táxi.

Volto para a calçada e acompanho enquanto o tráfego volta a fluir.

Os ocupantes de três carros diferentes fazem a gentileza de reduzir ao passarem, só para me mostrar o dedo do meio.

O Whole Foods tem o mesmo cheiro de uma garota hippie que namorei antes de Daniela: uma mistura de vegetais frescos, café moído e óleos essenciais.

O susto com o táxi abrandou meu ímpeto. Apático e lento, dou uma olhada nos produtos das geladeiras numa espécie de dormência.

De volta à rua, percebo que esfriou, um vento forte soprando do lago — pressagiando o inverno maldito que nos espera logo ali na esquina.

Com a sacola de compras cheia de sorvete, pego um caminho diferente para casa. São seis quarteirões a mais a percorrer, mas o prejuízo de tempo me recompensa em solidão. Depois dos incidentes com o táxi e com Ryan, preciso ficar um pouco sozinho para me recompor.

Passo por um canteiro de obras vazio, claro, pois é noite, e, alguns quarteirões adiante, pela escolinha que meu filho frequentou quando criança. O metal do escorrega reluz sob a lâmpada de um poste e os balanços oscilam de leve ao sabor da brisa.

Essas noites de outono carregam uma energia que desperta algo primal dentro de mim. Algo de muito tempo atrás. Da minha infância em Iowa. Relembro as partidas de futebol americano na escola, a luz forte dos refletores do estádio jorrando sobre os jogadores. Sinto o cheiro das maçãs quase maduras, o azedo da cerveja nas festas que rolavam nos campos de milho. Sinto o vento batendo em meu rosto enquanto cruzo uma estradinha rural à noite na caçamba de uma velha picape, a terra subindo em redemoinhos vermelhos à luz dos faróis traseiros, toda a extensão da minha vida se espreguiçando lá na frente.

É a grande beleza da juventude.

A ausência de peso que a tudo permeia porque ainda não houve nenhuma escolha errada, nenhum caminho tomado, e a estrada que se bifurca num ponto adiante é cheia de puras e ilimitadas possibilidades.

Eu amo minha vida, mas faz muito, muito tempo que não sinto essa leveza do ser. As noites de outono como a de hoje são o mais próximo que tenho disso.

O frio está começando a clarear minha mente.

Vai ser bom chegar em casa. Podemos acender a lareira. Nunca a acendemos antes do Halloween, mas a temperatura hoje está tão excepcionalmente baixa que, depois de caminhar dois quilômetros nesse vento, tudo o que eu quero é ficar sentado junto à lareira com Daniela, Charlie e uma taça de vinho.

A rua passa por baixo dos trilhos elevados do metrô.

Caminho sob a estrutura de ferro oxidado.

Para mim, o elevado da Linha L personifica Chicago, mais do que a própria silhueta dos prédios no horizonte.

Este é meu trecho preferido do caminho, porque é o trecho de maior silêncio e maior escuridão.

Por enquanto...

Nenhum trem se aproxima.

Nenhum farol de automóvel em nenhuma direção.

Nenhum ruído de bar.

Nada afora o som distante de um avião sobrevoando a cidade, na aproximação final para pousar no O'Hare.

Espere...

Alguém se aproxima — passos na calçada.

Olho para trás.

Uma sombra corre até mim, a distância entre nós se reduzindo a uma velocidade maior que minha rapidez em processar o que está acontecendo.

A primeira coisa que vejo é um rosto.

Branco demais.

Sobrancelhas tão altas e arqueadas que parecem desenhadas.

Lábios vermelhos, franzidos — muito finos, muito perfeitos.

E olhos horripilantes — grandes e pretos, sem pupila nem íris.

A segunda coisa que vejo é o cano de uma arma, a dez centímetros do meu nariz.

Uma voz baixa e áspera surge por trás da máscara de gueixa.

— Vire-se.

Hesito, atordoado.

A arma toca meu rosto.

Eu me viro.

Nem tenho tempo de dizer que minha carteira está no bolso esquerdo do casaco.

— Não quero seu dinheiro. Ande.

Eu ando.

— Mais rápido.

Vou mais rápido.

— O que você quer? — pergunto.

— Calado.

Um trem passa rugindo sobre nossas cabeças. Emergimos da escuridão sob o elevado, meu coração desvairado dentro do peito. Absorvo os arredores com uma súbita e intensa curiosidade. Do outro lado da rua há um condomínio fechado, enquanto este lado compreende uma série de empresas que encerram o expediente às cinco.

Um salão de beleza.

Um escritório de advocacia.

Uma oficina de conserto de eletrodomésticos.

Uma loja de artigos automotivos.

Este bairro é uma cidade fantasma, ninguém na rua.

— Está vendo aquele SUV? — pergunta o homem.

Tem um Lincoln Navigator preto estacionado logo adiante. O controle do carro emite um bipe.

— Vá para o banco do motorista.

— Seja lá o que você esteja pensando em fazer...

— Ou pode ficar aqui e sangrar até morrer.

Abro a porta do lado do motorista e me sento ao volante.

— Minhas compras — digo.

— Pegue. — Ele entra atrás de mim. — Ligue o carro.

Fecho a porta e coloco a sacola do Whole Foods no piso, em frente ao banco do passageiro. Está tão silencioso dentro do carro que chego a ouvir meus batimentos cardíacos. Um pulsar rápido em meus tímpanos.

— O que está esperando? — pergunta o sujeito.

Aciono a ignição.

— Ligue o GPS.

Eu ligo.

— Clique em "últimos destinos".

Como nunca tive GPS embutido, demoro um pouco para entender como mexer no aparelho.

Surgem três locais.

Um deles é o endereço da minha casa. Outro, a universidade onde trabalho.

— Você andou me seguindo? — pergunto.

— Selecione a Pulaski Drive.

Seleciono Pulaski Drive, 1400, Chicago, Illinois, 60616. Não faço ideia de onde fica isso. A voz eletrônica feminina me instrui: *Pegue o próximo retorno e siga por 1,2 quilômetro.*

Engato a marcha e faço o retorno na rua escura.

— Coloque o cinto — ordena o homem atrás de mim.

Obedeço. Ele também põe o cinto.

— Jason, vamos deixar bem claro o seguinte: se você fizer qualquer coisa que não seja exatamente o que eu digo, eu atiro daqui mesmo. Está me entendendo?

— Sim.

Dirijo pelas ruas do meu bairro, me perguntando se é a última vez que verei tudo isso.

Paro no sinal vermelho diante do meu bar de esquina. Através do insulfilme da janela, vejo que ainda não fechou. Lá estão Matt e, no meio da multidão, Ryan, agora sentado de costas para o balcão, os cotovelos apoiados na madeira arranhada do balcão, o centro das atenções de seus pós-graduandos. Provavelmente, encantando-os com uma assustadora história moralista de fracasso estrelada por seu ex-colega de faculdade.

Tenho vontade de chamá-lo. Fazê-lo entender que estou correndo perigo. Que preciso...

— Sinal verde, Jason.

Atravesso o cruzamento.

O GPS nos faz cruzar a Logan Square até a Kennedy Expressway, onde a indiferente voz feminina me instrui: *Vire à direita a trinta metros e siga por trinta e dois quilômetros.*

O tráfego tranquilo me permite alcançar cento e dez quilômetros por hora e manter tal velocidade. Minhas mãos suam no volante de couro e não paro de me perguntar: será que vou morrer esta noite?

Caso eu sobreviva, levarei uma nova revelação pelo resto de meus dias, a de que deixamos esta vida da mesma forma como chegamos: completamente sozinhos, despojados. Estou com medo, e não há nada que Daniela, Charlie ou qualquer outra pessoa possa fazer para me ajudar neste momento em que preciso deles mais do que nunca. Ninguém sequer sabe o que está acontecendo comigo.

A interestadual contorna o limite ocidental da cidade. As luzes da Willis Tower e de sua ninhada de arranha-céus menores emite uma calidez serena na noite fria.

Minha mente se agita sob o pânico e o medo angustiantes, tentando de tudo para decifrar o que está acontecendo.

Meu endereço está no GPS. Portanto, não foi uma abordagem ao acaso. Este homem estava me seguindo. Ele me conhece. Por isso, alguma ação de minha parte determinou tal resultado.

Mas qual?

Não sou rico.

Minha vida não tem valor algum senão para mim e meus entes queridos.

Nunca fui preso, nunca cometi um crime.

Nunca dormi com uma mulher casada.

Claro que vez ou outra mostro o dedo do meio no trânsito, mas estamos em Chicago.

A última e única altercação física em que me envolvi foi no sexto ano, quando dei um soco no nariz de um colega de turma que derramou leite na minha camisa.

Nunca prejudiquei ninguém; não no sentido mais significativo do termo. Não a ponto de acabar dirigindo um carro estranho com uma arma apontada para minha nuca.

Sou um físico nuclear que dá aulas numa faculdade pequena.

Trato meus alunos, mesmo os piores da turma, com todo o respeito. Se alguns não conseguiram passar em minha matéria, foi só porque não deram a mínima, e eu não poderia jamais ser acusado de ter arruinado a vida de algum deles. Faço *tudo e mais um pouco* para aprová-los.

A cidade encolhe no retrovisor, cada vez mais distante, como um trecho de litoral familiar e reconfortante.

Arrisco falar com ele.

— Eu fiz alguma coisa contra você no passado? Ou contra a pessoa para quem você trabalha? É que não estou entendendo o que você pode querer de...

— Quanto mais você falar, pior vai ser para você.

Pela primeira vez, detecto algo familiar na voz do homem. Não lembro quando nem onde, mas é certo que nos conhecemos. Tenho certeza.

Sinto o celular vibrar ao receber uma mensagem.

E outra.

E mais outra.

Ele esqueceu de pegar meu celular.

Olho as horas no GPS: nove e cinco.

Saí de casa há pouco mais de uma hora. É Daniela, sem dúvida, querendo saber onde estou. Estou quinze minutos atrasado, e eu nunca me atraso.

Olho pelo retrovisor, mas está muito escuro, só vejo um pedaço do branco fantasmagórico da máscara. Faço um teste. Tiro a mão esquerda do volante, pouso-a no colo e conto até dez.

Ele não diz nada.

Ponho a mão de volta no volante.

A voz computadorizada rompe o silêncio: *Em sete quilômetros, vire à direita na 87th Street.*

Tiro a mão esquerda do volante de novo, devagar.

Mas desta vez a enfio no bolso da calça. O celular está bem no fundo. Só consigo tocá-lo com a ponta dos dedos médio e indicador, mas é suficiente para pinçar o aparelho.

Milímetro por milímetro, puxo-o para fora, a capinha de borracha resistindo em cada dobra de tecido, e agora a vibração se prolonga entre meus dedos: uma chamada.

Quando finalmente consigo tirar o celular do bolso, coloco-o no colo, com a tela para cima, e devolvo a mão ao volante.

Quando a voz do GPS informa a nova distância até a próxima entrada, dou uma olhada no celular.

Uma chamada perdida de "Dani" e três mensagens.

> DANI 2 min atrás
> Jantar na mesa

> DANI 2 min atrás
> Vem logo estamos MORRENDO DE FOME!

> DANI 1 min atrás
> Vc se perdeu? :)

Volto a me concentrar na estrada, imaginando se dá para ver o brilho do meu celular do banco traseiro.

A tela escurece.

Baixo a mão, clico no botão principal e deslizo o dedo na tela. Digito minha senha de quatro dígitos, clico no ícone verde de MENSAGENS. A de Daniela é a primeira. Quando a abro, meu sequestrador se mexe atrás de mim.

Volto as duas mãos para o volante.

Em três quilômetros, vire à direita na 87th Street.

Os segundos se passam, o bloqueio de tela é acionado, a luz do aparelho se apaga.

Merda.

Baixo a mão de novo, digito a senha e começo a digitar a mensagem mais importante da minha vida, o dedo passeando desajeitado pela tela, cada palavra exigindo duas ou três tentativas para vencer o desastre que é o corretor ortográfico.

O cano da arma aperta minha nuca.

Com o susto que levo, o carro vai para outra faixa.

— O que você está fazendo, Jason?

Giro o volante com apenas uma das mãos, endireitando o carro na faixa, enquanto levo a outra ao celular tentando alcançar a tecla ENVIAR.

O homem se enfia entre os bancos dianteiros, tateia minha cintura com a mão enluvada, arranca o celular de mim.

A cento e cinquenta metros, vire à direita na 87th Street.

— Qual é a senha, Jason? — Como não respondo, ele continua: — Já sei. Mês e ano do seu aniversário, de trás para a frente? Vamos ver... três, sete, dois, um. Arrá!

Pelo retrovisor, vejo a máscara do homem ser iluminada pela tela do celular.

Ele lê a mensagem que fui impedido de enviar:

— "Pulaski 1400 chame a po..." Que feio, hein.

Pego a saída indicada. O GPS avisa: *Vire à esquerda na 87th Street e siga por seis quilômetros.*

Entramos na região sul de Chicago, atravessando um bairro desolado não muito amigável a visitantes.

Passamos por alojamentos de operários.

Conjuntos residenciais.

Parques vazios com balanços enferrujados e aros de basquete sem rede.

Lojas trancadas até o dia seguinte, protegidas por portões reforçados.

Pichações de gangues por toda parte.

— Dani ou Daniela? Como você chama?

Minha garganta se fecha.

Raiva, medo e impotência crescendo dentro de mim.

— Jason, eu fiz uma pergunta.

— Vai para o inferno.

Ele se aproxima mais, suas palavras exalando um hálito quente em meu ouvido:

— Você não vai querer fazer esse joguinho comigo. Vou te machucar mais do que alguém já te machucou. Uma dor que você nem imaginava que era possível sentir. Agora: como você chama sua mulher?

Trinco os dentes.

— Daniela.

— Nunca "Dani"? Mesmo estando registrado assim no seu celular?

Eu me sinto tentado a fazer o carro capotar em alta velocidade e simplesmente matar nós dois.

— Quase nunca — respondo. — Ela não gosta.

— O que tem na sacola?

— Por que você quer saber como eu a chamo?

— O que tem na sacola?

— Sorvete.

— É a noite em família, não é?

— Sim.

Pelo retrovisor, vejo-o digitando no meu celular.

— O que está escrevendo? — pergunto.

Ele não responde.

Já fora do gueto, atravessamos uma terra de ninguém que nem parece Chicago. A cidade é apenas uma mancha de luz no horizonte distante. As casas aqui estão em ruínas, sem luz e sem vida. Tudo abandonado há muito tempo.

Atravessamos um rio e nos deparamos com o lago Michigan logo adiante. A extensão negra demarca com perfeição os limites deste deserto urbano.

Como se o mundo terminasse bem aqui.

E talvez o meu termine mesmo.

Vire à direita na Pulaski Drive e siga por um quilômetro até seu destino.

Ele ri sozinho.

— Cara, você tá frito com a patroa.

Aperto o volante com força.

— Quem era aquele homem que estava bebendo com você hoje à noite, Jason? Não deu para ver do lado de fora.

Está muito escuro aqui na fronteira de Chicago com Indiana.

Passamos por ruínas de fábricas e pátios ferroviários desativados.

— Jason...

— Ryan Holder. Ele foi meu...

— Colega de quarto.

— Como sabe disso?

— Vocês são próximos? Não estou vendo o nome dele nos seus contatos.

— Não muito. Como você...?

— Eu sei quase tudo sobre você, Jason. Vamos dizer que me tornei um especialista na sua vida.

— Quem é você?

Você chegará ao seu destino em cento e cinquenta metros.

— Quem é você?

O homem não responde, mas minha atenção está começando a se desviar dele para os arredores cada vez mais ermos.

O asfalto corre sob a luz dos faróis.

Nada atrás de nós.

Nada à frente.

O lago à minha esquerda, armazéns desocupados à direita.

Você chegou ao seu destino.

Paro o carro no meio da estrada.

Ele diz:

— A entrada é ali na frente, à esquerda.

Os faróis iluminam um trecho bambo de alambrado de três metros e meio de altura com uma coroa enferrujada de arame farpado. O portão está entreaberto. A corrente que um dia o trancou foi cortada e jogada no mato à beira da estrada.

— É só empurrar o portão com o para-choque.

O rangido alto do portão se abrindo nos alcança mesmo no interior quase à prova de som do SUV. Os cones de luz revelam então os restos de uma estrada, o asfalto rachado e deformado por anos de invernos rigorosos.

Ligo o farol alto.

A luz varre um estacionamento coberto de postes caídos. São como palitos de fósforo espalhados.

Do outro lado se ergue uma ampla estrutura.

O prédio castigado pelo tempo tem uma fachada de tijolinhos e, de cada lado, um enorme tanque cilíndrico e duas chaminés industriais de trinta metros de altura espetando o céu.

— Que lugar é esse? — pergunto.

— Pare o carro e desligue o motor.

Eu paro o carro e desligo o motor.

Faz-se um silêncio mortal.

— Que lugar é esse? — pergunto outra vez.

— Quais são seus planos para sexta-feira?

— Hein?

Um forte impacto na lateral do crânio me lança sobre o volante, atordoado, e por uma fração de segundo eu me pergunto se é esta a sensação de ser baleado na cabeça.

Mas não, foi só uma coronhada.

Levo a mão ao ponto atingido.

Meus dedos voltam pegajosos de sangue.

— Amanhã. O que você vai fazer amanhã?

Amanhã. Parece um conceito estranho.

— Eu vou... dar uma prova para a turma 3316.

— O que mais?

— Mais nada.

— Tire a roupa.

Olho pelo retrovisor.

Por que raios ele quer que eu fique nu?

— Se você pretendia alguma coisa — diz ele —, devia ter tentado enquanto estava no controle do carro. Daqui por diante, você é meu. Agora tire a roupa, e se eu tiver que repetir isso, você vai lamentar. Muito.

Tiro o cinto de segurança.

Enquanto abro o zíper e tiro meu casaco cinza com capuz, me agarro a um único fio de esperança: ele ainda está de máscara, para que eu não veja seu rosto. Não se importaria com isso se estivesse planejando me matar.

Certo?

Desabotoo a camisa.

— O sapato também?

— *Tudo*.

Tiro o tênis, as meias.

Desço pelas pernas a calça e a cueca boxer.

Por fim, minhas roupas formam uma pilha no banco do carona.

Eu me sinto vulnerável.

Exposto.

Estranhamente, envergonhado.

E se ele tentar me estuprar? Será que é essa sua intenção desde o início?

Ele deixa uma lanterna no console.

— Saia do carro.

Só então me dou conta de que vejo o interior do carro como uma espécie de bote salva-vidas. Enquanto eu estiver ali dentro, ele não poderá me causar ferimentos graves.

Ele não vai fazer sujeira ali dentro.

— Jason...

Estou ofegante, começando a hiperventilar, pontos pretos explodindo em meu campo de visão.

— Eu sei o que está pensando — diz ele. — Mas nada me impede de machucar você dentro desse carro.

Não estou obtendo oxigênio suficiente. Vou entrar em pane a qualquer momento.

Mas consigo dizer, mesmo sem fôlego:

— Duvido. Você não quer sangue aqui dentro.

Quando recupero a consciência, estou sendo puxado pelos braços para fora do carro. Ele me larga e caio no chão de cascalho, onde me sento, aturdido, esperando a mente desanuviar.

Como sempre, está mais frio perto do lago. Minha pele exposta está arrepiada, e o vento cortante a atinge como um serrilhado atroz.

A escuridão neste descampado é tão absoluta que vejo cinco vezes mais estrelas do que na cidade.

Minha cabeça está latejando e sinto um fio de sangue escorrer pelo meu rosto. Ao menos a forte dose de adrenalina lançada em meu organismo ameniza a dor.

Ele joga uma segunda lanterna ao meu lado e direciona o feixe de luz da dele para o edifício em ruínas que vi ao entrarmos no terreno.

— Você primeiro.

Pego a lanterna e me levanto com bastante dificuldade. Sigo cambaleando em direção ao prédio, sentindo jornais molhados sob os pés descalços. Vou me esquivando de latas de cerveja amassadas e cacos de vidro que brilham à luz da lanterna.

Ao me aproximar da entrada, imagino este estacionamento abandonado em outra noite. Uma noite por vir. É o início do inverno e, através da cortina de neve, a escuridão é riscada por pontinhos azuis e vermelhos a piscar. Policiais e cães farejadores vasculham as ruínas, enquanto peritos examinam meu cadáver em algum lugar ali dentro — nu, em decomposição, retalhado —, uma viatura para diante da minha casa. São duas da manhã. Daniela vem atender a porta de camisola. Estou desaparecido há semanas e no fundo ela sabe que não vou voltar, pensa que já assimilou esse fato brutal, mas, ao ver aqueles jovens policiais, com seus olhares duros e sérios e com neve polvilhada nos ombros e no quepe, que eles respeitosamente trazem debaixo do braço... tudo isso faz algo dentro dela se romper, algo que ela não sabia que ainda estava intacto. Ela sente os joelhos falharem, as forças se esvaírem, e, enquanto ela desaba aos poucos no capacho junto à porta, Charlie surge atrás, descendo a escada rangente, os olhos anuviados de sono e o cabelo revolto, e pergunta: "É sobre o meu pai?"

Estamos nos aproximando do prédio quando vejo duas palavras no tijolo desgastado acima da entrada. As únicas letras que consigo distinguir formam AGO POWER.

Ele me força a atravessar uma abertura na parede.

Os feixes de luz das nossas lanternas revelam um balcão de recepção.

Móveis apodrecidos até as armações de metal.

Um bebedouro velho.

Vestígios de uma fogueira.

Um saco de dormir esfarrapado.

Preservativos descartados pelo carpete mofado.

Pegamos um corredor comprido.

Sem as lanternas, a escuridão não nos permitiria enxergar um palmo na frente do nosso nariz.

Direciono o feixe de luz para a frente, mas o negrume o engole. Aqui nesta parte há menos detritos pelo chão, que é um piso de linóleo empenado, e não ouvimos som algum além do gemido distante do vento lá fora.

Sinto mais frio a cada segundo que passa.

Ele aperta meu rim com o cano da arma, me forçando a avançar.

Será que caí no radar de algum psicopata que decidiu descobrir tudo ao meu respeito antes de me matar? Sou de conversar com estranhos. Pode ser que a gente tenha trocado algumas palavras na lanchonete que tem perto da universidade. Ou no metrô. Ou entre uma cerveja e outra no meu bar de esquina.

Será que ele planeja algo contra Charlie e Daniela?

— Você quer que eu implore? — Minha voz começa a falhar. — Porque eu vou implorar. Faço qualquer coisa que você quiser.

E o mais terrível é que é verdade. Eu abriria mão do orgulho, agrediria alguém, faria praticamente qualquer coisa para que ele me tirasse daqui e deixasse que a noite continue como o esperado: voltar para casa, para minha família, levando o sorvete que prometi.

— Em troca de quê? — pergunta ele. — De eu deixar você ir embora?

— É.

A risada dele ecoa pelo corredor.

— Tenho medo de perguntar que "tudo" é esse que você estaria disposto a fazer para sair dessa.

— Sair dessa qual?

Mas ele não responde.

Eu me ajoelho.

Minha lanterna rola pelo chão.

— Por favor — imploro. — Você não precisa fazer isso. — Mal reconheço minha voz. — Pode simplesmente ir embora. Não sei o que você tem contra mim, mas pense um pouco nisso, eu...

— Jason...

— ... eu amo minha família. Amo minha esposa. Amo...

— Jason...

— ... meu filho.

— Jason!

— Eu faço *qualquer coisa*.

A essa altura, estou tremendo incontrolavelmente. De frio, de medo.

Ele me dá um chute na barriga. O ar é arrancado dos meus pulmões e caio de costas. Ele se lança sobre mim e enfia o cano da arma na minha boca, chegando ao fundo da garganta, até que o gosto de óleo velho e resíduos de carvão se torna insuportável.

Dois segundos antes que o vinho e o uísque da noite se derramem em vômito pelo chão, ele retira a arma.

— Levanta!

O homem agarra meu braço e me coloca de pé com um puxão.

Com a arma apontada para meu rosto, ele põe a lanterna de volta em minhas mãos.

Encaro a máscara, a luz da minha lanterna iluminando a arma.

É o primeiro momento em que realmente presto atenção à arma. Meu conhecimento sobre armas de fogo é quase nulo, só identifico o cão, o tambor e, na ponta do cano, um buraco gigantesco que parece perfeitamente capaz de providenciar minha morte. A luz da minha lanterna empresta um toque acobreado à ponta da bala que vejo lá dentro. Não sei por quê, imagino este homem num quarto e sala, carregando o tambor, preparando-se para o meu sequestro.

Vou morrer aqui, talvez agora mesmo.

Cada momento pode ser o último.

— Anda — rosna o sujeito.

Começo a andar.

Um pouco adiante, viramos em outro corredor, mais largo e mais alto, com teto em arco. A umidade no ar é opressiva. Ouço, ao longe, o *ping ping ping* de água caindo. As paredes são de concreto, e o piso, em vez de linóleo, é forrado com uma camada de fungos, que fica mais densa e mais úmida a cada passo.

O gosto da arma persiste na minha boca, misturado com o travo ácido da bile.

Partes do meu rosto estão ficando dormentes por causa do frio.

Uma vozinha em minha mente grita, exige que eu faça alguma coisa, tente alguma coisa, qualquer coisa. Não se deixe levar facilmente, como um cordeiro para o abate, pé ante pé, obedientemente. Por que facilitar as coisas para ele?

Simples:

Por medo.

Tanto medo que mal consigo andar ereto.

Meus pensamentos estão fragmentados e fervilham.

Agora entendo por que as vítimas não reagem. Não consigo me imaginar tentando dominar este homem. Tentando fugir.

E a verdade mais vergonhosa: uma parte de mim apenas prefere que tudo acabe logo, porque depois de mortos não sentimos medo nem dor. Isso faz de mim um covarde? É essa a verdade final que devo enfrentar antes de morrer?

Não.

Preciso fazer alguma coisa.

Saímos do túnel sobre uma superfície de metal tão gelada que faz as solas dos meus pés doerem. Eu me apoio numa grade de ferro enferrujado que circunda a plataforma. Aqui faz mais frio e dá a inconfundível sensação de espaço aberto.

Como se fosse algo cronometrado, uma lua amarelada surge por trás do lago Michigan, erguendo-se lentamente no céu.

O luar flui através das janelas superiores de um amplo salão, de modo que consigo enxergar em volta mesmo sem lanterna.

Meu estômago se revira.

Estamos no topo de uma escadaria de uns quinze metros de altura.

Isso aqui parece uma pintura a óleo, com a luz diáfana recaindo sobre uma série de geradores desativados, lá embaixo, e a treliça de vigas acima.

O silêncio de uma catedral.

— Vamos descer — diz o homem. — Cuidado onde pisa.

Descemos.

Dois degraus antes de chegar ao segundo patamar, eu me viro para trás de súbito, segurando a lanterna bem forte na mão direita, mirando a cabeça dele...

... e atingindo o nada. Com o impulso, vou parar de volta ao ponto inicial do movimento e depois cambaleio para a frente.

Perco o equilíbrio, estou caindo.

Atinjo o piso do patamar com força. A lanterna escapa da minha mão e voa longe, cai da beirada, desaparece.

Um segundo depois, ouço ela se espatifar no chão, uns doze metros abaixo.

O homem me olha por trás da máscara inexpressiva, a cabeça inclinada, a arma apontada para meu rosto.

Ele se aproxima, puxando o cão do revólver.

Solto um gemido de dor quando ele crava o joelho no meu esterno, me imobilizando na plataforma.

A arma toca minha cabeça.

— Confesso que estou orgulhoso por você ter tentado. Foi patético, totalmente previsível, mas melhor que nada.

Eu me encolho todo ao sentir uma picada no pescoço.

— Não lute contra isso — diz ele.

— O que é isso que você me deu?

Mas já percebo algo avançando pelo meu organismo como um caminhão, rompendo as barreiras rumo ao meu sistema nervoso. Eu me sinto incrivelmente pesado e leve ao mesmo tempo, o mundo girando e virando do avesso.

Mas passa tão rápido quanto veio.

Outra agulha é cravada na minha perna.

Enquanto grito, ele joga ambas as seringas pela borda da plataforma.

— Vamos.

— O que foi que você injetou em mim?

— Levanta!

Eu me apoio no corrimão para me erguer. Sinto meu joelho sangrar por causa da queda. Minha cabeça também. Estou sujo, molhado e com frio, meus dentes batendo tão forte que parece que vão quebrar.

Enquanto descemos, a frágil estrutura metálica da escada estremece sob nosso peso. Depois de descermos o último degrau, seguimos em frente, passando por uma série de geradores antigos.

Daqui, o lugar parece ainda mais gigantesco.

De repente, ele para e aponta a luz da lanterna para uma sacola de viagem deixada no chão junto a um dos geradores.

— Roupas novas. Rápido.

— Roupas novas? Eu não...

— Você não tem que entender nada. É só se vestir.

Um frêmito de esperança surge em meio ao medo imenso. Será que ele vai me poupar? Por que mais estaria me obrigando a me vestir? Será que tenho alguma chance de sobreviver a isso?

— Quem é você? — pergunto.

— Anda logo. Seu tempo está se esgotando.

Obedeço, me agachando ao lado da mochila.

— Limpe-se primeiro.

A primeira coisa que encontro na bolsa é uma toalha, que uso para limpar os pés sujos de lama, o joelho e o rosto ensanguentados. Visto uma cueca e uma calça jeans que me cabem perfeitamente. Seja lá o que ele tenha injetado em mim, tenho a impressão de estar sentindo o efeito nos dedos: uma dificuldade nos movimentos enquanto tento abotoar uma camisa xadrez. Meus pés entram facilmente nos mocassins de couro. Os sapatos caem tão bem quanto a calça.

O frio passou. É como se houvesse um núcleo de aquecimento no centro do meu peito, irradiando calor pelos meus braços e pernas.

— E o casaco.

Pego no fundo da bolsa um casaco de couro preto e passo os braços pelas mangas.

— Perfeito — diz ele. — Agora, sente-se.

Eu me sento com as costas apoiadas na base de ferro do gerador. É uma peça maciça, do tamanho do motor de uma locomotiva.

Ele se senta à minha frente, a arma apontada casualmente para mim.

O luar inunda o salão, refratando nas janelas quebradas acima e projetando uma luz dispersa que incide sobre...

Cabos emaranhados.

Engrenagens.

Tubos.

Alavancas e roldanas.

Painéis de instrumentos repletos de medidores e controles com os vidros dos mostradores quebrados.

Tecnologia de outra era.

Pergunto:

— E agora?

— Vamos esperar.

— Esperar o quê?

Ele faz um gesto de desdém, ignorando a pergunta.

Uma calma estranha se instala em mim. Uma sensação de paz fora de hora.

— Você me trouxe aqui para me matar? — pergunto.

— Não.

Está tão confortável aqui, apoiado nesta máquina velha. Sinto como se estivesse afundando na estrutura de ferro.

— Mas você me fez acreditar que ia me matar.

— Não tinha outro jeito.

— Outro jeito de quê?

— De trazer você até aqui.

— E por que é que a gente está aqui?

Mas ele apenas balança a cabeça, enquanto enfia a mão esquerda sob a máscara de gueixa e coça o rosto.

Eu me sinto estranho.

Como se estivesse assistindo a um filme e atuando nele ao mesmo tempo.

Uma sonolência irresistível recai sobre meus ombros.

Minha cabeça tomba.

— Deixa isso te levar — diz ele.

Mas não deixo. Eu resisto, pensando em como o sujeito mudou de atitude a uma rapidez perturbadora. Parece outro homem, e a diferença entre o que ele é neste momento e a violência que demonstrou apenas minutos atrás deveria me deixar aterrorizado. Não era para eu estar tão calmo assim, mas meu corpo cantarola serenamente.

Sinto uma intensa e profunda paz, uma leveza.

— Foi um longo caminho — diz ele, quase como uma confissão. — Quase não consigo acreditar que estou mesmo sentado aqui olhando para você na minha frente. Falando com você. Sei que você não entende, mas tem tanta coisa que eu queria perguntar…

— Sobre o quê?

— Sobre como é ser você.

— Como assim?

Ele hesita. Então:

— Como você vê seu lugar no mundo, Jason?

Respondo devagar, deliberadamente.

— É uma pergunta interessante, considerando o que você está me fazendo passar.

— Você é feliz com a vida que tem?

Comparado a este momento, minha vida é belíssima.

— Tenho uma família incrível. Um trabalho gratificante. Vivemos com conforto. Ninguém está doente.

Sinto a língua dormente. As palavras começam a soar arrastadas.

— Mas...?

— Minha vida é ótima. Só não é excepcional. E houve uma época em que poderia ter sido.

— Você sacrificou sua ambição, não foi?

— Minha ambição morreu de causas naturais. Por abandono.

— E você sabe dizer como isso aconteceu? Teve um momento específico em que...?

— Meu filho. Eu tinha vinte e sete anos e estava com Daniela fazia alguns meses. Ela me contou que estava grávida. A gente se divertia junto, mas não era amor. Ou talvez fosse. Sei lá. Não estávamos pensando em formar família, isso é certo.

— Mas foi o que fizeram.

— Essa fase da vida é crucial para os cientistas. Se você não tiver publicado nada incrível até os trinta, já era.

Talvez seja efeito da droga, mas me sinto bem em falar sobre isso. Um oásis de normalidade após as duas horas mais loucas que já vivi. Sei que não é verdade, mas tenho a sensação de que, enquanto continuarmos a conversar, nada de ruim acontecerá. Como se as palavras me protegessem.

— Você estava trabalhando num projeto grande? — pergunta ele.

Estou precisando me concentrar em manter os olhos abertos.

— Sim.

— E o que era?

A voz dele soa distante.

— Eu estava tentando colocar um objeto visível ao olho humano em superposição quântica.

— E por que abandonou a pesquisa?

— No primeiro ano de vida, Charlie teve problemas sérios de saúde. Eu teria que passar milhares de horas no laboratório, mas não tinha como. Daniela precisava de mim, meu filho precisava de mim. Então, perdi o financiamento. A chance passou. Eu era o jovem gênio da vez, mas bastou um segundo de hesitação e alguém tomou meu lugar.

— Você se arrependeu de ter escolhido sua esposa, de ter construído uma vida com ela?

— Não.

— Nunca?

Penso em Daniela, e a emoção toma conta de mim, trazendo de volta o horror real da situação em que me vejo. O medo retorna. E, com ele, uma saudade que dói até o osso. Neste momento, *preciso* dela mais do que já precisei de qualquer outra coisa na vida.

— Nunca.

Então me vejo deitado no chão, o rosto no concreto gelado, e sinto a droga me levando para longe.

Ele se ajoelha ao meu lado, me virando de costas, e fico aqui olhando para o luar que entra pelas altas janelas deste lugar abandonado, espasmos de luz e cor ondulando a escuridão à medida que vácuos se abrem e se fecham junto aos geradores.

— Eu vou vê-la de novo? — pergunto.

— Não sei.

Pela milionésima vez, quero perguntar o que ele quer de mim, mas não consigo encontrar as palavras.

Meus olhos insistem em se fechar. Tento mantê-los abertos, mas é uma batalha perdida.

Ele tira uma das luvas e toca meu rosto.

Um toque estranho.

Delicado.

— Preste atenção — diz ele. — Você vai ficar com medo, mas tudo pode ser seu. Você vai poder ter tudo que nunca teve. Lamento por ter assustado você, mas eu precisava trazê-lo até aqui. Sinto muito, Jason. Estou fazendo isso por nós dois.

Quem é você?, eu tento articular.

Em vez de responder, ele pega no bolso outra seringa e uma pequena ampola de vidro cheia de um líquido transparente que brilha como mercúrio à luz da lua.

Ele tira a tampa da agulha e extrai o líquido, enche a seringa.

Enquanto minhas pálpebras se fecham lentamente, vejo o homem levantar a manga da camisa e injetar em si mesmo.

Ele deixa cair a ampola e a seringa no concreto, entre nós dois, e a última coisa que vejo antes de meus olhos se fecharem é a ampola de vidro rolando na direção do meu rosto.

— E agora? — murmuro.

E ele diz:

— Você não acreditaria se eu contasse.

DOIS

Alguém segura meus tornozelos.

Mãos deslizam sob meus ombros, enquanto uma mulher pergunta:

— Como foi que ele saiu da caixa?

— Não faço a menor ideia — responde um homem. — Olhe, ele está acordando.

Abro os olhos, mas só vejo borrões de luz e de movimentos.

— Vamos tirá-lo daqui! — grita o homem.

Tento falar, mas as palavras escorrem da minha boca, saem truncadas, disformes.

— Dr. Dessen? — chama a mulher. — Está me ouvindo? Vamos levantar você e colocá-lo numa maca.

Olho para meus pés, e o rosto do homem entra em foco. Ele me olha através da máscara respiratória de um traje de proteção química.

Olhando de relance para a mulher posicionada atrás da minha cabeça, ele conta:

— Um, dois, três.

Eles me colocam numa padiola hospitalar e prendem meus pulsos e tornozelos com cintos acolchoados.

— É para a *sua* proteção, dr. Dessen.

Vejo o teto passando rápido, uns quinze metros acima.

Onde foi que me enfiaram? Isto é um hangar?

Então me vem um flash: uma agulha perfurando meu pescoço. Ele injetou alguma coisa em mim. Esta loucura é alguma alucinação.

— *Equipe de remoção, relatório. Câmbio* — soa uma voz por um rádio.

— Pegamos Dessen — informa a mulher, transbordando entusiasmo. — Estamos a caminho. Câmbio.

As rodinhas da maca giram, rangendo.

— *Entendido. Avaliação de estado preliminar? Câmbio.*

Com a mão enluvada, a mulher verifica um aparelhinho de monitoramento médico preso com velcro ao meu braço esquerdo.

— Pulso: 1 por 15. Pressão arterial: 147 por 92. Temperatura: 37,1. S-O$_2$: 95. Gama: 0,87. Tempo de chegada previsto: 30 segundos. Câmbio desligo.

Um zumbido me assusta.

Atravessamos portas blindadas que se abrem lentamente.

Meu Deus.

Fique calmo. Isso não é real.

As rodinhas rangem mais rápido, mais urgentes.

Estamos num corredor com as paredes e o teto revestidos de plástico. Mantenho os olhos semicerrados para a luz ofuscante das lâmpadas fluorescentes no teto.

As portas se fecham atrás de nós com um estrondo sombrio, como os portões de uma masmorra.

Sou levado na maca a uma sala de cirurgia, até uma figura imponente num macacão com respirador de pressão positiva, de pé sob luzes cirúrgicas.

O homem sorri para mim através do visor da máscara.

— Bem-vindo de volta, Jason — diz ele, como se me conhecesse. — Parabéns. Você conseguiu.

De volta?

Só vejo os olhos do homem, mas não me lembram ninguém que eu conheça.

— Está sentindo alguma dor? — pergunta ele.

Balanço a cabeça em negativa.

— Sabe o que causou esses cortes e hematomas no seu rosto?

Negativa.

— Você sabe quem é?

Faço que sim.

— Sabe onde está?

Negativa.

— Você me reconhece?

Negativa.

— Sou Leighton Vance, presidente e diretor clínico. Somos colegas de trabalho e amigos. — Ele empunha tesouras cirúrgicas. — Preciso tirar essa sua roupa.

Ele remove o aparelhinho do meu braço e começa a cortar minha calça jeans e minha cueca, jogando-as numa bandeja de metal. Enquanto ele faz o mesmo com a camisa, fico encarando as luzes que brilham sobre mim, tentando não entrar em pânico.

Mas estou nu, amarrado a uma maca.

Não, digo para mim mesmo, eu estou tendo uma *alucinação* de que estou nu amarrado a uma maca. Porque nada disto é real.

O tal Leighton ergue a bandeja com meus sapatos e roupas e a entrega a alguém atrás de mim, fora de meu campo de visão.

— Analise tudo.

Passos saindo rapidamente da sala.

Sinto o cheiro pungente de álcool isopropílico um segundo antes de Leighton passar um algodão na parte interna do meu braço.

Ele ata um torniquete logo acima do meu cotovelo.

— Vou só tirar um pouco de sangue — explica, pegando da bandeja de instrumentos uma agulha hipodérmica de calibre grosso.

O cara é bom. Nem sinto a picada.

Quando termina, Leighton empurra a maca para o outro lado da sala de cirurgia, até uma porta de vidro embutida. Na parede ao lado da porta há um monitor touchscreen.

— Eu gostaria de poder dizer que o que vem agora é a parte divertida — diz ele. — Talvez seja melhor que você esteja desorientado demais para lembrar.

Tento perguntar o que está acontecendo, mas as palavras ainda me escapam. Os dedos de Leighton dançam pela tela e a porta de vidro se abre. Ele me empurra até uma câmara de largura apenas um pouco maior que a da maca.

— Noventa segundos. Você vai ficar bem. Nenhum dos outros morreu por causa disso.

Com um silvo pneumático, a porta de vidro se fecha.

As luzes embutidas do teto emitem uma luz de um azul gélido.

Estico o pescoço, olhando para cima.

Em ambos os lados, as paredes são cheias de elaborados diafragmas, como os de câmeras fotográficas.

O teto começa a liberar uma fina névoa super-resfriada, me cobrindo da cabeça aos pés.

Meu corpo fica tenso, as gotas geladas se acumulando sobre a pele e cristalizando na temperatura baixa.

Estou tremendo. As paredes da câmara começam a zumbir.

Um vapor branco é expelido dos diafragmas com um sibilar contínuo que fica cada vez mais alto.

Jorrando.

Em jatos.

Fluxos opostos colidem uns contra os outros sobre a maca, preenchendo a câmara com uma névoa densa que bloqueia a luz do teto. Nos pontos em que aquilo toca minha pele, as gotas congeladas explodem em rajadas de agonia.

Os ventiladores se invertem.

Em cinco segundos, o gás é sugado da câmara, que passou a ter um cheiro peculiar, como uma tarde de verão em que o ar prenuncia uma tempestade: ozônio e relâmpagos.

A reação do gás com o líquido super-resfriado cria em minha pele uma espuma cáustica que queima como ácido.

Estou gemendo, me debatendo nas amarras e me perguntando por quanto tempo mais vão permitir que isso continue. Tenho grande resistência à dor, mas isso está ultrapassando o limite do "pare agora mesmo ou me mate logo de uma vez".

Meus pensamentos se sucedem à velocidade da luz.

Será possível que haja alguma droga capaz de fazer isso? Criar dor e alucinações num nível de realidade tão terrível como este?

Isto é intenso demais, real demais.

E se estiver realmente acontecendo?

Será algum projeto louco da CIA? Será que estou numa clínica clandestina de experimentos com seres humanos? Será que fui sequestrado por essa gente?

Uma gloriosa água morna jorra do teto com a força de uma mangueira de incêndio, removendo a espuma excruciante.

Quando a água para de jorrar, o ar aquecido é sugado bruscamente pelos diafragmas, varrendo minha pele como um vento quente do deserto.

A dor se foi.

Estou totalmente desperto.

A porta atrás de mim se abre e sou retirado da câmara, ainda na maca.

Leighton me olha.

— Nem foi tão ruim, certo?

Empurrando a maca, ele me leva pela sala de cirurgia até um quarto contíguo, onde solta meus pulsos e tornozelos.

Com a mão ainda enluvada, ele ergue meu torso, me colocando sentado na maca. Minha cabeça gira, o quarto rodopiando por um instante, até que o mundo finalmente se endireita.

Ele me observa.

— Melhor?

Faço que sim.

Há uma cama e uma cômoda, sobre a qual tem uma muda de roupas cuidadosamente dobradas. As paredes são acolchoadas. Nada de quinas pontudas. Deslizo para a ponta da maca, e Leighton segura meu braço para me ajudar a ficar de pé.

Minhas pernas parecem de borracha, inúteis.

Ele me conduz até a cama.

— Vou deixar você se vestir e volto quando chegarem seus exames. Não vai demorar. Tudo bem se eu sair por um minuto?

Finalmente recupero a voz.

— Não estou entendendo o que está acontecendo. Não sei onde eu...

— Essa desorientação vai passar. Vou monitorar você de perto. Vamos ajudá-lo a se recuperar.

Ele empurra a maca vazia até a porta, mas para no limiar, olhando para mim através do visor da máscara.

— É muito bom vê-lo de novo, irmão. Eu me sinto como na missão de controle quando a *Apollo 13* voltou. Estamos todos muito orgulhosos de você.

Ele sai, fechando a porta.

Três trancas se fecham simultaneamente, como uma salva de tiros.

Saio da cama e vou até a cômoda, caminhando sem firmeza.

Estou tão fraco que levo vários minutos para me vestir: calças de qualidade, uma camisa de linho; não tem cinto.

Logo acima da porta, uma câmera de vigilância me observa.

Volto para a cama. Fico sentado sozinho neste quarto silencioso e estéril, tentando evocar minha última lembrança concreta. O mero esforço mental provoca a sensação de estar me afogando a poucos metros da praia — vejo os fragmentos de lembranças espalhados pela faixa de areia, quase posso tocá-los, mas meus pulmões estão se enchendo de água. Não consigo manter a cabeça acima da superfície. Quanto maior é o meu esforço para montar as peças, quanto mais energia emprego nesta tentativa, mais eu afundo, maior é o meu pânico.

Tudo que tenho aqui neste quarto branco e acolchoado é:

Thelonious Monk.

O cheiro de vinho tinto.

Cortando cebola numa cozinha.

Um adolescente desenhando.

Não.

Não *um* adolescente.

O *meu* adolescente.

Meu filho.

Não *uma* cozinha.

A *minha* cozinha.

Minha casa.

Era nossa noite em família. Estávamos cozinhando juntos. Vejo o sorriso de Daniela. Ouço sua voz, o jazz. Sinto o cheiro da cebola, a acidez doce do vinho no hálito dela. Vejo seus olhos marejados. Que lugar seguro e perfeito é nossa cozinha nessa noite em família.

Mas eu não fiquei ali. Saí de casa. Por quê?

Estou quase lá, a lembrança está vindo...

As trancas se recolhem — fogo rápido — e a porta se abre. Leighton trocou o traje de pressão positiva por um jaleco e está de pé à porta, rindo, como se mal conseguisse conter o jorro de um poço de ansiedade. Agora posso ver que ele tem mais ou menos minha idade, cara de bom moço, o maxilar comedidamente escurecido por uma sugestão de barba.

— Boas notícias — anuncia ele. — Você está limpo.

— Limpo de quê?

— Radiação, riscos biológicos, doenças infecciosas. Amanhã cedo teremos os resultados completos do seu exame de sangue, mas já descartamos a quarentena. Ah, trouxe isso para você.

Ele me entrega um saco plástico contendo um molho de chaves e um maço de dinheiro. Num pedaço de fita crepe grudado no plástico, vejo escrito, em preto, "Jason Dessen".

— Vamos? Está todo mundo esperando você.

Guardo no bolso meus supostos pertences pessoais e o sigo.

No corredor, me deparo com meia dúzia de funcionários ocupados em remover o plástico das paredes.

Quando me veem, eles começam a aplaudir.

— Você é o máximo, Dessen! — grita uma mulher.

Portas de vidro se abrem à nossa passagem.

Aos poucos estou recuperando a força e o equilíbrio.

Ele me leva até uma escadaria. Subimos, os degraus de metal ressoando sob nossos pés.

— Você consegue subir? — pergunta Leighton.

— Consigo. Aonde estamos indo?

— Relatório.

— Mas eu nem...

— É melhor guardar suas considerações para a entrevista. Sabe como é, protocolo e tal.

Dois andares acima, ele abre uma porta de vidro espesso e pegamos um corredor com janelas que vão do chão ao teto em uma das paredes. As janelas dão para um hangar, que os corredores parecem cercar — são quatro andares ao todo —, como um átrio.

Vou me aproximando das janelas para ver melhor, mas Leighton me direciona para uma segunda porta à esquerda, e entramos numa saleta mal iluminada. Uma mulher de terninho preto está atrás de uma mesa, de pé, como se me aguardasse.

— Oi, Jason.

— Oi.

Os olhos dela buscam os meus por um instante, enquanto Leighton ata novamente o aparelhinho de monitoramento no meu braço esquerdo.

— Espero que não se importe — diz ele. — Vou me sentir melhor se acompanhar seus sinais vitais por mais um tempo. As coisas já vão se normalizar.

Leighton me empurra adiante gentilmente, me obrigando a avançar pela sala.

Ouço a porta se fechar.

A mulher deve ter uns quarenta e tantos anos. É baixa, de cabelo preto e curto, com uma franja alcançando os olhos marcantes, que conseguem ser tanto amáveis quanto penetrantes.

A iluminação nesta sala é suave e acolhedora, lembrando a atmosfera de um cinema pouco antes de o filme começar.

Há duas cadeiras de madeira de encosto reto e, sobre a pequena mesa, um laptop, um jarro de água, dois copos, uma garrafa térmica de aço e uma caneca fumegante exalando pela sala o aroma de café bom.

As paredes e o teto são de vidro fumê.

— Sente-se, Jason, e poderemos começar.

Hesito por longos cinco segundos, pensando em simplesmente ir embora dali, mas algo me diz que seria uma ideia ruim, talvez catastrófica.

Portanto, me sento numa das cadeiras. Alcanço o jarro de água e me sirvo.

— Se estiver com fome, podemos providenciar comida — diz a mulher.

— Não, obrigado.

Ela finalmente se senta, à minha frente. Ajeita os óculos e digita algo no laptop.

— Hoje é dia dois de outubro, horário... — ela olha o relógio de pulso — ... meia-noite e sete. Sou Amanda Lucas, número de identificação funcional nove, cinco, seis, sete, e estou com... — Ela estende a mão para mim, a palma virada para cima.

— Hã... Jason Dessen.

— Obrigada, Jason. A título de contextualização, e para que fique registrado, por volta das vinte e três horas de primeiro de outubro, o técnico Chad Hodge realizava vistoria interna de rotina quando encontrou o dr. Dessen inconsciente no hangar. Acionada a equipe de remoção, o dr. Dessen foi resgatado e, às 23h24, colocado em isolamento. Seguiram-se os procedimentos de descontaminação e atendimento preliminar, realizados pelo dr. Leighton Vance, e em seguida o dr. Dessen foi escoltado até a sala de reuniões do subnível dois, onde tem início nossa primeira entrevista.

Ela ergue o olhar para mim, agora sorridente.

— Jason, estamos radiantes por tê-lo de volta. Está tarde, mas muitos da equipe vieram correndo só para isso. Como você deve imaginar, estão todos nos acompanhando do outro lado dos vidros.

Aplausos irrompem ao redor, acompanhados por assobios e meu nome sendo gritado.

As luzes aumentam apenas o suficiente para que eu possa ver através das paredes envidraçadas. Poltronas de teatro cercam a minúscula sala. Há umas quinze ou vinte pessoas de pé, quase todas sorridentes. Algumas chegam a enxugar os olhos, como se eu tivesse acabado de retornar de alguma missão heroica.

Noto que dois homens estão armados, a coronha das pistolas brilhando sob as luzes.

Esses homens não estão sorrindo nem aplaudindo.

Amanda afasta um pouco a cadeira e, levantando-se, começa a bater palmas também.

Parece profundamente comovida.

Minha mente só consegue se perguntar que raios aconteceu comigo.

Quando os aplausos cessam, Amanda se acomoda de novo em seu lugar.

— Perdão por nosso entusiasmo — diz ela —, mas é que até hoje você foi o único a retornar.

Do que esta mulher está falando? Não tenho a menor ideia. Por um lado, quero dizer a ela exatamente isso, mas, por outro, suspeito que talvez seja melhor não perguntar.

As luzes voltam a diminuir de intensidade.

Estou apertando o copo d'água como se fosse uma tábua de salvação.

— Sabe quanto tempo você passou fora? — pergunta ela.

Fora onde?

— Não.

— Catorze meses.

Meu Deus.

— Isso é um choque para você, Jason?

— Eu diria que sim.

— Bem, estamos nos corroendo de ansiedade, ávidos, coração na mão. Há mais de um ano que esperamos ansiosamente para lhe fazer as seguintes perguntas: o que foi que você viu? Aonde foi? Como voltou? Queremos saber tudo, e, por favor, comece do começo.

Tomo um gole de água, me agarrando à minha última lembrança nítida como à frágil borda de um penhasco: quando saí de casa na nossa noite em família.

Foi assim...

Segui pela calçada, na noite fresca de outono. Dava para ouvir a agitação em todos os bares. Era noite de jogo do Cubs.

Aonde?

Estava indo aonde?

— Pode ir com calma, Jason. Não temos pressa.

Ryan Holder.

Eu estava indo vê-lo.

Um antigo colega de faculdade, Ryan Holder. Fui tomar um drinque com ele no Village Tap — dois, para ser exato; foi uma dose dupla de um uísque excepcional.

Será que Ryan tem alguma coisa a ver com isso?

Volto a me perguntar: será que isso está acontecendo de verdade?

Ergo o copo d'água. Parece perfeitamente real, desde as gotículas de condensação no vidro até a sensação de fria umidade nos meus dedos.

Olho no fundo dos olhos de Amanda.

Observo as paredes.

Não estão derretendo.

Se isso é alguma viagem alucinógena, não tem nada a ver com o que já ouvi a respeito. Nenhuma distorção visual ou auditiva. Nenhuma euforia. Não é que o lugar não pareça real, eu é que sou o elemento estranho aqui. O erro é a *minha* presença. Não sei explicar, mas é a sensação que eu tenho.

Não, não é uma alucinação. É algo de natureza totalmente diversa.

— Vamos tentar por outro caminho — diz Amanda. — Qual é sua última lembrança antes de acordar neste hangar?

— Eu estava num bar.

— O que estava fazendo lá?

— Revendo um velho amigo.

— E onde fica esse bar?

— Logan Square.

— Então você ainda estava em Chicago.

— Sim.

— Certo. Você pode descrever o...?

A voz dela se reduz a um som distante.

Vejo os trilhos elevados da Linha L do metrô.

Escuridão.

Silêncio.

Um silêncio incomum em Chicago.

Um homem se aproxima.

Um homem perigoso.

Meu coração dispara.

Minhas mãos suam.

Pouso o copo na mesa.

A voz dela ressurge, mas ainda a um oceano de distância:

— Jason? O dr. Leighton acaba de me informar que seus sinais vitais estão acelerando.

Será que estão me pregando uma peça?

Tentando me enlouquecer?

Não, não pergunte isso a ela. Não diga essas palavras. Seja o homem que eles pensam que você é. Essa gente é fria, calma, *e dois homens estão armados*. Seja lá o que eles queiram ouvir você dizer, diga. Afinal, já imaginou o que podem fazer se perceberem que você não é quem pensam que é?

Nesse caso, talvez você nunca consiga sair daqui.

Minha cabeça começa a latejar. Levo a mão à nuca e sinto uma protuberância tão dolorida que me assusto.

— Jason?

Eu fui ferido?

Será que alguém me agrediu? E se fui trazido até este lugar? E se estas pessoas, por mais gentis que pareçam no trato comigo, estiverem em conluio com meu agressor?

Apalpo a lateral da cabeça e sinto um segundo ferimento.

— Jason.

Vejo uma máscara de gueixa.

Estou nu e indefeso.

— Jason?

Apenas algumas horas atrás, eu estava em casa, preparando o jantar.

Não sou o homem que eles pensam que sou. O que vão fazer quando descobrirem isso?

— Leighton, pode vir até aqui, por favor?

Nada bom.

Preciso dar o fora daqui.

Preciso ficar longe dessa gente.

Preciso pensar.

— Amanda. — Eu me forço a voltar para o instante presente, tentando afastar da mente as perguntas e o medo, mas é como escorar um dique rompido. Não vai durar muito. Não vai resistir. — Isso é constrangedor — digo. — Estou totalmente exausto. E, para ser sincero, a descontaminação não foi nada divertida.

— Quer fazer uma pausa?

— Não seria problema? Só preciso de um tempo para clarear a cabeça. — Aponto para o laptop. — E também quero soar minimamente inteligente nesse troço.

— Claro. — Ela digita algo. — Desligando.

Eu me levanto.

— Posso levar você para um quarto particular... — oferece ela.

— Não é necessário.

Abro a porta e saio no corredor.

Leighton Vance está à minha espera.

— Jason, recomendo que você se deite. Seus sinais vitais estão bastante alterados.

Arranco o aparelhinho do meu braço e o entrego a ele.

— Agradeço a preocupação, mas estou precisando mesmo é de uma privada.

— Ah. Claro. Por aqui.

Seguimos pelo corredor.

Abrindo a pesada porta de vidro com o ombro, voltamos à escada. Ninguém subindo ou descendo. Nenhum som a não ser o sistema de ventilação bombeando ar aquecido por um respiradouro aqui perto. Apoiando-me no corrimão, eu me inclino na direção do vão da escada.

Dois andares abaixo, dois acima.

Amanda não disse, no início da entrevista, que estávamos no subnível dois? Então toda esta estrutura é subterrânea?

— Jason? Você não vem?

Leighton sobe. Eu o sigo, lutando contra a fraqueza nas pernas e a dor na cabeça.

No topo da escada há uma porta de aço reforçado e, ao lado, uma plaquinha indicando TÉRREO. Leighton passa um cartão de acesso pelo leitor digital, coloca seu código e abre a porta, segurando-a para eu passar.

Na parede à minha frente, vejo escrito LABORATÓRIOS VELOCITY.

À esquerda: um saguão de elevadores.

À direita: um posto de segurança, com um guarda mal-encarado de pé entre um detector de metal e uma catraca, logo antes da saída.

Parece que a segurança deste lugar é voltada para o exterior, mais concentrada em evitar que as pessoas entrem do que em impedir que saiam.

Leighton me guia para além do saguão dos elevadores. Cruzamos um corredor e um par de portas duplas, que ele abre com seu cartão-chave.

Ele acende as luzes ao entrarmos, revelando um escritório elegante, as paredes repletas de fotografias de aeronaves comerciais e jatos supersônicos militares, além dos motores que os impulsionam.

Uma foto emoldurada sobre a mesa chama minha atenção: um homem mais velho com um menino no colo. O menino se parece muito com Leighton. Eles estão num hangar, diante de uma enorme turbina em processo de montagem.

— Achei que você fosse se sentir mais confortável no meu banheiro particular. — Leighton aponta para uma porta do outro lado da sala. — Vou esperar aqui — diz ele, se sentando na beirada da mesa e pegando um celular do bolso. — Qualquer coisa, é só gritar.

O banheiro é frio e imaculado.

Há um vaso sanitário, um mictório, um boxe com chuveiro e uma pequena janela não muito alta na parede dos fundos.

Eu me sento no vaso.

Meu peito está tão apertado que mal consigo respirar.

Eles estavam esperando minha volta há catorze meses. Sem chance de me deixarem sair daqui. Não hoje. Não por muito tempo, provavelmente, considerando que não sou quem eles pensam que sou.

A menos que tudo isso seja algum teste elaborado, alguma espécie de jogo.

Ouço Leighton através da porta:

— Tudo bem aí dentro?

— Sim.

— Não sei o que você viu dentro daquela coisa, mas quero que saiba que pode contar comigo, irmão. Se estiver entrando em pânico, por favor, me conte, para que eu possa ajudar você.

Fico de pé.

— Eu estava acompanhando sua conversa com Amanda, lá do teatro, e confesso que achei você meio aéreo — continua ele.

Se eu voltar com ele até o saguão, será que consigo sair correndo dali, driblar a segurança? Então me vem à mente o guarda corpulento junto ao detector de metais. Improvável.

— Fisicamente, acho que você vai ficar bem, mas estou preocupado com seu psicológico.

Preciso ficar na pontinha do mictório para alcançar a janela, que parece trancada com uma alavanca de cada lado.

A janela é um quadrado de sessenta centímetros. Não sei se consigo passar por esse espaço.

A voz de Leighton ecoa pelo banheiro, mas, enquanto desço do mictório e me aproximo silenciosamente da pia, volta a soar com clareza:

— ... a pior coisa que você pode fazer é tentar passar por isso sozinho. Vamos ser honestos: você é o tipo de cara que se acha forte a ponto de enfrentar qualquer coisa sem ajuda.

Eu me aproximo da porta.

Tem uma tranca.

Com os dedos trêmulos, giro a tranca bem devagar.

— Mas o que você estiver sentindo, seja o que for — a voz bem próxima agora, a centímetros de mim —, quero que divida comigo, e se precisar adiar o relatório para amanhã ou a próxima...

Ele para de falar quando completo o giro na tranca, que se fecha com um clique suave.

Por um segundo, nada acontece.

Dou um receoso passo para trás.

A porta se mexe quase imperceptivelmente, a princípio. Depois, é sacudida ferozmente.

— Jason? — grita Leigh. — Jason! — Em seguida: — Preciso de uma equipe de segurança no meu escritório agora mesmo. Dessen se trancou no banheiro.

Leighton joga o peso do corpo na porta, que estremece. A tranca resiste.

Corro até a janela, subo no mictório e abro as alavancas de ambos os lados do vidro.

Leighton está gritando com alguém. Embora eu não consiga distinguir as palavras, penso ouvir passos se aproximando.

Consigo abrir a janela.

O ar noturno penetra no banheiro.

Mesmo em cima do mictório, não sei se consigo alcançar a janela.

Dou um pulo, mas só consigo enfiar um dos braços pela abertura.

Enquanto algo se choca com um estrondo contra a porta do banheiro, meus sapatos escorregam pela superfície lisa da parede. Não há atrito que possa me ajudar a tomar impulso.

Caio no chão, volto a subir no mictório.

— Anda logo com isso! — grita Leighton para alguém.

Volto a pular, e desta vez consigo enfiar ambos os braços pelo parapeito da janela. Não chega a ser um apoio muito bom, mas ao menos impede que eu caia.

Estou me contorcendo pela abertura quando finalmente conseguem arrombar a porta.

Leighton grita meu nome.

Desabo pela escuridão por uma fração de segundo.

Caio de cara no chão.

Eu me levanto, tonto e atordoado, os ouvidos zunindo, a lateral do rosto sangrando.

Estou do lado de fora, numa ruela escura e sem saída, entre dois edifícios altos.

Leighton aparece na janela que abri.

— Jason, não faça isso. Me deixe ajudar.

Eu me viro e saio correndo sem nem saber para onde estou indo, apenas disparando em direção ao fim do beco.

Chego lá.

Desço alguns degraus.

Estou num parque empresarial.

Edifícios baixos e descaracterizados ao redor de um laguinho triste com um chafariz iluminado.

Considerando o adiantado da hora, não surpreende que não haja ninguém aqui fora.

Corro por entre bancos de jardim, arbustos bem-aparados, um gazebo, uma placa com uma seta sob a palavra PEDESTRES.

Um rápido olhar para trás: o edifício do qual acabo de escapar tem cinco andares e é uma peça anódina e totalmente esquecível de mediocridade arquitetônica. Pessoas jorram da entrada como se o lugar fosse um ninho de vespas recém-remexido.

Depois de passar pelo lago, deixo a calçada para seguir um caminho de cascalho.

O suor faz meus olhos arderem, meus pulmões estão em chamas, mas continuo botando um pé depois do outro, me impelindo adiante.

A cada passo, as luzes ao redor ficam mais e mais distantes.

À minha frente não há nada além de uma bem-vinda escuridão, e sigo rumo a ela, para dentro dela, como se minha vida dependesse disso.

Um restaurador vento forte estapeia meu rosto, e começo a me perguntar para onde estou indo, afinal, não deveria haver alguma luz ao longe? Ao menos um pontinho de luz? Não: estou indo de encontro a um imenso abismo negro.

Ouço ondas.

Chego a uma praia.

Não há lua no céu, mas graças ao brilho das estrelas consigo discernir a superfície agitada do lago Michigan.

Olho para trás, para o parque empresarial. Vozes entrecortadas pelo vento, vários feixes de lanternas cortando a escuridão.

Volto a correr, meus sapatos esmagando os seixos polidos pelas ondas. Sigo alguns quilômetros pela orla, até ver o brilho indistinto do centro da cidade, onde o aglomerado de arranha-céus se ergue junto à água.

Olho para trás, vejo algumas luzes indo na direção contrária, outras na mesma direção que eu.

Estão se aproximando.

Eu me afasto da margem do lago, atravesso uma ciclovia e me dirijo a uma fileira de arbustos.

As vozes estão mais perto.

Será a escuridão suficiente para me ocultar?

Bloqueando meu caminho, tem um quebra-mar de um metro de altura. Escalo o concreto, esfolando as canelas, e, engatinhando, cruzo a cerca viva que vem depois, os galhos agarrando na minha camisa e no meu rosto, arranhando meus olhos.

Saindo dos arbustos, me vejo no meio de uma estrada paralela à margem do lago.

Ouço um motor acelerando, vindo da direção do parque empresarial.

Faróis altos me cegam.

Atravesso a rua, escalo um alambrado e de repente me pego correndo pelo jardim de alguém, desviando de bicicletas largadas no chão e skates, depois disparo pela lateral da casa, enquanto um cão tem um ataque apoplético lá dentro, as luzes se acendendo no momento em que chego ao quintal e pulo a cerca, e então estou correndo por um campo de beisebol vazio, me perguntando até quando vou conseguir continuar fugindo.

A resposta vem com rapidez notável.

Caio na extremidade do campo, o suor brotando pelo corpo inteiro, todos os músculos em agonia.

O cachorro ainda late ao longe, mas, ao olhar para trás, na direção do lago, não vejo mais as lanternas, não ouço vozes.

Não sei quanto tempo fico ali deitado, e parece que se passam horas até eu conseguir voltar a respirar normalmente.

Consigo me erguer, fico sentado no gramado.

A noite está fria, e a brisa que sopra do lago atravessa as árvores do entorno, despejando uma tempestade de folhas de outono sobre o campo.

Então me levanto, morrendo de sede e exausto, tentando processar as últimas quatro horas da minha vida, mas no momento não estou em condições mentais.

Saio do campo de beisebol e me vejo num bairro operário do South Side. Ruas desertas.

São quarteirões e mais quarteirões de casas tranquilas.

Caminho dois quilômetros, talvez mais, até que paro num cruzamento deserto, num bairro cheio de edifícios empresariais, olhando o semáforo acima, cujas cores se alternam no ritmo acelerado de fim de noite.

A avenida principal corre por dois quarteirões. Nenhum sinal de vida exceto no pé-sujo do outro lado da rua, em que três luminosos anunciam cervejas baratas. Enquanto os clientes cambaleiam porta afora numa nuvem de fumaça e conversas exaltadas, surgem ao longe os faróis do primeiro carro que vejo em vinte minutos.

Um táxi com a plaquinha no alto indicando FORA DE SERVIÇO.

Fico bem no meio do cruzamento, sob o semáforo, acenando com os braços. O táxi reduz ao se aproximar e tenta desviar, mas dou um passo para o lado, me colocando de novo no caminho dele, forçando-o a parar.

O motorista baixa a janela, furioso.

— Qual é a sua, cara?

— Preciso de um táxi.

O motorista é somali, o rosto magro e anguloso, a barba falhada. Ele me encara através dos enormes óculos de lentes grossas.

— São duas da manhã — diz ele. — Já encerrei por hoje. Fim de expediente.

— Por favor.

— Não sabe ler, não? — E completa, batendo no teto do carro: — Olha a plaquinha aqui.

— Preciso chegar em casa.

O vidro da janela começa a subir.

Enfio a mão no bolso e pego o saco plástico contendo meus pertences pessoais. Abro o saco, mostro o maço de notas.

— Eu pago mais que...

— Sai da minha frente.

— Pago o dobro.

A janela para de subir a quatro dedos de se fechar por completo.

— Dinheiro vivo.

— Dinheiro vivo.

Folheio rapidamente as notas. Uma corrida até o North Side custa cerca de setenta e cinco dólares, e preciso pagar o dobro.

— Vê se entra logo, então! — grita o motorista.

Ao verem o táxi parado, alguns clientes do bar (também precisando de condução para casa, provavelmente) começam a se aproximar, gritando para que eu o segure.

Termino de contar o dinheiro: trezentos e trinta e dois dólares e três cartões de crédito vencidos.

Entro e informo meu destino: Logan Square.

— Isso fica a quarenta quilômetros daqui!

— E eu estou pagando em dobro.

Ele me olha feio pelo retrovisor.

— Quero ver o dinheiro — diz.

Pego uma nota de cem dólares e estendo para ele.

— O resto, só quando a gente chegar.

Ele pega o dinheiro e arranca com o carro, passando pelos bêbados.

Verifico o maço de notas. Debaixo do dinheiro e dos cartões de crédito, encontro uma carteira de motorista com uma três por quatro minha que não me lembro de ter tirado, uma carteirinha de uma academia que nunca frequentei e um cartão de um plano de saúde que nunca contratei.

O taxista me lança olhares de soslaio pelo retrovisor.

— A noite foi dureza, hein? — diz.

— Está tão na cara assim?

— Achei que você estivesse bêbado, mas me enganei. Essas roupas rasgadas. Esse sangue no seu rosto.

Fosse eu no lugar dele, provavelmente também não iria querer pegar um passageiro com cara de mendigo lunático que me parasse no meio de um cruzamento às duas da manhã.

— Você se meteu em alguma, hein — constata ele.

— Pois é.

— O que aconteceu?

— Nem sei direito.

— Eu levo você para um hospital.

— Não. Quero ir para casa.

TRÊS

Seguimos pela rodovia interestadual deserta, a silhueta de Chicago se aproximando lentamente. A cada quilômetro percorrido, me sinto recuperar um pouco da minha sanidade, se não por outro motivo, no mínimo por saber que logo estarei em casa.

Daniela vai me ajudar a entender o que está acontecendo.

O táxi para diante da minha casa. Pago o restante prometido.

Atravesso a rua às pressas e subo os degraus da entrada, puxando do bolso chaves que não são as minhas. Enquanto tento encontrar a que entra na fechadura, percebo que esta não é minha porta. Quer dizer, é minha porta. Minha rua. É meu número na fachada. Mas a maçaneta não é a mesma, a madeira é muito elegante e as dobradiças são aquelas de ferro que parecem góticas, mais adequadas a uma taberna medieval.

Giro a chave.

A porta se entreabre.

Tem alguma coisa errada.

Muito, muito errada.

Entro, vou até a sala de jantar.

Não tem o cheiro da minha casa. Na verdade, não tem cheiro de nada, só um leve odor de coisa velha. Como um imóvel vazio há um tempo. As luzes estão apagadas, e não apenas algumas. Todas.

Fecho a porta e avanço na escuridão tateando, até sentir um interruptor. Um lustre de chifres de cervo ilumina a sala acima de uma mesa de vidro minimalista e cadeiras que não são as minhas.

— Olá? — chamo.

Que silêncio.

Um silêncio revoltante.

Na *minha* casa, atrás da mesa de jantar, há uma lareira, e, no consolo da lareira, uma grande e espontânea fotografia em que estamos Daniela, Charlie e eu no Inspiration Point, no Parque Nacional de Yellowstone.

Nesta casa, há uma fotografia em preto e branco de forte contraste, do mesmo desfiladeiro. Melhor do ponto de vista artístico, mas sem ninguém, só a paisagem.

Vou à cozinha. Ao entrar, um sensor aciona a iluminação embutida no teto.

É uma cozinha linda.

Cara.

E sem vida.

Na *minha* casa, fixado com ímãs na porta da nossa geladeira branca, tem um trabalho feito por Charlie no primeiro ano fundamental (arte com macarrão). Abro um sorriso toda vez que vejo aquilo. *Nesta* cozinha, não há nem mesmo uma sujeirinha na porta de aço da geladeira Gaggenau.

— Daniela!

Acho até que minha voz soa diferente aqui.

— Charlie!

Há menos objetos, mais eco.

Enquanto caminho pela sala, vejo minha vitrola ao lado de um aparelho de som de última geração, meus LPs de jazz arrumados cuidadosamente, em ordem alfabética, em prateleiras feitas sob medida.

Subo para o primeiro andar.

O corredor está escuro e o interruptor não está onde deveria, mas nem faz diferença, porque o sistema de iluminação funciona por sensores de movimento. Mais lâmpadas embutidas se acendem no alto.

Este não é meu piso de madeira. É mais chique, de tábua corrida, um tanto mais rústico também.

Entre o lavabo e o quarto de hóspedes, nosso tríptico de família em Wisconsin Dells foi substituído por um desenho emoldurado do Navy Pier. Carvão sobre papel de pão. A assinatura da artista no canto inferior direito chama minha atenção: Daniela Vargas.

Sigo para o próximo cômodo à esquerda.

O quarto do meu filho.

Mas não. Não vejo nenhum dos seus desenhos surrealistas. Assim como não há cama, nenhum pôster de mangá, não há a escrivaninha com o dever de casa largado, a luminária de lava, nenhuma mochila ou as roupas espalhadas pelo chão.

Apenas um monitor sobre uma enorme mesa de trabalho coberta de livros e papéis avulsos.

Vou, em choque, até o fim do corredor. Abro uma porta de deslizar feita de vidro fosco e me encontro num quarto luxuoso e frio. Como tudo o mais nesta casa, não é o meu.

As paredes são decoradas com mais desenhos a carvão sobre papel de embrulho, no mesmo estilo do que vi no corredor, mas o que mais chama atenção neste cômodo é uma caixa de vidro sobre um suporte de madeira. A luz é projetada de baixo, destacando um certificado num estojo de couro acolchoado apoiado num luxuoso pilar revestido de veludo. Pendendo de uma fina corrente que se encontra sobre o pilar, há uma moeda de ouro com a imagem de Julian Pavia impressa no metal.

O certificado diz:

Prêmio Pavia concedido a
JASON ASHLEY DESSEN, pela proeminente realização
no avanço do conhecimento humano e na compreensão da
origem, da evolução e das propriedades do Universo,
ao colocar um objeto macroscópico em estado
de superposição quântica.

Eu me sento ao pé da cama.

Não estou me sentindo bem.

Não estou nada bem.

Minha casa era para ser meu refúgio, um lugar de segurança e conforto, onde eu estaria rodeado pela minha família. Mas esta nem mesmo é minha.

Meu estômago se revira.

Corro até o banheiro da suíte, abro a tampa do vaso sanitário e vomito na louça imaculada do vaso.

Estou morrendo de sede.

Vou até a pia e enfio a boca debaixo da torneira.

Jogo água no rosto.

Volto ao quarto.

Não faço ideia de onde está meu celular, mas há um telefone fixo na mesa de cabeceira.

Nunca digito o número de Daniela, de modo que levo algum tempo para lembrar.

Quatro toques.

Atende uma voz masculina, grave e sonolenta.

— Alô?

— Quero falar com a Daniela.

— Acho que você ligou para o número errado.

Digo o número do celular dela, pergunto se não foi para esse que liguei.

— É, confere, mas esse é o meu número.

— Como isso é possível?

Ele desliga.

Digito o mesmo número de novo. Desta vez, ele atende ao primeiro toque.

— São três da manhã, babaca. Vê se não liga de novo.

Minha terceira tentativa cai direto no correio de voz do sujeito. Não deixo mensagem.

Eu me levanto da cama, volto ao banheiro e me olho no espelho da pia.

Meu rosto está machucado, arranhado, ensanguentado e sujo de lama. Estou com a barba crescendo e os olhos injetados, mas ainda sou eu.

Uma onda de exaustão me atinge como um direto no queixo.

Meus joelhos cedem, mas me apoio na bancada da pia.

Então, no térreo: um ruído.

Uma porta se fechando, bem de leve?

Eu me empertigo.

Estado de alerta novamente.

De volta ao quarto, vou em silêncio até a porta e dou uma olhada no corredor.

Ouço vozes sussurradas.

A estática de um rádio portátil.

O rangido oco do degrau de madeira.

As vozes se tornam mais claras, ecoando entre as paredes, subindo até se espalharem pelo corredor em que estou.

Agora vejo as sombras deles nas paredes, chegando antes das pessoas em si, como fantasmas.

Quando avanço, hesitante, para o corredor, uma voz masculina (um Leighton calmo e comedido) aparece cauteloso no alto da escada.

— Jason?

Cinco passos e chego ao banheiro do corredor.

— Não viemos fazer mal a você.

Os passos deles chegam ao corredor.

Avançando lentamente, metodicamente.

— Sei que você está confuso e desorientado. Você podia ter se aberto comigo lá no laboratório. Eu não sabia que os efeitos tinham sido tão intensos. Desculpe por não ter notado.

Fecho a porta com cuidado, aciono a tranca.

— Só queremos levá-lo de volta porque lá você não se machuca, nem machuca ninguém.

Este banheiro é duas vezes maior que o da suíte, o boxe com paredes de granito e a pia de bancada dupla, em mármore.

Do outro lado do banheiro, vejo o que estou procurando: uma larga prateleira embutida, com a portinhola do alçapão que se abre para a lavanderia.

— Jason?

Ouço o crepitar de um rádio através da porta do banheiro.

— Jason, por favor. Fale comigo. — De repente, ele começa a extravasar toda a sua frustração: — Todos nós abrimos mão da nossa vida para chegarmos a isto que realizamos esta noite. Quer fazer o favor de sair daí? Isso é loucura, porra!

Certo domingo chuvoso, quando Charlie tinha nove ou dez anos, passamos uma tarde brincando de espeleólogos. Eu o fiz descer diversas vezes pelo duto da lavanderia, fingindo que era a entrada de uma caverna. Chegamos a equipá-lo com uma mochilinha e uma lanterna amarrada na testa para improvisar aquelas de cabeça usadas pelos exploradores.

Abro a portinhola e subo na prateleira.

— Comece pelo quarto — ordena Leighton a alguém.

O som seco de passos pelo corredor.

O vão parece apertado. Talvez apertado demais.

Ouço a porta do banheiro começar a chacoalhar, o tilintar do metal da maçaneta. Em seguida, vem uma voz de mulher:

— Ei, essa está trancada.

Espio lá embaixo.

Escuridão total.

A porta do banheiro é bem sólida, de maneira que a primeira tentativa de arrombá-la resulta apenas num estalo de madeira rachando.

Talvez eu nem caiba nesse troço, mas quando eles forçam a porta pela segunda vez e as dobradiças cedem, deixando a enorme madeira tombar ruidosamente no piso, não me resta escolha.

Eles invadem o banheiro. No espelho, vejo o reflexo fugaz de Leighton Vance e um dos seguranças do laboratório segurando algo que parece uma arma de eletrochoque.

Por um segundo, meu olhar encontra o de Leighton no espelho, então o homem com a arma se vira para mim, pronto para agir.

Dobro os braços junto ao peito e me jogo no vão.

Os gritos se distanciam, até que atinjo um cesto de roupa suja vazio, entre a lavadora e a secadora. O plástico se quebra e saio rolando.

Eles já estão se aproximando, descendo a escada a passos pesados.

Por causa da queda, uma dor aguda se irradia pela minha perna direita. Eu me levanto como posso e disparo em direção às portas francesas que levam aos fundos do terreno.

Tento as maçanetas de bronze, mas estão trancadas.

Os passos se aproximam, as vozes cada vez mais altas, os rádios chiando enquanto eles gritam instruções permeadas pela estática.

Giro os trincos, abro as portas e atravesso um deque de madeira que ostenta uma churrasqueira melhor que a minha e uma banheira de hidromassagem nunca comprada.

Desço os degraus até o quintal, passando pelas roseiras.

Tento o portão da garagem, mas está trancado.

Com tanto movimento lá dentro, todas as luzes da casa foram acesas pelos sensores. Deve haver umas quatro ou cinco pessoas correndo no primeiro andar atrás de mim, gritando umas com as outras.

Estou puxando o ferrolho da porta da cerca de dois metros e meio que contorna todo o nosso quintal quando alguém aparece no deque gritando meu nome.

A ruela dos fundos está deserta, e não paro para pensar em qual direção ir. Apenas corro.

Na rua seguinte, olho para trás, vejo dois deles me seguindo.

Ao longe, um motor de carro ganha vida, seguido pelo cantar de pneus que giram em falso no asfalto.

Dobro à esquerda e acelero até o próximo beco.

Quase todos os quintais são protegidos por cercas altas, mas a quinta casa tem uma cerca de ferro forjado, à altura da cintura.

Um SUV faz uma meia-volta brusca e entra no beco a toda.

Disparo em direção à cerca baixa.

Sem força para pular, ergo o corpo de maneira desajeitada até cair do outro lado, no quintal de uma casa. Rastejo pelo gramado até um pequeno galpão ao lado da garagem, sem cadeado na porta.

A porta se abre com um rangido e entro às pressas. Logo em seguida, alguém passa correndo pelo quintal.

Fecho a porta, para que ninguém ouça minha respiração ofegante.

Não consigo recuperar o fôlego.

Está muito escuro aqui dentro. O galpão fede a gasolina e a restos velhos de grama cortada. Meu peito sobe e desce, colado à porta.

O suor pinga do meu queixo.

Arranco uma teia de aranha do rosto.

Na escuridão, tateio as paredes de compensado, encontrando diversas ferramentas: tesoura de poda, uma serra, um ancinho, a lâmina de um machado.

Tiro o machado da parede e seguro com firmeza o cabo de madeira, passando o dedo pelo fio. Não enxergo um palmo à minha frente, mas, pelo tato, tenho a impressão de que não é afiado há anos: há sulcos profundos na lâmina cega.

Entreabro a porta com cuidado, piscando muito para aliviar a ardência nos olhos causada pelo suor.

Nem o mais leve ruído.

Abro mais alguns centímetros, até conseguir ver o quintal.

Vazio.

Nesse ínterim de calma e tranquilidade, o princípio da navalha de Occam sussurra em meu ouvido: a solução mais simples tende a ser a correta. Por essa lógica, será possível que eu tenha sido drogado e sequestrado por um grupo secreto de experimentos científicos para fins de controle da mente ou sabe Deus o quê? Dificilmente. Eles teriam que fazer uma lavagem cerebral para me convencer de que minha casa não é a minha casa ou, no espaço de algumas horas, sumir com minha família e mudar todo o interior da casa para que eu não reconhecesse nada.

Ou... será mais plausível que um tumor cerebral tenha virado meu mundo de cabeça para baixo?

Um tumor crescendo silenciosamente dentro do meu crânio há meses, anos, até finalmente causar um estrago imenso em meus processos cognitivos, deturpando minha percepção de tudo à minha volta.

A ideia me atinge com a força de uma convicção.

O que mais poderia ter acontecido com uma rapidez assim tão debilitante?

O que mais seria capaz de me fazer perder o contato com minha identidade e minha realidade em questão de horas, colocando em dúvida tudo que eu pensava conhecer?

Eu espero.

E espero.

E espero.

Finalmente, saio para o gramado.

As vozes se foram.

Os passos se foram.

Não há sombras.

Nenhum barulho de carro.

A noite parece concreta e real outra vez.

Já sei para onde vou.

O Chicago Mercy fica a dez quarteirões da minha casa. Entro às 4h05 no hospital, mancando, mergulhando na incômoda luz fortíssima da emergência.

Odeio hospitais.

Vi minha mãe morrer em um deles.

Charlie passou as primeiras semanas de vida numa UTI neonatal.

A sala de espera está praticamente vazia. Além de mim, há um operário de construção civil segurando o braço numa atadura encharcada de sangue e um trio da mesma família, todos com ar angustiado, o pai amparando um bebê que tem o rosto vermelho de tanto chorar.

A atendente da recepção, concentrada em sua papelada, ergue para mim os olhos surpreendentemente serenos e despertos considerando o adiantado da hora.

— Em que posso ajudar? — pergunta ela através da barreira de acrílico.

Não pensei no que dizer. Não sei nem como começar a explicar minha situação.

— O senhor sofreu um acidente? — pergunta a atendente, já que demoro a responder.

— Não.

— Está com o rosto todo cortado.

— Eu não estou bem — digo.

— Pode explicar melhor?

— Acho que preciso falar com alguém.

— O senhor é morador de rua?

— Não.

— E sua família?

— Não sei onde eles estão.

Ela me olha de cima a baixo; uma rápida avaliação profissional.

— Seu nome, senhor?

— Jason.

— Só um instante.

A enfermeira se levanta e se afasta, sumindo de vista.

Trinta segundos depois, ouço o zumbido da porta ao lado do balcão se abrindo.

Ela sorri.

— Venha comigo.

Sou conduzido a uma sala de consulta.

— Já, já alguém vai vir atendê-lo.

Ela sai. Quando a porta se fecha, eu me sento na maca e fecho os olhos, evitando as luzes intensas. Nunca me senti tão cansado em toda a minha vida.

Minha cabeça pende.

Eu me endireito.

Quase durmo sentado.

A porta se abre.

Um médico jovem e corpulento entra com uma prancheta em mãos. É seguido por outra enfermeira, uma loura falsa com jaleco azul que carrega a exaustão do turno da noite como um pedregulho amarrado ao pescoço.

— Jason, certo? — pergunta o médico, sem estender a mão para um cumprimento nem se dar ao trabalho de disfarçar a indiferença típica dos plantonistas da madrugada.

Faço que sim.

— Sobrenome?

Hesito em informar meu nome completo, mas talvez o medo seja mais um sintoma do tumor cerebral ou seja lá o que está afetando minha cabeça.

— Dessen — respondo, enfim.

Eu soletro, enquanto ele anota na minha ficha.

— Sou o dr. Randolph, médico de plantão. Qual o motivo da emergência?

— Acho que tem alguma coisa errada com a minha cabeça. Algum tumor, não sei.

— Por que você acha isso?

— As coisas estão fora do normal.

— Bem, pode explicar melhor?

— Eu... Olha, o que eu vou dizer vai parecer loucura. Saiba que eu tenho consciência disso.

Ele ergue os olhos da prancheta.

— Minha casa não é a minha casa — digo.

— Não estou entendendo.

— É exatamente o que eu disse. Minha casa não é a minha casa. Minha família não está lá. Está tudo muito mais... mais novo. Tudo foi reformado e...

— Mas é seu endereço?

— É.

— Então você está querendo dizer que por dentro está diferente, mas que por fora continua igual? — Ele fala como se eu fosse uma criança.

— É.

— Jason, como você machucou o rosto? E essa lama na sua roupa?

— Eu estava sendo perseguido.

Eu não deveria ter dito isso, mas estou tão cansado que não consigo pensar. Devem estar me achando um maluco completo.

— Sendo perseguido — repete ele.

— É.

— E quem estava perseguindo você?

— Não sei.

— Você sabe *por que* estava sendo perseguido?

— Porque... É complicado.

O olhar cético e avaliador dele é muito mais sutil e treinado que o da enfermeira da recepção. Quase não percebo.

— Você usou alguma substância como droga ou álcool? — pergunta ele.

— Um pouco de vinho, depois uísque, mas já faz horas.

— Perdão, esse plantão está sendo mais movimentado que o normal, mas me diga de novo: por que você acha que tem alguma coisa errada com a sua cabeça?

— Porque as últimas oito horas da minha vida não fazem sentido. Tudo parece real, mas não tem como ser.

— Você sofreu algum ferimento na cabeça recentemente?

— Não. Quer dizer... Bem, acho que alguém me deu uma pancada na nuca. Dói quando eu encosto.

— Quem agrediu você?

— Não sei. Não sei de mais nada nos últimos tempos.

— Certo. Você usa ou já usou drogas?

— Um baseado, umas duas ou três vezes por ano. Mas faz um tempo que não fumo.

— Vou pedir que Barbara colete uma amostra do seu sangue — diz ele, virando-se para a enfermeira.

Ele larga a prancheta na mesa e pega uma lanterninha em forma de caneta do bolso do jaleco.

— Se importa se eu examinar você?

— Não.

Randolph se aproxima até seu rosto ficar a centímetros do meu, tão perto que sinto o cheiro de café requentado em seu hálito e vejo em seu queixo um corte recente de gilete. Ele aponta a luz para meu olho direito. Por um instante meu campo de visão se resume a um ponto brilhante, apagando o resto do mundo.

— Jason, você está pensando em se machucar?

— Não sou um suicida.

A luz passa para meu olho esquerdo.

— Já foi internado em alguma instituição psiquiátrica?

— Não.

Em seguida, ele pega meu pulso entre seus dedos frios e macios e verifica minha pressão.

— Em que você trabalha? — pergunta ele.

— Dou aula na Lakemont College.

— Casado?

— Sim.

Instintivamente, levo a mão à minha aliança.

Não está lá.

Meu Deus.

A enfermeira começa a subir a manga esquerda da minha camisa.

— Qual o nome da sua esposa? — pergunta o médico.

— Daniela.

— Vocês estão bem?

— Sim.

— Não acha que sua esposa iria querer saber onde você está? Melhor ligar para ela.

— Já tentei.

— Quando?

— Uma hora atrás, na minha casa. Outra pessoa atendeu. O número estava errado.

— De repente você errou o número.

— Eu sei o telefone da minha mulher.

— Algum problema com agulhas, sr. Dessen? — pergunta a enfermeira.

— Não.

Ela começa a esterilizar uma pequena área do meu braço, então para.

— Dr. Randolph, olhe isso — diz, tocando a marca de agulha de várias horas atrás, quando Leighton tirou meu sangue.

— Quando foi que isso aconteceu? — pergunta ele.

— Não sei.

Acho melhor não mencionar o laboratório de onde acho que consegui escapar.

— Quer dizer que não se lembra de alguém ter enfiado uma agulha no seu braço?

— Não lembro.

Com um aceno de cabeça, Randolph pede à enfermeira que siga em frente com a coleta.

— Só uma picadinha... — avisa ela.

Randolph volta a se dirigir a mim.

— Seu celular está com você?

— Não sei onde está.

Ele pega a prancheta.

— Por favor, me diga de novo o nome da sua esposa e o número dela. Vamos tentar entrar em contato.

Soletro o nome e o sobrenome e informo o número do celular dela e o de nossa casa enquanto meu sangue flui para dentro de um tubinho de coleta.

— Vocês vão fazer uma tomografia? — pergunto. — Para descobrir o que está acontecendo comigo?

— Com certeza.

Eles me instalam num quarto particular no oitavo andar.

Limpo o rosto no banheiro, tiro os sapatos e me deito.

O sono pesa, mas o cientista em meu cérebro não desliga.

Não consigo parar de pensar.

Formular hipóteses e refutá-las.

Enfiar alguma lógica em tudo o que está acontecendo.

Neste momento, não tenho como saber o que é real e o que não é. Nem tenho certeza se sou mesmo casado.

Ei. Espere aí.

Ergo a mão esquerda e observo o dedo anelar.

Embora o anel em si tenha sumido, a pele permanece quase imperceptivelmente mais funda, como prova de sua existência. O anel estava ali. Deixou uma marca. O que significa que alguém o pegou.

Toco o local, me dando conta do horror e, ao mesmo tempo, do alívio que representa: o último vestígio da *minha* realidade.

Fico me perguntando...

O que vai acontecer quando não houver mais esse último vestígio concreto do meu casamento?

Quando não houver mais nenhuma âncora?

Enquanto o céu de Chicago avança sorrateiro rumo à alvorada — um desesperançado roxo saturado de nuvens —, eu me entrego ao sono.

QUATRO

Daniela está com as mãos imersas em água morna com detergente quando ouve a porta sendo fechada. Ela deixa um pouco de lado a frigideira que estava esfregando ferozmente e ergue o olhar, dando uma espiada para trás enquanto passos se aproximam.

Jason aparece à entrada da cozinha com um sorriso de paspalho no rosto, como diria sua sogra.

— Deixei seu prato na geladeira — avisa Daniela, voltando a se concentrar na louça por lavar.

Na janela acima da pia, o vidro embaçado pelo vapor quente da água mostra Jason pousando a sacola de mercado no balcão da cozinha e depois se aproximando.

Ele a abraça pela cintura.

— Não pense que uns potes de sorvete vão tirar você dessa — diz ela, meio que de brincadeira.

Ele a aperta contra si.

— A vida é muito curta para você ficar brava assim — sussurra ele no ouvido da esposa, o hálito carregado de resquícios do uísque.

— Como é que quarenta e cinco minutos viraram quase três horas?

— Do mesmo jeito que uma bebida vira duas, duas viram três, e por aí vai. Eu me sinto péssimo por isso.

Ela sente os lábios dele roçando sua nuca, provocando um leve calafrio ao longo da coluna.

— Você não vai se safar assim tão fácil.

Jason a beija no pescoço. Ele não a tocava assim fazia um tempo.

Ele mergulha as mãos na água.

Entrelaça os dedos nos dela.

— É melhor você comer alguma coisa — diz Daniela. — Vou esquentar seu prato.

Ela se vira para ir até a geladeira, mas ele bloqueia o caminho.

Agora de frente para ele, Daniela olha no fundo dos olhos do marido e, talvez porque os dois andaram bebendo, há uma intensidade no ar, como se cada molécula estivesse carregada de eletricidade.

— Meu Deus, como eu senti sua falta.

— Quanto você bebeu para…?

Ele a beija de repente, empurrando Daniela contra os armários, a beirada da bancada pressionando as costas dela enquanto ele corre as mãos pelo seu quadril e puxa sua camisa para fora da calça. Agora as mãos dele percorrem a pele dela, quentes como um forno.

Ela o afasta com um empurrão.

— Meu Deus, Jason.

Ela o observa à luz fraca da cozinha, tentando compreender toda essa energia impetuosa que ele trouxe para casa.

— Aconteceu alguma coisa enquanto você estava lá — diz ela.

— Não aconteceu nada, eu só perdi a noção do tempo.

— Você deve ter conversado com alguma garota na festa do Ryan e ela fez você se sentir como se tivesse vinte e cinco anos outra vez. E aí você volta de pau duro, fingindo que…

Ele ri. Lindamente.

— Que foi? — pergunta Daniela.

— É isso o que você acha que está acontecendo aqui? — Ele se aproxima um passo. — Quando eu saí do bar, minha cabeça estava em outro lugar. Eu não estava raciocinando. Eu me enfiei no meio do trânsito e quase fui atropelado por um táxi. Fiquei apavorado. Não sei explicar, mas é que desde aquele momento estou me sentindo tão vivo! No supermercado, e na caminhada para casa, agora aqui na nossa cozinha. Como se pela primeira vez estivesse vendo minha vida com intensidade e clareza. Tudo que merece minha gratidão. Você. Charlie.

Ela sente a raiva começar a se desfazer.

— A gente fica tão imerso na rotina que acaba deixando de ver as pessoas que amamos como realmente são — continua ele. — Mas esta noite, agora, estou vendo você outra vez, como no dia em que a gente se conheceu, quando o som da sua voz e o seu cheiro eram uma grande novidade. Estou divagando.

Daniela vai até ele, segura o rosto dele e o beija.

Então, ela o pega pela mão e o leva para o andar de cima.

O corredor está escuro e ela não lembra quando foi a última vez que o coração bateu disparado desse jeito por Jason.

Ao passarem pelo quarto de Charlie, ela para um instante, cola o ouvido à porta fechada e registra o ruído distante de música estridente emanando de fones de ouvido.

— Tudo limpo — sussurra Daniela.

Eles seguem o mais silenciosamente possível pelo corredor, cujo piso insiste em ranger.

Chegando ao quarto, Daniela tranca a porta e abre a primeira gaveta da cômoda, em busca de uma vela aromática. Mas Jason não quer perder nem um segundo.

Ele a puxa para a cama e a deita, e logo está em cima dela, beijando-a, enfiando as mãos por baixo da roupa dela, deslizando-as pelo seu corpo.

Ela sente o rosto levemente molhado, os lábios.

São lágrimas.

Dele.

— Por que você está chorando? — pergunta Daniela, levando as mãos ao rosto dele.

— Eu senti que tinha perdido você.

— Eu sou sua, Jason. Estou bem aqui, meu amor. Eu sou sua.

Enquanto ele a despe na escuridão do quarto, Daniela se dá conta de que nunca desejou alguém tão desesperadamente. A raiva passou. A sonolência do vinho sumiu. Ele a trouxe de volta à primeira vez que fizeram amor, no loft onde ela morava, em Bucktown, com o centro da cidade brilhando através das enormes janelas abertas para deixar entrar o ar fresco do outono, carregando consigo a balbúrdia dos clientes tardios saindo dos bares, o grito distante das sirenes e o rugido do motor da grande cidade em repouso — não completamente recolhida, nunca desligada, apenas numa reconfortante inatividade basal.

Ao gozar, ela tenta não gritar, mas não consegue se conter. Nem Jason.

Não desta vez.

Porque tem algo diferente; algo melhor.

Eles não têm sido *infelizes* nos últimos anos, pelo contrário, mas faz muito, muito tempo desde a última vez que ela teve aquela sensação de amor vertiginoso que efervesce na boca do estômago e subverte o mundo com uma força espetacular.

CINCO

— Sr. Dessen?

Acordo sobressaltado.

— Oi. Desculpe assustá-lo.

Uma médica está de pé junto à cama, olhando para mim: uma mulher baixa, ruiva, olhos verdes, de jaleco branco, com uma xícara de café numa das mãos e um tablet na outra.

Eu me ergo um pouco na cama.

Já é dia lá fora, como vejo pela janela ao lado da cama, e por cinco segundos não faço a menor ideia de onde estou.

Do outro lado do vidro, nuvens baixas cobrem a cidade, cortando os prédios na altura dos trezentos metros. De onde estou, vejo o lago Michigan após três quilômetros de ruas de Chicago, tudo silenciado por um cinza sombrio típico do Meio-Oeste americano.

— Sr. Dessen, sabe onde está?

— No Mercy.

— Isso mesmo. Você foi atendido ontem à noite no setor de emergência, bastante desorientado. O dr. Randolph o avaliou e me passou sua ficha hoje de manhã quando encerrou o plantão. Meu nome é Julianne Springer.

Dou uma olhada no acesso intravenoso em meu pulso e sigo o tubo com o olhar até a bolsa pendurada no suporte de metal.

— O que estão me dando? — pergunto.

— Só o bom e velho soro. Você estava desidratado. Como se sente agora?

Faço um rápido autodiagnóstico.

Enjoo.

Cabeça latejando.

Boca seca.

Aponto para a janela.

— Tipo isso. Ressaca esquisita.

Além do desconforto físico, registro uma sensação de vazio esmagadora, como se estivesse chovendo diretamente na minha alma.

Como se meu interior tivesse sido escavado.

— Estou com os resultados da sua ressonância magnética — diz ela, ligando o tablet. — Tudo normal. Alguns hematomas superficiais, mas nada sério. Seu exame toxicológico é muito mais esclarecedor. Encontramos resíduos de álcool, a uma concentração que bate com o que você relatou ao dr. Randolph, mas não só isso.

— O que mais?

— Cetamina.

— Não sei o que é.

— Um anestésico cirúrgico. Compromete a memória de curto prazo, entre outros efeitos colaterais. Talvez ajude a explicar sua desorientação. O toxicológico revelou também um elemento que desconheço. Uma substância psicoativa. Coquetel bem estranho, esse. — Ela toma um gole do café. — Sou obrigada a perguntar: você tomou essas drogas de forma voluntária?

— Claro que não.

— Ontem, você deu ao dr. Randolph o nome da sua esposa e dois números de telefone.

— O celular dela e o nosso fixo.

— Passei a manhã toda tentando localizá-la, mas o celular é de um homem chamado Ralph e o fixo só cai na mensagem de número errado.

— Qual é o número que consta aí?

Springer lê em voz alta o número do celular de Daniela.

— É esse mesmo — confirmo.

— Certeza?

— Absoluta. — Enquanto ela consulta o tablet, pergunto: — Por acaso essas drogas detectadas no meu sangue provocam estados alterados de longo prazo?

— Quer dizer delírios? Alucinações?

— Exatamente.

— Para ser sincera, eu não conheço esse psicotrópico, portanto não posso afirmar com segurança quais são os efeitos que pode ter provocado no seu sistema nervoso.

— Então isso pode ainda estar me afetando?

— Como eu disse, não sei qual é a meia-vida dessa droga nem quanto tempo levaria para ser expelido, mas você não me parece estar sob a influência de nenhuma droga neste momento.

As lembranças da noite passada estão voltando.

Vejo a mim mesmo nu, entrando num edifício abandonado sob a mira de uma arma.

A injeção no pescoço.

Outra na perna.

Fragmentos de uma conversa estranha com um homem que usava uma máscara de gueixa.

Um local aberto, cheio de antigos geradores e banhado pelo luar.

E, embora as lembranças carreguem o peso emocional de algo que realmente se passou, também exibem os contornos fantásticos de um sonho — ou um pesadelo.

O que fizeram comigo dentro daquele edifício abandonado?

A dra. Springer puxa uma cadeira e se senta ao lado da cama. Agora, de perto, vejo as sardas que cobrem seu rosto como areia salpicada.

— Vamos repassar o que você contou ao dr. Randolph. Ele escreveu... — Ela suspira. — Desculpe, é que a letra dele é horrível. "O paciente relata: 'Era a minha casa, mas não era a minha casa.'" Você disse também que os cortes e arranhões no rosto foram porque tinha umas pessoas o perseguindo, mas, quando perguntado por que estava sendo perseguido, não soube responder. — Ela ergue os olhos da tela. — Você é professor universitário?

— Correto.

— Na...?

— Lakemont College.

— Pois é, sr. Dessen. Enquanto você estava dormindo, e já que não conseguimos encontrar nenhum sinal da sua esposa...

— Como assim, não encontraram nenhum sinal dela?
— Daniela Dessen, certo?
— Isso.
— Trinta e nove anos?
— Sim.
— Não encontramos ninguém com esse nome e essa idade em toda a Chicago.

Isso me derruba. Desvio o olhar para a janela. Não faço ideia de que horas são, com o dia lá fora mascarado por um cinza pesado. Manhã, tarde, noite... é impossível determinar. Do outro lado do vidro, finas gotas de chuva resistem a cair.

A essa altura, nem sei direito qual é meu medo: de que esta realidade seja verdadeira ou de que minha cabeça esteja implodindo. Preferiria continuar pensando que isso tudo está sendo provocado por um tumor cerebral. Ao menos seria uma explicação.

— Jason, tomamos a liberdade de investigar você. Seu nome. Profissão. Tudo que conseguimos encontrar. Quero que me responda com muito cuidado: você realmente acredita que é professor de física da Lakemont College?

— Eu não *acredito*. É o meu trabalho.

— Demos uma olhada nos sites das universidades locais. No da Lakemont, inclusive. Você não aparece na lista de docentes de nenhuma delas.

— Isso é impossível. Eu dou aula lá desde...

— Por favor, me deixe terminar, porque encontramos algumas informações a seu respeito. — Ela digita algo no tablet. — Jason Ashley Dessen, nascido em 1973, em Denison, Iowa, filho de Randall Dessen e Ellie Dessen. Diz aqui que sua mãe morreu quando você tinha oito anos. Se importa de me contar qual foi a causa da morte?

— Ela tinha uma doença cardíaca subjacente. Pegou uma gripe forte que evoluiu para uma pneumonia.

— Lamento. — Ela continua lendo: — Graduado pela Universidade de Chicago, 1995. Doutor pela mesma universidade, 2002. Até aí tudo bem?

Faço que sim.

— Premiado pelo Pavia em 2004. No mesmo ano, foi reconhecido pela revista *Science* com uma reportagem de capa sobre seu trabalho, que chamou de "a descoberta do ano". Palestrante convidado em Harvard, Princeton, Berkeley.

Ela olha para mim e, ao me ver confuso, vira o tablet para me mostrar o verbete "Jason A. Dessen" na Wikipedia.

No monitor cardíaco, meu ritmo sinusal acelera visivelmente.

— Você não publicou novos artigos nem aceitou nenhum convite para lecionar desde 2005, ano em que assumiu o cargo de cientista-chefe da Velocity, um laboratório de propulsão e combustão. Finalmente, aqui diz que oito meses atrás seu irmão registrou na polícia seu desaparecimento e que você não é visto em público há mais de um ano.

Ouvir isso me abala tão profundamente que mal consigo respirar.

Minha pressão arterial dispara algum tipo de alarme no monitor cardíaco, que começa a emitir um bipe desagradável.

Um enfermeiro corpulento aparece à porta.

— Está tudo bem — diz a dra. Springer. — Será que você pode desligar esse negócio?

O enfermeiro vai até o monitor e silencia o alarme.

Quando ele vai embora, a médica estica o braço por cima da grade da cama e toca minha mão.

— Quero ajudar você, Jason. Estou vendo que você está apavorado. Não sei o que aconteceu e tenho a sensação de que você também não sabe.

O vento que vem do lago é tão forte que faz a chuva cair na diagonal. Fico vendo as gotículas riscarem o vidro, desfocando o mundo, fazendo da paisagem urbana uma acinzentada tela impressionista pontuada pelo brilho distante de faróis indo e vindo.

— Eu avisei a polícia. Eles vão mandar uma pessoa para tomar seu depoimento e tentar desvendar o que aconteceu ontem à noite. Isso era o mais importante a fazer. Agora: não consegui entrar em contato com sua esposa, mas consegui o contato do seu irmão, Michael, em Iowa City. Gostaria que você me desse permissão para informar a ele que você está aqui e discutir com ele sua situação.

Não sei o que dizer. Não falo com meu irmão há dois anos.

— Não me sinto confortável com a ideia de ligarem para meu irmão — respondo, por fim.

— Entendo. Bom, mas, para que fique claro, de acordo com as disposições do governo, se um médico considerar que um paciente não está em condições de se opor ou não a uma divulgação, ou se as circunstâncias de emergência exigirem, ele está autorizado a decidir em nome do paciente. Pela minha avaliação do seu estado mental atual, seria benéfico para você se consultarmos alguém que o conheça e que possa informar sobre seu histórico. É por isso que eu vou ligar para Michael.

Antes de continuar, ela olha para o chão, como se relutasse em dizer o que mais me espera.

— Por último, precisamos da orientação de um psiquiatra para avaliar sua condição. Vamos transferir você para o Chicago-Read, que é um centro de saúde mental não muito longe daqui, no North Side.

— Olha, admito que não sei muito bem o que está acontecendo, mas eu não sou louco. Não tenho problema em falar com um psiquiatra. Seria ótimo, até. Mas não vou me dispor a ser internado, se é isso que você está pedindo.

— Não é isso. Com todo o respeito, Jason, você não tem escolha.

— Como é que é?

— Pela lei, se eu avaliar que você representa uma ameaça para si mesmo ou para outras pessoas, posso pedir uma internação compulsória de setenta e duas horas. Olhe, é para o seu bem. Você não está em condições de...

— Eu entrei nesse hospital por vontade própria, porque *queria* descobrir o que estava acontecendo comigo.

— Foi a escolha certa e é exatamente o que vamos fazer: vamos descobrir o que está provocando em você essa ruptura com a realidade. Você precisa de tratamento para se recuperar.

O monitor mostra minha pressão subindo.

Não quero disparar o alarme outra vez.

Fechando os olhos, inspiro fundo.

Expiro.

Mais uma dose de oxigênio.

Minha pressão diminui.

— Então você vai me trancar num quarto com paredes acolchoadas, sem cinto nem objetos cortantes, e me deixar lá entorpecido de remédios? — pergunto.

— Não é assim. Você veio ao hospital porque queria se recuperar, certo? Pois então. Esse é o primeiro passo. Preciso que confie em mim.

A médica se levanta e devolve a cadeira a seu lugar, embaixo da televisão.

— Continue de repouso, Jason. A polícia já vai chegar, e à tarde transferiremos você para o Chicago-Read.

Ela sai da sala, a ameaça de uma revelação pairando bem acima de mim, me pressionando.

E se todas as crenças e lembranças que compõem quem eu sou — minha profissão, minha esposa, meu filho — não passarem de uma trágica falha no funcionamento da matéria cinzenta localizada dentro do meu crânio? Devo continuar lutando para ser o homem que penso ser? Ou devo deserdá-lo, abandonar tudo que ele ama, para simplesmente encarnar a pessoa que este mundo espera que eu seja?

Mas, se eu enlouqueci, o que fazer?

E se tudo que conheço estiver errado?

Não. Pare.

Eu *não* estou ficando louco.

Havia vestígios de drogas em meu sangue e contusões pelo meu corpo. Minha chave abriu a porta daquela casa que não era minha. Eu não tenho um tumor cerebral. Há uma marca de aliança no meu dedo. Estou neste quarto de hospital e tudo isso está realmente acontecendo.

Não tenho o direito de pensar que estou louco.

Só tenho o direito de resolver este problema.

Quando as portas do elevador do hospital se abrem e saio para o saguão, esbarro em dois homens em ternos baratos e sobretudos molhados. Parecem policiais. Nossos olhares se cruzam enquanto eles entram no elevador, e tenho a sensação de que estão subindo para me ver.

Atravesso a sala de espera em direção às portas automáticas.

Como eu não estava numa ala de segurança, fugir foi muito mais fácil do que eu imaginava. Simplesmente me vesti, esperei o corredor estar vazio e passei tranquilamente, pelo posto de enfermagem, sem despertar sequer um olhar desconfiado.

Conforme me aproximo da saída, continuo esperando os alarmes soarem, alguém gritar meu nome, surgirem guardas me perseguindo.

Mas logo estou fora do hospital, na chuva. Parece ser início da noite. Pelo movimento do tráfego, cerca de seis horas.

Desço a escada a passos ligeiros e mantenho o ritmo até alcançar o quarteirão seguinte.

Dou uma olhada para trás.

Ninguém me segue, ao menos não que eu perceba.

Vejo apenas um mar de guarda-chuvas.

Estou ficando encharcado.

Sigo sem rumo.

Ao passar por um banco, me abrigo sob a marquise. Fico encostado numa coluna de pedra calcária, observando as pessoas passarem enquanto a chuva castiga a calçada.

Pego o maço de dinheiro da calça. A corrida de táxi ontem à noite representou uma mordida considerável em minhas magras finanças: me restaram apenas cento e oitenta e dois dólares, e os cartões de crédito são inúteis.

Voltar para casa está fora de questão, mas no meu bairro há um hotel barato a poucos quarteirões de onde moro. O aspecto é tão chinfrim que acredito ser acessível para mim no momento.

Volto a me aventurar na chuva.

A cada minuto fica mais escuro.

Mais frio.

Sem casaco, fico encharcado até os ossos após dois quarteirões.

O Days Inn fica em frente ao Village Tap. Só que não. A cor do toldo é diferente da que eu lembrava e toda a fachada é estranhamente sofisticada. São apartamentos de luxo. Tem até um porteiro a postos na calçada, sob um guarda-chuva, tentando chamar um táxi para uma mulher de *trench coat* preto.

Será que errei a rua?

Olho para meu bar de esquina.

Em vez do letreiro neon piscando VILLAGE TAP, há um pesado painel de madeira com letras de bronze acima da entrada, rangendo ao vento.

Continuo andando, mais rápido agora, a chuva entrando nos meus olhos.

Passo por...

Tabernas tumultuadas.

Restaurantes se preparando para receber a agitação da hora do jantar: taças de vinho e talheres brilhantes sendo dispostos rapidamente sobre toalhas de linho branco enquanto os garçons memorizam os pratos especiais.

Uma cafeteria que não reconheço, transmitindo o ruído da máquina de espresso moendo grãos frescos.

Nosso restaurante italiano preferido está exatamente onde deveria, me lembrando que não como há quase vinte e quatro horas.

Mas continuo andando.

Até minhas meias ficarem encharcadas.

Até começar a tremer incontrolavelmente.

Até a noite cair e eu me ver parado diante de um hotel de três andares com grades nas janelas e um cartaz escandalosamente enorme na entrada:

HOTEL ROYALE

Entro no vestíbulo, produzindo uma poça d'água no piso xadrez cheio de rachaduras.

Não é o que eu esperava. Não é decadente nem sujo, no sentido escabroso da palavra. Apenas esquecido. Um estabelecimento que já viu dias melhores. Do mesmo modo como me lembro da sala dos meus bisavós na depauperada casa rural em que moravam, em Iowa. Como se estes móveis desgastados estivessem aqui há mil anos, congelados no tempo, enquanto o restante do mundo seguiu em frente. Sinto cheiro de mofo no ar e ouço uma *big band* tocando baixinho por um sistema de som oculto. Algo da década de 1940.

No balcão da recepção, o velho de smoking não se importa com meu estado, apenas aceita os noventa e cinco dólares úmidos e me entrega a chave para um quarto no terceiro andar.

O elevador é apertado. Encaro minhas feições distorcidas nas portas de bronze enquanto o carro se eleva penosa e ruidosamente, com a graça de um sujeito muito gordo subindo uma escada.

Localizo meu quarto no meio do corredor mal iluminado, de largura suficiente apenas para duas pessoas lado a lado. A fechadura antiga exige certo esforço.

O lugar não é grande coisa.

Uma cama de solteiro com uma armação de metal frágil e um colchão todo irregular.

Um banheiro do tamanho de um armário.

Uma cômoda.

Um televisor antigo.

E uma cadeira ao lado da janela. Algo brilha lá fora.

Dou a volta na cama para ir até a janela, abro a cortina e espio lá fora. Estou logo acima da placa da entrada, tão próximo da fachada que dá para ver a chuva caindo através da luz neon verde.

Na calçada, vejo um homem recostado no poste de luz, a fumaça subindo serpenteante em meio à chuva, a ponta do cigarro brilhando para logo desaparecer na escuridão sob o chapéu.

Esperando por mim?

Talvez eu esteja ficando paranoico, mas, por garantia, vou até a porta, confiro se a tranquei e ainda passo a correntinha.

Tiro os sapatos e a roupa e me seco com a única toalha no banheiro.

A melhor coisa do quarto é o aquecedor de ferro fundido, daqueles bem antigos, sob a janela. Ligo no máximo e estendo as mãos para receber os jatos de calor.

Penduro as roupas molhadas no encosto da cadeira e a coloco perto do aquecedor.

Na gaveta da mesinha de cabeceira, encontro uma Bíblia e uma lista telefônica da área metropolitana de Chicago, já gasta.

Levando a lista, me deito na cama rangente, folheio até a letra D e procuro meu sobrenome.

Rapidamente o localizo.

Jason A. Dessen.

Endereço correto.

Número correto.

Tiro o fone do gancho e ligo para meu telefone fixo.

Depois de quatro toques, ouço minha própria voz: "Oi, você está falando com Jason, mas não o de verdade, porque não estou aqui para atender sua ligação. Isso é uma gravação. Você sabe o que fazer."

Desligo antes do bipe.

Essa não é a mensagem da nossa secretária eletrônica.

Sinto a loucura me cercando novamente, ameaçando me colocar em posição fetal e me estilhaçar em milhões de pedacinhos.

Mas afasto esse medo, voltando a meu novo mantra.

Não tenho o direito de pensar que estou louco.

Só tenho o direito de resolver este problema.

A física experimental — a ciência como um todo, na verdade — consiste em solucionar problemas, mas não se pode solucionar todos de uma vez. Sempre existe uma questão maior, mais abrangente: o grande objetivo. O problema é que, se você fica obcecado pela enormidade desse objetivo, acaba perdendo o foco.

O segredo é começar pequeno. Resolver primeiro os problemas que dá para responder. Construir uma base firme sobre a qual pisar. Só depois de feito isso, e *se* você tiver sorte, o mistério da questão mais abrangente se tornará cognoscível. Como ao se afastar lentamente de uma fotomontagem para que a imagem geral seja apreendida.

Preciso isolar o medo, a paranoia e o terror para enfrentar este problema como se estivesse num laboratório: uma pequena pergunta de cada vez.

Construir uma base firme sobre a qual pisar.

A questão mais abrangente é: *o que aconteceu comigo?* Não há como responder a essa pergunta. Não agora. É claro, tenho algumas vagas suspeitas, mas suspeitas levam a ideias preconcebidas, e ideias preconcebidas não levam à verdade.

Por que Daniela e Charlie não estavam em casa ontem? Por que parecia que eu morava sozinho?

Não, isso ainda é muito grande, muito complexo. Preciso restringir o campo de dados.

Onde estão Daniela e Charlie?

Melhor reduzir ainda mais. Daniela vai saber onde está meu filho.

Então, o ponto de partida é: *onde está Daniela?*

Os desenhos que vi na casa que não é a minha eram assinados por Daniela Vargas. Ela usou o nome de solteira. Por quê?

Levanto a mão para ver o dedo anelar esquerdo à luz neon que entra pela janela.

A marca da aliança desapareceu.

Será que esteve ali em algum momento?

Arranco um pedaço de linha solta da cortina e a amarro no dedo, como um laço físico com a vida que conheço.

Então, volto à lista telefônica e busco o V, parando no único registro de Daniela Vargas. Arranco a página inteira. Disco o número.

A familiaridade da voz dela na gravação me deixa emocionado, apesar de a mensagem em si me perturbar profundamente.

"Você ligou para Daniela. Estou no ateliê. Deixe um recado."

Uma hora depois, minhas roupas já estão quentes e quase secas. Tomo um banho, me visto e desço pela escada.

Na rua, o vento sopra, mas a chuva diminuiu.

O homem que fumava apoiado no poste foi embora.

Estou tonto de fome. Passo por meia dúzia de restaurantes até encontrar um que não me deixará na miséria: uma pizzaria encardida mas reluzente que vende enormes fatias da pizza típica de Chicago. Não tem mesas lá dentro, por isso como de pé na calçada mesmo, me empanzinando e me perguntando se esta pizza é mesmo sensacional como estou achando ou se minha fome descomunal é que me impede de discernir bem as coisas.

O endereço de Daniela é em Bucktown. Tenho setenta e cinco dólares e uns trocados, suficiente para um táxi, mas decido ir a pé.

O grande movimento de gente e de carros indica que hoje é sexta-feira, com uma energia no ar igualmente intensa.

Sigo na direção de Bucktown, para encontrar minha esposa.

O prédio é de tijolos amarelos. O frio que tem feito deixou num tom avermelhado a hera que sobe pela fachada. No antiquado painel de bronze do interfone, encontro o sobrenome de Daniela no penúltimo botão da primeira coluna.

Aperto três vezes, mas ninguém atende.

Através das altas vidraças que emolduram o portão de entrada, vejo uma mulher trajando um vestido de noite e um sobretudo, os sapatos de salto agulha estalando no corredor enquanto ela se aproxima. Eu me afasto um pouco e me viro de costas quando o portão se abre.

A mulher está falando ao celular e, pelo bafo de álcool que sinto quando ela passa, já começou bem a noite. Ela não repara em mim ao descer, resoluta, os degraus da entrada.

Seguro a porta antes que se feche e subo de escada até o quarto andar.

O apartamento de Daniela fica no fim do corredor.

Bato à porta e espero.

Nada.

Volto ao saguão do térreo, pensando se devo ficar aqui e esperar até ela voltar. Mas e se ela estiver viajando? O que pensaria se chegasse em casa e me encontrasse vagando em frente ao seu prédio, como um maníaco?

Estou me dirigindo ao portão para ir embora quando, por acaso, meu olhar recai sobre um quadro de avisos coberto de folhetos que anunciam de tudo um pouco, desde inaugurações de galerias de arte até lançamentos de livros e saraus de poesia.

O maior deles, preso no centro do quadro, me chama a atenção. Na verdade, é um cartaz, anunciando uma instalação de Daniela Vargas numa galeria chamada Oomph.

Paro, procuro a data de abertura.

Sexta-feira, 2 de outubro.

Hoje.

De volta à rua, a chuva recomeça.

Chamo um táxi.

A galeria fica a uns dez quarteirões daqui, e sinto a resistência à tração dos meus nervos chegar ao ápice enquanto seguimos pela Damen Avenue, que é um emaranhado de táxis no auge da balada noturna.

Desisto do táxi e me junto ao exército de hipsters que marcha sob a garoa fria.

A Oomph é uma antiga fábrica de processamento de carne que foi transformada em galeria de arte. A fila para entrar se estende pela calçada.

Quarenta e cinco trêmulos e sofridos minutos depois, finalmente me livro da chuva e pago o ingresso de quinze dólares para ser levado junto com mais dez pessoas até uma antessala que tem DANIELA VARGAS escrito na parede, em letras gigantescas estilo grafite.

Ao longo dos nossos quinze anos de casamento, já compareci a muitas exposições e vernissages com Daniela, mas nada parecido com isso.

Um homem magro e barbudo surge por uma porta camuflada.

As luzes se atenuam.

— Eu sou Steve Konkoly, o curador do que vocês estão prestes a assistir. — Ele arranca um saco plástico de um dispenser ao lado da porta. — Os celulares ficarão retidos e serão devolvidos do outro lado.

A sacola é passada de mãos em mãos, os aparelhos se acumulando.

— Uma palavra sobre os próximos dez minutos de suas vidas. A artista pede que abdiquem dos recursos intelectuais por ora e procurem processar sensorialmente a instalação. Bem-vindos ao Entrelaçamento.

Konkoly pega a sacola com os celulares e abre a porta.

Sou o último a entrar.

Por um instante, o grupo se vê amontoado num espaço escuro e sufocante, e a escuridão fica absoluta quando batem a porta, o eco que resulta indicando que nos encontramos num amplo salão, como um armazém.

Minha atenção é atraída para cima quando pontos de luz se acendem.

Estrelas.

Parecem assustadoramente reais, com um brilho ardente.

Algumas perto, outras distantes. Vez ou outra, uma delas cruza o espaço amplo.

Percebo o que está por vir.

— Ah, meu Deus... — murmura alguém no grupo de espectadores.

É um labirinto de acrílico que, por algum recurso visual, parece se estender infinitamente sob um universo de estrelas.

Ondas de luz atravessam os painéis.

Avançamos, hesitantes.

Há cinco entradas para o labirinto, e eu paro na junção de todas elas, observando os outros seguirem em frente pelos diferentes caminhos.

Um som de baixa frequência que está presente desde o início me chama a atenção. Não é música, é mais um ruído branco, como estática de televisão, um sibilar sobre uma nota grave e contínua.

Escolho um caminho.

Ao entrar no labirinto, a transparência desaparece.

O acrílico é tomado por uma luz quase ofuscante, até mesmo sob meus pés.

Após cerca de minuto, alguns dos painéis começam a exibir imagens em loop.

Nascimento: criança gritando, mãe chorando de alegria.
Um homem chutando e se contorcendo na forca.
Uma tempestade de neve.
O oceano.
Uma paisagem de deserto, em movimento.

Avanço pelo labirinto.

Entro em becos sem saída.

Faço curvas cegas.

À medida que caminho, as imagens surgem com maior frequência, em sequências mais rápidas.

Destroços de um acidente de carro.
Um casal no intenso arfar do sexo.
A perspectiva de um paciente sendo empurrado na maca pelo corredor de um hospital, observado de baixo pelos enfermeiros e médicos.
A cruz cristã.
O Buda.
O pentagrama.
O sinal da paz.
Uma explosão nuclear.
As luzes se apagam.
As estrelas ressurgem.

Volto a ver através do acrílico, só que agora há uma espécie de filtro digital sobreposto à transparência: insetos — parados ou voando em enxames — e neve caindo.

O efeito disso é que as outras pessoas no labirinto parecem silhuetas caminhando por uma vasta terra inóspita.

E, apesar de toda a confusão e o medo das últimas vinte e quatro horas, ou talvez justamente *por causa* de tudo pelo que passei, o que estou testemunhando neste momento me toca profundamente.

Embora eu consiga ver os outros no labirinto, é como se não estivéssemos no mesmo salão. Ou no mesmo espaço.

Parecem estar todos em mundos separados, perdidos em seus próprios vetores.

Por um momento fugaz, sou invadido por uma esmagadora sensação de perda.

Não tristeza ou dor. Algo mais primal.

Uma percepção e o horror que a sucede — o horror da ilimitada indiferença que nos rodeia.

Não sei se essa é a intenção da instalação, mas é o que sinto.

Estamos apenas vagando através da tundra de nossa existência, atribuindo valor ao inútil, quando tudo que amamos e odiamos, tudo em que acreditamos e pelo que lutamos, matamos e morremos é tão sem sentido quanto imagens projetadas sobre acrílico.

À saída do labirinto há uma última imagem em loop — *um homem e uma mulher segurando as mãozinhas do filho, os três subindo juntos uma colina gramada sob um céu azul e limpo* —, enquanto as seguintes palavras lentamente se materializam no painel:

Nada existe.
Tudo é um sonho.
Deus, o homem, o mundo, o Sol e a Lua, a imensidão
das estrelas, um sonho, tudo um sonho.
Coisas que não existem.
Nada existe a não ser o espaço vazio... e você!
E você não é você. Não tem corpo, nem sangue, nem
ossos, você é apenas um pensamento.

MARK TWAIN

Chego a outra antessala. O restante do grupo está amontoado ao redor da sacola que contém os celulares.

Passamos adiante para uma galeria ampla e bem iluminada, com um piso lustroso de tábua corrida, obras de arte nas paredes, um trio de violino tocando... e uma mulher num vestido preto lindíssimo, de pé num palanque, dirigindo-se aos espectadores.

Só depois de cinco segundos percebo que é Daniela.

Ela está radiante, uma taça de vinho tinto numa das mãos e gesticulando com a outra.

— ... a noite mais incrível, e sou muito grata a vocês por terem vindo prestigiar meu novo projeto. Significa muito para mim.

Ela ergue a taça.

— *¡Salud!*

O público responde em uníssono. Enquanto todos bebem, vou até ela.

De perto, Daniela está elétrica, transbordando vida, a tal ponto que preciso me conter para não gritar seu nome. Esta Daniela transmite a mesma energia que tinha quando nos conhecemos, quinze anos atrás, antes que os elementos da vida — a normalidade, a euforia, a depressão, os compromissos — a tornassem a mulher com quem hoje divido a cama: uma mãe incrível e uma esposa incrível, mas sempre lutando contra os rumores da mulher que poderia ter sido.

Minha Daniela carrega nos olhos um peso e um distanciamento que às vezes me assusta.

Esta Daniela paira uns cinco centímetros acima do solo.

Neste momento, estou a poucos metros dela, o coração disparado, ansioso para saber se ela vai me reconhecer, e então...

Contato visual.

Ela arregala os olhos, abre a boca, e não sei dizer se está horrorizada, encantada ou apenas surpresa em me ver.

Ela abre caminho entre as pessoas e me dá um abraço apertado,

— Minha nossa, não *acredito* que você veio! Está tudo bem? Ouvi dizer que você tinha saído do país por um tempo, que estava desaparecido...

Não sei o que responder, então digo apenas:

— Bem, estou aqui.

Daniela não é adepta de perfumes há anos, mas hoje ela está usando, e é o cheiro de uma Daniela sem mim, como a Daniela antes de nossos aromas distintos se fundirem em *nós*.

Não quero soltá-la; preciso de seu toque. Mas ela encerra o abraço.

— Cadê o Charlie? — pergunto.

— Quem?

— Charlie.

— De quem você está falando?

Algo se retorce dentro de mim.

— Jason? — chama Daniela.

Ela não sabe quem é nosso filho.

Será que temos um filho?

Será que Charlie existe?

É claro que ele existe. Eu estava lá quando ele nasceu. Eu o peguei no colo dez segundos depois que ele veio ao mundo, chorando e se agitando.

— Você está bem, Jason?

— Sim. É que acabei de atravessar o labirinto.

— E o que achou?

— Quase me fez chorar.

— Foi graças a você — diz ela.

— Como assim?

— Aquela conversa que tivemos há um ano e meio, lembra? Quando você foi me visitar? Você me inspirou, Jason. Pensei em você todos os dias em que estive construindo isso. No que você me disse. Não viu a dedicatória?

— Não. Onde?

— Na entrada do labirinto. É para você. Eu dediquei o labirinto a você, e já faz um tempo que estou tentando entrar em contato. Queria que fosse meu convidado especial hoje, mas ninguém conseguiu encontrá-lo. — Ela sorri. — Mas aqui está você agora. É o que importa.

Meu coração está muito acelerado, a sala ameaça começar a rodar, e é então que vejo Ryan Holder ao lado de Daniela, o braço ao redor da cintura dela. Ele usa um paletó de tweed, o cabelo está ficando grisalho e ele está mais pálido e em não tão boa forma quanto na última vez que o vi, o que, incrivelmente, foi no Village Tap ontem à noite, na comemoração por seu prêmio Pavia.

— Ora, ora — diz Ryan, estendendo a mão para mim. — Se não é o sr. Pavia! Em carne e osso.

— Rapazes — diz Daniela —, tenho que dar uma circulada em nome da boa educação, mas, Jason, vou fazer uma reuniãozinha lá em casa depois daqui. Você topa?

— Claro.

Daniela some em meio ao aglomerado de gente, e a acompanho com os olhos.

— Quer ir pegar uma bebida?

Com certeza.

A galeria não mediu esforços: além de garçons de smoking carregando bandejas de aperitivos e espumante, instalaram um bar no outro lado do salão, sob um tríptico de autorretratos de Daniela.

O barman nos serve uísque (um Macallan doze anos) em copos de plástico.

— Sei que você está se saindo muito bem, mas eu tenho isso — diz Ryan.

É tão estranho... ele não demonstra nem um pouco da arrogância e vaidade que notei naquele homem rodeado de admiradores ontem, no meu bar de esquina.

Pegamos nossos copos e procuramos um canto mais calmo, afastado de toda essa gente que cerca Daniela.

Observamos o salão lotar à medida que os grupos saem do labirinto.

— E aí, o que você tem feito? — pergunto. — Acho que não sei das últimas novidades.

— Fui para a Universidade de Chicago.

— Parabéns. Então está dando aula?

— Neurociência celular e molecular. Também estou desenvolvendo uma pesquisa muito interessante envolvendo o córtex pré-frontal.

— Parece bem bacana.

Ryan se aproxima um pouco mais.

— Sem brincadeira, o que eu tenho ouvido por aí... Está todo mundo da área comentando. Andam dizendo... — ele baixa a voz — ... que você teve um surto e enlouqueceu. Que estava numa camisa de força em algum lugar. Que tinha morrido.

— Pois aqui estou eu. Lúcido e respirando.

— Então posso deduzir que aquele composto químico que criei para vocês... funcionou?

Fico encarando-o em silêncio, sem ter a menor ideia do que ele quer dizer.

— Ok, entendi — conclui Ryan, já que não respondo nada. — Devem ter jogado uma montanha de contratos de sigilo em cima de você.

Tomo um gole do uísque. Continuo com fome, e o álcool está subindo rápido demais à cabeça. Quando o próximo garçom passa por perto, pego três miniquiches da bandeja de prata.

Não sei o que está incomodando Ryan, mas ele insiste no assunto:

— Olha, não quero encher o saco nem nada, mas é que fico com a sensação de que tenho colaborado muito com você e a Velocity, mas sem nenhum esclarecimento sobre os projetos em si. A gente se conhece há muito tempo e eu entendo que você está num momento diferente da sua carreira, mas, sei lá... acho que você conseguiu o que queria de mim e...

— O quê?

— Deixa pra lá.

— Não, por favor, fale.

— Sabe, é que você podia ter demonstrado um pouco mais de respeito pelo seu amigo aqui, só isso.

— De que composto você está falando?

Ele me lança um olhar de desprezo mal disfarçado.

— Vai se foder.

Ficamos sentados em silêncio no canto do salão enquanto o lugar só lota ainda mais.

— Mas e aí, vocês estão juntos? — pergunto. — Você e Daniela?

— Mais ou menos.

— Como assim?

— Estamos saindo já tem um tempo.

— Você sempre teve uma queda por ela, não é?

Ele apenas sorri.

Correndo o olhar pelo salão, encontro Daniela. Está radiante, cercada de repórteres com blocos em mãos, anotando furiosamente enquanto ela fala.

— E como estão indo? — pergunto, embora eu não saiba se quero mesmo saber a resposta. — Você e minha... você e Daniela.

— Está tudo incrível. Ela é a mulher dos meus sonhos.

Ele sorri enigmaticamente, e por três segundos tenho vontade de matá-lo.

À uma da manhã, estou sentado num sofá na casa de Daniela, enquanto ela acompanha os últimos convidados até a porta. As últimas horas foram um desafio para mim: tentando manter conversas semicoerentes com seus amigos artistas enquanto espero a oportunidade de ter um momento a sós com ela. Ao que parece, esse momento continuará a ser adiado: Ryan Holder, o homem que está dormindo com minha mulher, continua por aqui, e, quando ele desaba numa poltrona de couro à minha frente, fico com a impressão de que está se acomodando, talvez para passar a noite.

Tomo o último gole de um puro malte servido num copo de fundo grosso. Não estou embriagado, mas me sinto bem alegre, o álcool servindo como um agradável amortecedor entre minha psique e esta toca de coelho em que caí.

Este país das maravilhas que alega ser minha vida.

Não sei se Daniela quer que eu vá embora. Se sou aquele último convidado alheio ao fato de que deixou de ser bem-vindo.

Ela fecha a porta.

Tirando os sapatos de salto alto, Daniela cambaleia até o sofá e se joga sobre as almofadas.

— Que noite! — exclama.

Então, abrindo uma gaveta da mesinha lateral, pega um isqueiro e um cachimbo de vidro colorido.

Desde que engravidou, Daniela nunca mais fumou maconha. Ela dá um trago e me oferece o cachimbo. Como esta noite não tem como ficar mais estranha do que já está, por que não?

Logo estamos os três chapados, sentados no silêncio murmurante do espaçoso loft, cujas paredes são cobertas por uma vasta e eclética coleção de obras de arte.

As cortinas da enorme janela que serve de pano de fundo da sala de estar estão abertas, o centro da cidade se revelando um espetáculo cintilante do outro lado do vidro.

Ryan devolve o cachimbo para Daniela. Enquanto ela volta a carregá-lo, meu ex-colega de quarto afunda na poltrona e encara o teto. Sorrio ao vê-lo lambendo os dentes da frente, porque desde a época da faculdade ele tem esse tique quando fuma.

Contemplo as luzes pela janela.

— Quão bem vocês me conhecem? — pergunto.

Isso parece despertar a atenção dos dois.

Daniela pousa o cachimbo na mesa e se vira para mim no sofá, os joelhos erguidos na altura do peito.

Ryan abre os olhos num instante.

Ele se ajeita na poltrona.

— Como assim? — pergunta Daniela.

— Vocês confiam em mim?

Ela se estica para tocar minha mão. Pura eletricidade.

— Claro, querido.

— Mesmo quando a gente teve os nossos atritos, sempre respeitei sua integridade — diz Ryan.

Daniela parece preocupada.

— Está tudo bem?

Eu não deveria fazer isto. Eu *realmente* não deveria.

Mas farei.

— Situação hipotética — começo. — Um cientista, um professor de física, mora aqui em Chicago. Ele não tem a carreira de sucesso estrondoso que sempre sonhou ter, mas é feliz, está razoavelmente satisfeito e é casado com a mulher dos seus sonhos. — Ao dizer isso, olho para Daniela, pensando em como Ryan a descreveu na galeria. — Eles têm um filho. Levam uma vida boa. Uma noite, esse sujeito vai até um bar para rever um velho amigo de faculdade que acabou de ganhar um prêmio de prestígio e, no caminho de volta para casa, algo acontece. Ele não volta para casa. É raptado. O que se passa a partir daí são momentos obscuros, mas, quando finalmente recupera a consciência, ele se vê num laboratório, e tudo mudou. Sua casa está diferente. Ele não é mais professor. Não é mais casado com aquela mulher.

— Você está dizendo que ele *acha* que tudo mudou ou que as coisas mudaram de verdade? — pergunta Daniela.

— Estou dizendo que, do ponto de vista desse homem, este não é mais o mundo dele.

— Ele está com um tumor cerebral — sugere Ryan.

Olho para ele.

— A tomografia diz que não.

— Então talvez estejam armando uma com ele. Alguma pegadinha muito elaborada, que se espalha por todas as partes da vida dele. Acho que já vi isso num filme.

— Em menos de oito horas, o interior da casa dele é totalmente reformado. E não são só quadros diferentes nas paredes; são eletrodomésticos novos, móveis novos. Interruptores de luz em outros pontos da parede. Ninguém faria uma pegadinha tão complexa assim. E com que objetivo? Ele é só um homem comum. Por que alguém iria querer sacanear o cara desse jeito?

— Então ele ficou louco — conclui Ryan.

— Eu não estou louco.

Um silêncio súbito se instala.

Daniela segura minha mão.

— O que você está tentando nos dizer, Jason?

Olho para ela por um segundo antes de responder.

— Hoje mais cedo, você mencionou uma conversa que tivemos, que serviu de inspiração para sua obra.

— Foi isso mesmo.

— Pode me contar como foi essa conversa?

— Você não lembra?

— Nem uma palavra.

— Mas como?

— Por favor.

Segue-se uma longa pausa. Ela me olha fixamente, talvez em dúvida se estou falando sério.

— Foi na primavera, eu acho — começa Daniela. — A gente não se via fazia algum tempo e não se falava direito fazia anos, desde que a gente terminou. Eu acompanhava a sua carreira, é claro. Sempre tive muito orgulho de você. Bom, aí uma noite você apareceu no meu ateliê, do nada. Disse que andava pensando em mim. No começo, achei que você estivesse tentando resgatar uma paixão antiga, mas não. É sério que você não se lembra de *nada* disso?

— Como se não tivesse acontecido.

— Começamos a falar sobre a sua pesquisa, e você contou que estava envolvido com um projeto secreto e que... me lembro muito bem... e que talvez a gente não voltasse a se ver. Naquele momento eu percebi que você não tinha aparecido para correr atrás do tempo perdido e, sim, para se despedir. Então você começou a falar sobre como a nossa existência é feita de escolhas e que você tinha feito algumas escolhas erradas, mas que nenhuma tinha sido tão errada quanto abrir mão de mim. Você disse que lamentava por tudo. Foi muito tocante. Depois daquele dia, a gente nunca mais se viu, e nunca mais ouvi notícias suas, até você aparecer na exposição hoje. Agora é minha vez de fazer uma pergunta.

— Ok.

Depois do álcool e da maconha, além do esforço que faço para assimilar o que ela está me contando, estou totalmente zonzo.

— Logo que a gente se reencontrou hoje, na galeria, você me perguntou se eu sabia onde estava o "Charlie". Quem é Charlie?

Uma das coisas que mais amo em Daniela é sua honestidade. Ela tem uma ligação direta entre o coração e a boca. Sem filtro, nenhuma autorrevisão. Ela diz o que sente, sem um pingo de maldade ou astúcia. Sem preâmbulos.

E é por isso que, quando olho no fundo dos olhos de Daniela e vejo que ela está sendo totalmente sincera, me sinto quebrar por dentro.

— Não tem importância — digo.

— Tem, sim. A gente não se vê há um ano e meio e essa é a primeira coisa que você me fala?

Termino o uísque e fico mastigando com os molares o último cubo de gelo semiderretido.

— Charlie é nosso filho.

Ela fica lívida.

— Calma aí — intervém Ryan. — Achei que esse papo fosse só uma viagem. — Ele olha para Daniela, depois volta a se dirigir a mim: — Isso é alguma brincadeira?

— Não.

— Não existe filho nenhum, você sabe disso. Faz quinze anos que a gente terminou. Você sabe disso, Jason. Você *sabe*.

Acho que eu poderia tentar convencê-la agora. Sei tudo sobre essa mulher. Segredos de infância que ela só me revelou nos últimos cinco anos de casamento. Mas tenho medo de que essas "revelações" saiam pela culatra. Que ela as veja não como provas, mas como ilusões de ótica, truques para impressionar. Estou apostando que o caminho para convencê-la da realidade de tudo isso é a sinceridade no olhar.

— O que eu sei é o seguinte: você e eu moramos em Logan Square. Temos um filho de catorze anos, chamado Charlie. Sou um professor de física medíocre na Lakemont College. Você é uma esposa maravilhosa e uma mãe incrível, que abriu mão da sua carreira artística pela família. E você, Ryan, você é um neurocientista de renome. *Você* ganhou o Pavia. *Você* já deu palestras pelo mundo inteiro. E sei que tudo isso parece insanidade pura, mas eu não tenho um tumor cerebral, ninguém está brincando comigo e eu não enlouqueci.

Ryan ri, mas noto uma inconfundível ponta de desconforto.

— Vamos supor, para fins argumentativos, que tudo que você acabou de dizer seja verdade. Ou, no mínimo, que você acredita nisso. A variável desconhecida nessa história é o tal projeto secreto em que você tem trabalhado nos últimos anos. O que pode contar para a gente sobre isso?

— Nada.

Ryan se levanta com alguma dificuldade.

— Você vai embora? — pergunta Daniela.

— Está tarde. Por mim já deu.

— Ryan, não é que eu não *queira* contar nada — explico. — Não *posso*. Não tenho nenhuma lembrança disso. Sou só um professor de física. Acordei naquele laboratório e todo mundo achava que eu era um cara que não sou.

Ryan pega o chapéu.

Antes de sair, já com a porta aberta, ele se vira e me encara.

— Você não está bem — diz. — Posso levá-lo a um hospital.

— Já fiz isso. E não vou voltar lá.

— Você quer que ele vá embora? — pergunta ele para Daniela.

Ela se vira para mim, avaliando (imagino eu) se quer ser deixada sozinha com um louco. E se ela decidir não confiar em mim?

Até que, finalmente, ela responde:

— Não. Está tudo bem.

— Ryan, o que era o tal composto químico que você desenvolveu para mim? — pergunto.

Ele apenas me encara, e por um instante penso que vai responder; vejo a tensão deixando seu rosto, como se ele estivesse tentando decidir se sou louco ou só um babaca chapado.

De repente, ele chega a uma conclusão.

A dureza retorna a seu rosto.

Sem o mais leve traço de carinho, ele se despede:

— Boa noite, Daniela.

E nos dá as costas.

Vai embora.

Bate a porta.

Daniela entra no quarto de hóspedes trazendo uma xícara de chá. Está de legging e regata.

Tomei um banho.

Não me sinto nem um pouco melhor, mas ao menos estou limpo, sem aquele cheiro horrível de doença misturado com cloro, típico de hospitais.

Ela se senta na beirada da cama e me entrega a xícara.

— Camomila.

Envolvo a cerâmica quente com as duas mãos.

— Não precisa se preocupar, eu tenho onde ficar.

— Você vai ficar aqui comigo. Fim de papo.

Ela passa por cima das minhas pernas e se senta ao meu lado, recostada na cabeceira.

Tomo um gole do chá.

Está quente, reconfortante, levemente adocicado.

— Quando você foi ao hospital, qual foi o diagnóstico? — pergunta ela.

— Eles não sabiam o que podia ser. Queriam me internar.

— Numa ala psiquiátrica?

— É.

— E você não aceitou?
— Não. Eu fugi.
— Seria uma internação involuntária, então.
— É.
— Você não acha que seria o melhor a fazer nessa situação? Afinal, o que você ia pensar se ouvisse de alguém essas coisas que está me dizendo?
— Eu ia achar que essa pessoa enlouqueceu. Mas eu estaria errado.
— Então, me diga: como você explica tudo isso que está acontecendo?
— Não sei o que pensar.
— Mas você tem uma teoria. É um cientista.
— Não tenho dados suficientes.
— E o que seu instinto diz?

Tomo mais um gole de chá, saboreando a onda de calor instantâneo que desce pela garganta.

— Todos nós vivemos, dia após dia, totalmente alheios ao fato de que fazemos parte de uma realidade muito maior e mais estranha do que se pode imaginar.

Ela toma minha mão. Embora não seja a Daniela que conheço, não consigo esconder que amo loucamente esta mulher, mesmo aqui e agora, sentada nesta cama, neste mundo errado.

Olho para ela, para esses olhos espanhóis, brilhantes e intensos. Só com muita força de vontade consigo resistir à necessidade de tocá-la.

— Você está com medo? — pergunta Daniela.

Penso no sujeito que me rendeu à mão armada. No laboratório. Na equipe que me seguiu até minha casa e tentou me levar à força. Penso no homem que vi sob a janela do quarto de hotel, fumando um cigarro. Afora todos os elementos incongruentes da minha identidade e desta realidade, o mais preocupante é que lá fora, além destas paredes, há pessoas muito reais tentando me encontrar.

Que já usaram de violência contra mim e provavelmente não hesitarão em usar outra vez.

Então uma possibilidade terrível me ocorre: será que eles me encontrariam aqui? Será que coloquei Daniela em perigo?

Não.

Se ela não é minha esposa, se é apenas uma ex-namorada de quinze anos atrás, por que estaria no radar deles?

— Jason? Você está com medo?

— Muito.

Ela toca meu rosto de leve.

— Você está machucado.

— Não sei como aconteceu.

— Fale sobre ele.

— Ele quem?

— Charlie.

— Isso deve ser muito estranho para você.

— Não posso fingir que não é.

— Bem, como eu disse, ele tem catorze anos. Quase quinze. Faz aniversário dia 21 de outubro. Nasceu prematuro, no Chicago Mercy. Com incríveis novecentos gramas. Charlie precisou de muita ajuda no primeiro ano de vida, mas foi um guerreiro. Ele está bem hoje. Tem a minha altura.

As lágrimas brotam nos olhos de Daniela.

— Tem o cabelo castanho-escuro, feito o seu, e um senso de humor incrível — continuo. — Aluno mediano. Lado direito do cérebro dominante, como a mãe. Gosta de quadrinhos japoneses e skate. Adora desenhar umas paisagens malucas. Acho que posso dizer que herdou seu dom.

— Pare.

— O que foi?

Ela fecha os olhos. As lágrimas escorrem por seu rosto.

— Não temos filho nenhum.

— Você jura que não tem nenhuma lembrança dele? — pergunto. — Isso é algum tipo de brincadeira? Se me disser agora, juro que não vou...

— Jason, a gente terminou faz quinze anos. Quer dizer, para ser mais exata, você terminou comigo.

— Não é verdade.

— Um dia antes de a gente terminar, eu contei para você que estava grávida. Você pediu um tempo para pensar e no dia seguinte foi à minha casa, dizendo que aquela era a decisão mais difícil que já tinha tomado na vida, mas que estava ocupado com a sua pesquisa. A mesma que acabaria rendendo esse grande prêmio. Disse que ia passar o ano seguinte enfurnado num laboratório e que eu merecia coisa melhor. Que nosso filho merecia coisa melhor.

— Não foi isso o que aconteceu — digo. — Eu falei que não seria fácil, mas que a gente daria um jeito. A gente se casou. Você teve o Charlie. Eu perdi meu financiamento de pesquisa, você parou de pintar. Fui trabalhar como professor numa faculdade e você decidiu ser mãe em tempo integral.

— Mas aqui estamos nós. Solteiros. Sem filhos. Acabamos de vir da abertura da instalação que vai me tornar famosa. E você ganhou aquele prêmio. Eu não sei o que está acontecendo dentro da sua cabeça, Jason. Talvez você tenha memórias conflitantes, mas eu sei o que é real.

Encaro o vapor que sobe da xícara.

— Você acha que eu estou louco? — pergunto.

— Não faço ideia. Mas você não está bem.

Ela me olha com a compaixão que sempre foi sua marca.

Toco o anel de linha que amarrei no dedo como um talismã.

— Olha, talvez você acredite no que estou dizendo, talvez não, mas preciso que você saiba que *eu* acredito — digo. — Eu jamais mentiria para você.

Este deve ser o momento mais surreal que já experimentei desde que voltei à consciência naquele laboratório: estar no quarto de hóspedes na casa da mulher que é minha esposa mas que não é, sentado na cama com ela e falando sobre o filho que aparentemente nunca tivemos, sobre uma vida que não é nossa.

Acordo sozinho no meio da noite, o coração disparado, a escuridão rodopiando, a boca repugnantemente seca.

Por um minuto terrível, não faço ideia de onde estou.

E não é culpa do álcool nem da maconha.

É um nível muito mais profundo de desorientação.

Puxo as cobertas e as aperto contra o corpo, mas não consigo parar de tremer, e uma dor no corpo inteiro fica mais forte a cada segundo, as pernas inquietas, a cabeça latejando.

Quando volto a abrir os olhos, a luz do sol inunda o quarto e Daniela está de pé ao lado da cama. Ela parece preocupada.

— Você está ardendo em febre, Jason. Vou ter que levá-lo ao pronto-socorro.

— Eu vou ficar bem.

— Você não me parece bem. — Ela põe um pano gelado na minha testa. — Como está se sentindo?

— Bem. Mas não precisa me levar. Vou pegar um táxi e voltar para o hotel.

— Não ouse.

No início da tarde, a febre cede.

Daniela prepara uma canja, e como na cama enquanto ela fica sentada numa poltrona no canto, com um distanciamento no olhar que conheço muito bem.

Está imersa em pensamentos, remoendo alguma coisa, e não percebe que estou olhando. Não tenho a intenção de ser invasivo, mas não consigo desviar o olhar. Ela ainda é tão completamente Daniela... mas...

Com o cabelo mais curto.

Mais magra.

De maquiagem, e as roupas — calça jeans e camiseta justa — reduzem consideravelmente seus trinta e nove anos.

— Eu sou feliz? — pergunta ela.

— Como assim?

— Nessa outra vida em que estamos juntos... eu sou feliz?

— Você não disse que não queria falar sobre isso?

— Não consegui dormir. Só pensava nisso.

— Eu acho que você é feliz.

— Mesmo sem minha arte?

— Você sente falta, claro. Você vê velhos amigos fazendo sucesso e sei que fica feliz por eles, mas também sei que dói. Assim como dói em mim. É um elemento que liga nós dois.

— Então somos dois fracassados.

— Não somos fracassados.

— E *nós* somos felizes? Como casal?

Coloco de lado a tigela de sopa.

— Somos. Tivemos umas fases difíceis, como em qualquer casamento, mas temos um filho, uma casa, uma família. Você é minha melhor amiga.

Então ela finalmente olha para mim.

— Como é nossa vida sexual? — pergunta ela, com um sorrisinho malicioso.

Apenas rio.

— Não estou acreditando... — diz ela. — Eu realmente fiz você ficar vermelho?

— Pois é.

— Mas você não respondeu.

— Não respondi, é verdade.

— Então é ruim?

Está jogando charme.

— Não, é ótima. Só estou constrangido.

Ela vem até a cama, se senta na beirada e me encara com aqueles seus olhos tão vivos e profundos.

— O que está pensando? — pergunto.

— Que, se você não estiver louco nem mentindo, então acabamos de ter a conversa mais estranha da história da humanidade.

Sentado na cama, observo a luz do dia se desfazendo sobre Chicago.

A frente fria que trouxe a chuva de ontem foi soprada para longe, deixando um céu limpo. As folhas das árvores estão mudando de cor e há algo de atordoante na luz que se aproxima do fim da tarde — dourada, polarizada — que só consigo descrever como perda.

Um ouro de Robert Frost, que não permanece.

Na cozinha, panelas batem, armários se abrem e se fecham e o cheiro de carne se espalha pelo corredor até o quarto onde estou. Um aroma suspeitamente familiar.

Saio da cama pela primeira vez no dia e vou até a cozinha.

Bach tocando, um vinho aberto. Daniela pica uma cebola na bancada de pedra-sabão, usando um avental e óculos de natação.

— O cheiro está delicioso — digo.

— Pode mexer a panela para mim?

Vou até o fogão e levanto a tampa de uma caçarola.

O vapor que sobe para meu rosto me leva de volta para casa.

— Como se sente? — pergunta Daniela.

— Um novo homem.

— Isso significa... melhor?

— Bastante.

É um prato tradicional: um ensopado de feijão com carnes diversas e legumes nativos. Morcela, chouriço espanhol, *pancetta*. Daniela prepara esse prato uma ou duas vezes por ano, geralmente no meu aniversário, ou quando acontece de nevar no fim de semana e nossa única vontade é cozinhar juntos tomando vinho o dia inteiro.

Mexo a comida e coloco a tampa de volta.

— É um ensopado de feijão de... — começa Daniela.

— É uma receita da sua mãe. — A frase me escapa. — Quer dizer, mais especificamente, da sua *avó*.

Ela para de picar a cebola.

Vira-se para mim.

— Pode me colocar para trabalhar — digo.

— O que mais você sabe sobre mim?

— Olha, do meu ponto de vista, estamos juntos há quinze anos, então eu sei quase tudo.

— Já do meu ponto de vista, foram só dois meses e meio, e faz séculos. Mas você conhece essa receita, que passou de geração em geração na minha família.

Um silêncio estranho paira na cozinha por alguns instantes.

Como se o ar entre nós estivesse carregado com uma carga positiva, vibrando em alguma frequência bem no limiar da nossa percepção.

— Bem, já que você quer ajudar, estou preparando o acompanhamento. Eu poderia dizer quais são os ingredientes, mas você já deve saber.

— Cheddar ralado, coentro e creme de leite?

Ela dá um sorrisinho muito discreto e ergue as sobrancelhas.

— Como eu disse, você já sabe.

―――

Jantamos na mesa ao lado da enorme janela, com a luz das velas refletindo no vidro e as luzes da cidade brilhando mais além. Nossa constelação local.

A comida está espetacular, Daniela está linda à luz das velas e me sinto pisando em terra firme pela primeira vez desde que fugi daquele laboratório.

Quando terminamos (pratos vazios, assim como a segunda garrafa de vinho), ela estende o braço sobre o tampo de vidro da mesa e toca minha mão.

— Não sei o que está acontecendo com você, Jason, mas fico feliz que tenha me procurado.

Queria beijá-la.

Ela me acolheu quando eu estava perdido.

Quando o mundo parou de fazer sentido.

Mas não faço isso. Apenas aperto sua mão de volta.

— Você não tem ideia do que fez por mim.

Tiramos a mesa, colocamos a louça suja na máquina e nos encarregamos das peças mais complicadas.

Eu lavo. Ela seca e guarda. Como um casal antigo.

— E Ryan Holder, hein? — digo de súbito.

Ela está enxugando a panela por dentro. Faz uma pausa e olha para mim.

— Quer expressar alguma opinião sobre o assunto?

— Não, é só que...

— O que é que tem? Ele era seu colega de faculdade, seu amigo. Algo contra?

— Ele sempre teve uma queda por você.

— Alguém está com ciúmes?

— Claro.

— Ah, vê se cresce. Ele é um cara bonito.

Ela volta a secar a louça.

— Então é sério? — pergunto.

— A gente saiu algumas vezes. Ainda não deixamos a escova de dentes um na casa do outro nem nada.

— Bem, eu aposto que Ryan tem essa intenção. Achei que ele ficou bem magoado.

Daniela sorri.

— Como não ficar? Eu sou incrível.

Deito na cama do quarto de hóspedes com a janela entreaberta, para que o barulho da cidade me ajude a dormir, como ruído branco.

Pela janela alta, observo a cidade adormecida.

Ontem, eu me propus a responder a uma pergunta simples: *Onde está Daniela?*

E eu a encontrei: uma artista de sucesso, morando sozinha.

Nunca fomos casados, nunca tivemos um filho.

A menos que eu esteja sendo vítima da brincadeira de mau gosto mais elaborada de todos os tempos, a existência de Daniela tal como a encontrei parece sustentar a revelação à qual as últimas quarenta e oito horas vêm conduzindo....

Este não é meu mundo.

Mesmo enquanto essas cinco palavras cruzam minha mente, ainda não entendo muito bem o que significam e não sei nem como começar a avaliar a gravidade do que implica.

Por isso, eu as repito.

Eu as experimento.

Vejo como me caem.

Este não é meu mundo.

Uma leve batida à porta me arranca de um sonho.

— Pode entrar.

Daniela entra e se senta na cama ao meu lado.

— Está tudo bem? — pergunto.

— Não consigo dormir.

— O que houve?

Ela me beija, e não é como beijar a mulher que é minha esposa há quinze anos, mas como beijar a mulher que é minha esposa há quinze anos pela primeira vez.

Pura energia e colisão.

Quando estou em cima dela, minhas mãos percorrendo a parte interna de suas coxas, erguendo a camisola de cetim até sua cintura, eu me detenho.

— Por que você parou? — pergunta ela, arfante.

E eu quase digo: Não posso fazer isso, você não é minha *esposa*, mas isso nem é verdade.

Esta é Daniela, o único ser humano neste mundo insano que me ajudou, e, sim, talvez eu esteja tentando encontrar justificativas, mas estou tão perturbado, tão desorientado, tão amedrontado, tão desesperado que não apenas quero como preciso disso, e acho que ela também precisa.

Olho no fundo dos seus olhos, ao mesmo tempo difusos e brilhantes à pouca luz que a janela deixa escapar para dentro do quarto.

Olhos dentro dos quais é possível cair e continuar caindo.

Ela não é a mãe do meu filho, não é minha esposa e não construímos uma vida juntos, mas eu a amo do mesmo jeito, e não apenas a versão de Daniela que existe em minha memória, em minha história. Amo a mulher física que está debaixo de mim nesta cama, aqui e agora, onde quer que isso seja, porque é o mesmo arranjo de matéria: os mesmos olhos, a mesma voz, o mesmo cheiro, o mesmo gosto...

O que fazemos nesta noite não é sexo de casamento.

É aquele sexo desastrado, incerto, do tipo que se improvisa no banco traseiro do carro, sexo sem camisinha porque *que se foda*, um sexo de prótons em colisão.

Quando terminamos, suados e trêmulos, ficamos deitados entrelaçados, contemplando as luzes da nossa cidade.

O coração de Daniela bate com força. Sinto o *tum-tum-tum* na lateral do meu corpo, desacelerando agora.

Mais lento.

Mais lento.

— Tudo bem? — murmura ela. — Dá para ouvir daqui as engrenagens rodando na sua cabeça.

— Estou pensando que não sei o que eu faria se não tivesse encontrado você.

— Bom, aqui estamos. E seja lá o que esteja acontecendo, pode contar comigo. Você sabe disso, não sabe?

Ela percorre minhas mãos com a ponta dos dedos. Para na linha amarrada no meu anelar.

— O que é isso?

— Uma prova — respondo.

— Prova de quê?

— De que não estou louco.

O silêncio retorna.

Não sei que horas são, mas com certeza passa das duas.

Os bares devem estar fechados.

As ruas, quase tão vazias e quietas quanto em noites de nevasca.

A brisa que penetra pela fresta da janela é a mais fria da estação.

Percorre nossos corpos lustrados pelo suor.

— Preciso voltar para casa — digo.

— Sua casa em Logan Square?

— É.

— Por quê?

— Quero dar uma olhada no computador, tentar descobrir o que é o tal projeto em que eu estava envolvido — respondo. — Pode ser que eu encontre papéis, anotações, qualquer coisa que lance alguma luz sobre o que está acontecendo comigo.

— Posso te dar uma carona amanhã cedo.

— Melhor não.

— Por quê?

— Porque pode não ser seguro.

— Por que não seria…?

De repente, ouvimos alguns estrondos seguidos, como se estivessem esmurrando a porta. Exatamente como imagino que façam os policiais.

— Quem pode ser a uma hora dessas?

Daniela se levanta e sai nua do quarto.

Depois de levar um minuto para encontrar minha cueca no meio do edredom emaranhado e vesti-la, encontro Daniela saindo de seu quarto de roupão de banho.

Vamos até a sala.

As batidas continuam enquanto ela se dirige à porta.

— Não abra — peço, num sussurro.

— Claro que não vou abrir.

Quando ela está aproximando o rosto do olho mágico, o telefone toca.

Nós dois levamos um susto.

Ela cruza a sala até a mesinha de centro, onde está o telefone sem fio.

Pelo olho mágico, vejo um sujeito de pé no corredor do prédio, de costas para a porta.

Ele está ao celular.

Daniela atende.

— Alô?

O homem está de preto: coturno, jeans, casaco de couro.

— Quem é? — pergunta Daniela ao telefone.

Vou até ela apontando para a porta e sussurrando: É ele?

Ela assente.

— *O que ele quer*?

Ela aponta para mim.

Agora estou ouvindo a voz do homem vindo simultaneamente através da porta e pelo telefone sem fio.

— Não sei do que você está falando — diz Daniela ao telefone. — Estou sozinha aqui, eu moro sozinha, e não vou deixar um homem estranho entrar na minha casa às duas da...

A porta se abre de supetão, a corrente se parte e voa pela sala, e o sujeito entra empunhando uma pistola com um tubo preto acoplado à ponta do cano.

Ele a aponta para nós dois. Quando fecha a porta com um chute, sinto entrar junto com ele o cheiro de fumaça de cigarro, antiga e recente.

— Você quer a mim — digo. — Ela não tem nada a ver com isso.

Embora seja uns cinco centímetros mais baixo que eu, ele é mais forte. Tem a cabeça raspada e os olhos cinza, mais distantes que propriamente frios, como se me visse não como um ser humano, mas como informações. Zeros e uns. Como uma máquina me veria.

Minha boca está seca.

Há uma estranha desconexão entre o que está acontecendo e como estou processando tudo isso. Uma desconexão. Um atraso. Eu deveria fazer alguma coisa, dizer alguma coisa, mas me sinto paralisado pela aparição inesperada desse sujeito.

— Eu vou com você — digo enfim. — Só não...

A mira da arma se desvia de mim: para o lado, sobe ligeiramente.

— Espere, não... — diz Daniela.

Mas ela é interrompida por um estouro e o espocar de um estrondo silenciado, mais baixo que um tiro a seco.

Uma névoa vermelha me cega por meio segundo, e em seguida Daniela está no sofá, um buraco entre seus grandes olhos escuros.

Eu me lanço na direção dela, gritando, mas cada molécula do meu corpo emperra, os músculos se enrijecendo com uma dor excruciante, e desabo sobre a mesa de centro, tremendo e grunhindo no meio dos estilhaços de vidro e dizendo a mim mesmo que isso não está acontecendo.

O fumante puxa meus braços inúteis e prende meus pulsos às costas com uma braçadeira de plástico.

Ouço algo se rasgando.

Ele cola uma fita adesiva grossa na minha boca e se senta atrás de mim, na poltrona de couro.

Mesmo com a mordaça, eu grito, implorando para que isso não esteja acontecendo, mas está, e não há nada que eu possa fazer.

Ouço a voz do sujeito atrás de mim: calma e mais aguda do que eu esperava.

— Estou aqui... Não. Por que você não dá a volta... Isso. Ali onde ficam as caçambas de lixo. Deixei a porta dos fundos aberta... Acho que dois já basta. Tudo tranquilo por aqui, mas nunca se sabe, a gente não pode demorar... Aham... Aham... Beleza.

O efeito excruciante do que suponho ser uma arma de eletrochoque está finalmente diminuindo, mas me sinto tão fraco que ainda não consigo me mexer.

Da posição em que estou, só consigo ver parte das pernas de Daniela. Um fio de sangue escorre pelo tornozelo direito, desce pelo peito do pé, entre os dedos, começa a formar uma poça no chão.

Ouço o telefone do sujeito vibrar.

— E aí, minha linda... — atende ele. — Eu sei, mas não quis acordar você... Pois é, tive um imprevisto... Não sei, de repente de manhã. Que tal a gente tomar café no Golden Apple quando eu acabar por aqui? — Ele ri. — Beleza. Também te amo. Dorme bem.

Meus olhos se enchem de lágrimas.

Grito com a mordaça, grito até a garganta arder, na esperança de que ele me mate ou me deixe inconsciente, qualquer coisa capaz de estancar esta dor terrível.

Mas ele não parece nem um pouco incomodado.

Fica ali sentado tranquilamente, em silêncio, me deixando urrar e gritar.

SEIS

Daniela está sentada no setor da arquibancada que fica na frente do placar, numa cadeira logo acima da mureta que cerca o campo de beisebol. É uma tarde de sábado, o último jogo em casa da temporada regular, e ela está com Jason e Charlie, presenciando a derrota humilhante do Cubs no próprio estádio, em lotação máxima.

O céu está limpo neste dia quente de outono.

Não há vento.

Não há o tempo.

O ar recende a…

Amendoim.

Pipoca.

Copos de plástico com cerveja até a borda.

Daniela acha o rugido da multidão estranhamente reconfortante, e eles estão a uma distância tão curta da base do batedor que percebem o meio segundo de atraso do som da bola batendo no taco em relação ao movimento em si — velocidade da luz *versus* velocidade do som — quando um jogador lança uma bola longa.

Eles sempre vinham assistir aos jogos quando Charlie era pequeno, mas fazia um bom tempo que não vinham.

Ontem, quando Jason fez a sugestão, ela achou que Charlie não se animaria, mas a ideia deve ter acionado alguma nostalgia no garoto, porque ele se empolgou bastante e agora parece relaxado, feliz. Estão todos felizes, um trio em quase plena satisfação ao sol, comendo cachorro-quente à moda de Chicago, acompanhando os jogadores correrem pela grama brilhante.

Sentada entre os dois homens mais importantes de sua vida, um tanto alta da cerveja já meio morna, Daniela tem a sensação de que há alguma coisa diferente nesta tarde. Não sabe se é Charlie, Jason ou ela mesma. Charlie está absorvido no jogo, sem mexer no celular a cada cinco segundos, e Jason parece feliz como ela não o vê há anos.

Leveza é a palavra que lhe vem à mente. O sorriso dele parece maior, mais vivo, mais fácil.

E ele não consegue manter as mãos longe dela.

Se bem que, mais uma vez, talvez a diferença esteja nela.

Talvez seja a cerveja, a luz de outono cristalina e a energia que a multidão de espectadores transmite.

Talvez seja o contentamento por estar viva, saboreando um dia de outono num jogo de beisebol no coração de sua cidade.

Charlie tinha combinado de ir à casa de um amigo depois do jogo. Jason e Daniela o deixam lá, depois passam em casa para trocar de roupa e saem para a noite, apenas os dois; rumo ao centro da cidade, sem itinerário, sem destino específico.

Um programa de sábado à noite.

Estão no carro, um Suburban de dez anos, mergulhados no tráfego intenso que toma a Lakeshore Drive a esta hora.

— Acho que eu sei aonde quero ir primeiro — diz ela, olhando por cima do console do carro.

Meia hora depois, estão subindo numa roda-gigante, rodeados pelas muitas luzes.

Erguendo-se lentamente acima do espetáculo que é todo o visual do Navy Pier, Daniela observa o elegante perfil de sua cidade enquanto Jason a abraça forte.

No alto da única volta (cinquenta metros acima do parque), Daniela sente Jason pegar seu queixo e virar seu rosto.

Estão só os dois na gôndola.

Mesmo ali no alto, o ar da noite é adoçado pelo cheiro de bolo de funil e algodão-doce.

O riso das crianças rodando no carrossel.

Uma mulher dando um gritinho de alegria à distância ao acertar de uma só tacada no campo de minigolfe.

A intensidade de Jason permeia tudo isso.

Quando ele a beija, ela sente, mesmo de casaco, o coração dele disparado dentro do peito.

Jantam num restaurante um pouco mais caro e passam todo o tempo conversando como havia anos não conversavam.

Não sobre pessoas ou lembranças, mas sobre ideias.

Matam uma garrafa de tempranillo.

Pedem mais uma.

Pensando em passar a noite no centro.

Fazia muito tempo que Daniela não via o marido tão apaixonado, tão seguro de si.

É um Jason radiante, com a paixão pela vida reacesa.

Quando estão na metade da segunda garrafa de vinho, ele a pega olhando pela janela.

— Pensando em quê? — pergunta ele.

— É uma pergunta perigosa.

— Vou correr o risco.

— Estou pensando em você.

— Em quê, exatamente?

— Parece que você está tentando me levar pra cama. — Ela ri. — O que eu quero dizer é que parece que você está empenhado numa conquista quando já conquistou. A gente é casado há muito tempo, e eu sinto como se você estivesse... hum...

— Seduzindo você?

— Isso mesmo. Não me leve a mal, não estou reclamando. Longe de mim! Está sendo incrível. Só não entendo de onde está vindo tudo isso. Você está bem? Tem alguma coisa errada que você não quer me contar?

— Não tem nada errado.

— Então isso é tudo porque dois dias atrás você quase foi atropelado por um táxi?

— Não sei se foi a minha vida passando diante dos meus olhos ou o quê, só sei que, quando cheguei em casa, tudo parecia diferente. Mais real. Você, principalmente. Mesmo agora, é como se eu a estivesse vendo pela primeira vez, e vem até aquela dorzinha nervosa no estômago. Eu penso em você a cada segundo. Penso em todas as escolhas que trouxeram a gente até esse momento. Nós dois juntos aqui, nesse lugar lindo. E aí eu penso em todos os possíveis incidentes que teriam impedido esse momento de acontecer e tudo parece, sei lá...

— O quê?

— Muito frágil. — Ele fica em silêncio por um instante, pensativo. — É assustador pensar que cada ideia que a gente tem, cada escolha que a gente faz se ramifica num novo mundo. Hoje, depois do jogo de beisebol, fomos ao Navy Pier, depois viemos jantar aqui, certo? Mas isso é só uma versão do que aconteceu. Numa realidade diferente, em vez do píer, fomos a um concerto de música clássica; em outra, ficamos em casa. Numa terceira, sofremos um acidente fatal na Lakeshore Drive e nunca chegamos a nenhum outro lugar.

— Mas essas outras realidades não existem concretamente.

— Na verdade, elas são tão reais quanto a que estamos vivendo agora — diz Jason.

— Como isso seria possível?

— É um mistério. Mas existem evidências. A maioria dos astrofísicos acredita que a força que mantém as estrelas e as galáxias unidas, aquilo que faz todo o universo *funcionar*, vem de uma substância teórica que não se pode medir nem observar diretamente. O que eles chamam de matéria escura. E essa matéria escura compõe a maior parte do Universo conhecido.

— Mas o que é exatamente essa matéria escura?

— Ninguém sabe ao certo. Há tempos os físicos tentam formular novas teorias que expliquem o que é e como se originou. O que se sabe é que ela tem gravidade, assim como a matéria comum, mas que deve ser feita de alguma coisa que ainda desconhecemos completamente.

— Uma nova forma de matéria.

— Exato. Alguns teóricos das cordas veem nisso um indício da existência do multiverso.

Daniela fica pensativa por alguns segundos.

— E todas essas outras realidades... onde elas estão?

— Imagine que você é um peixe, nadando num lago. Você pode ir para a frente e para trás, para um lado e para o outro, mas nunca para fora da água. Se tiver uma pessoa na beira do lago, olhando para você, você não vai nunca saber que essa pessoa está ali. Para você, esse pequeno lago é o universo inteiro. Agora imagine que esse alguém se abaixa e tira você da lagoa. E você vê: aquilo que parecia ser o mundo inteiro é só um laguinho. Você vê outros lagos. Árvores. O céu. E percebe que faz parte de uma realidade muito maior e muito mais misteriosa do que jamais sonhou.

Daniela se recosta na cadeira e toma um gole de vinho.

— Então, todos esses outros milhares de lagos estão em volta da gente neste exato momento, a gente só não consegue ver?

— Isso mesmo.

Antigamente, Jason puxava essas conversas o tempo todo. Ficava acordado com ela até tarde da noite, postulando teorias mirabolantes, ocasionalmente as testando, na maioria das vezes apenas tentando impressioná-la com seu conhecimento.

Funcionava na época.

Está funcionando agora.

Ela olha pela janela ao lado da mesa, observa a água correr, as luzes dos edifícios ao redor se refletindo na sinuosa superfície vitrificada numa espécie de perpétuo tremeluzir.

Daniela finalmente volta a se virar para ele, fitando-o por sobre a borda da taça, olhos nos olhos, o vacilante brilho das velas entre os dois.

— Você acha que em algum desses outros lagos existe uma versão sua que continuou com a pesquisa? — pergunta ela. — Algum Jason Dessen que seguiu em frente com os planos que você tinha aos vinte anos, antes de a vida atrapalhar seu caminho?

Ele sorri.

— Isso já me passou pela cabeça.

— E será que tem uma versão minha que virou uma artista famosa? Que trocou tudo isso por aquilo?

Jason se inclina para a frente, afasta os pratos para esticar os braços sobre a mesa e pega as mãos dela.

— Se existe um milhão de lagos lá fora — responde ele —, com versões de você e de mim em vidas semelhantes e outras diferentes da nossa, nenhuma delas é melhor do que esta, a que temos aqui e agora. Não tenho certeza maior nesse mundo.

SETE

A lâmpada sem cúpula no teto projeta uma luz trêmula e crua na cela minúscula. Estou amarrado a uma cama de ferro, os tornozelos e os pulsos também amarrados e presos com mosquetões a pitões na parede de concreto.

De repente, três trancas se retraem na porta, mas estou tão sedado que nem me assusto.

A porta se abre.

Leighton, de smoking.

Óculos de aro fino.

Quando ele se aproxima, sinto seu perfume e, em seguida, o álcool em seu hálito. Champanhe? Fico me perguntando de onde ele está vindo. De uma festa? Um jantar beneficente? Ele ainda traz uma fita cor-de-rosa no peito acetinado do colete.

Devagar, ele se senta na beirada do colchão fino como papel.

Ele tem um ar sério.

E, embora não convença muito, triste.

— Tenho certeza de que você precisa falar algumas coisas, Jason, mas me deixe falar primeiro. Me sinto muito culpado pelo que aconteceu. Você voltou, e não imaginávamos que você estaria tão… que estaria tão mal quanto estava. Como ainda está. Falhamos com você, e sinto muito por isso. Não sei o que mais posso dizer. Eu só… Odeio que tenha acontecido tudo isso. Sua volta era para ter sido só alegria.

Mesmo com a pesada sedação, estou trêmulo de pesar.

E de raiva.

— O homem que foi à casa de Daniela. Foi *você* que mandou aquele homem atrás de mim? — pergunto.

— Você não me deu escolha. A mera possibilidade de você ter contado a ela sobre este lugar...

— Você o mandou matar Daniela?

— Jason...

— Responda!

Ele não confirma, mas é uma confirmação.

Fico encarando Leighton só pensando em rasgar seu rosto, arrancar sua pele do crânio.

— Seu filho de uma...

Eu desmorono.

Soluçando.

Não consigo tirar da cabeça a imagem do sangue escorrendo pelo pé descalço de Daniela.

— Sinto muito, irmão.

Ele afaga meu braço, e quase desloco o ombro ao tentar me afastar.

— Não me toque!

— Você está nessa cela há quase vinte e quatro horas. Não me agrada nem um pouco mantê-lo sedado e preso, mas enquanto você for um perigo para si mesmo e para os outros, esta situação não vai mudar. Você precisa se alimentar e se hidratar. Vai fazer isso?

Olho fixamente para uma rachadura na parede.

Imagino como seria bom usar a cabeça de Leighton para abrir uma outra rachadura.

Batê-la no concreto várias e várias vezes, até não sobrar nada além de uma pasta vermelha.

— Jason, ou você come ou vou enfiar um tubo de alimentação no seu estômago.

Quero dizer a ele que eu vou matá-lo. Ele e todos os outros deste laboratório. Sinto as palavras subindo à garganta, mas o bom senso prevalece. Afinal, estou totalmente à mercê desse sujeito.

— Eu sei que o que viu acontecer naquele apartamento foi horrível. Eu sinto muito por isso. Bem que eu queria que não tivesse acontecido, mas às vezes a situação foge do controle e... olha, por favor, saiba que eu lamento muito, muito mesmo, que você tenha presenciado aquilo.

Leighton se levanta, vai até a porta.

Ali parado, a porta aberta, ele olha para mim, o rosto metade na luz, metade na sombra.

— Este lugar não existiria sem você, por mais que você talvez não dê importância a isso no momento. Nenhum de nós estaria aqui se não fosse pelo seu trabalho, sua genialidade. E não vou deixar que ninguém esqueça isso, muito menos você.

Eu me acalmo.

Finjo me acalmar.

Porque ficar acorrentado nesta cela diminuta não está ajudando droga nenhuma.

Da cama, chamo Leighton me dirigindo à câmera de vigilância instalada pouco acima da porta.

Cinco minutos depois, ele está me soltando.

— Acho que estou tão feliz quanto você por tirá-lo dessas coisas — diz Leighton.

Ele me ajuda a levantar.

Meus pulsos estão em carne viva por causa das amarras de couro.

Minha boca está seca.

Estou delirando de sede.

— Está se sentindo melhor? — pergunta ele.

É nesse momento que concluo: minha primeira reação intuitiva ao acordar neste lugar foi a correta. Preciso ser o homem que eles pensam que eu sou. E a única maneira de fazer isso é fingir que perdi a memória e minha identidade. Deixar que eles preencham as lacunas.

Porque, se eu não sou o homem que pensam que sou, não terei utilidade para eles.

Então, nunca sairei vivo deste laboratório.

— Eu estava com medo — digo a ele. — Foi por isso que fugi.

— Entendo perfeitamente.

— Desculpe por ter provocado todo esse transtorno, mas você precisa entender: estou perdido aqui. Só tem um enorme buraco onde deviam estar os últimos dez anos.

— E vamos fazer tudo que estiver ao nosso alcance para ajudá-lo a recuperar essas lembranças. Para fazer você melhorar. Vamos providenciar as ressonâncias magnéticas, examiná-lo para avaliar se houve estresse pós-traumático. Nossa psiquiatra, Amanda Lucas, vai conversar com você em breve. Você tem minha palavra: não descansaremos até que tudo seja solucionado. Até o termos inteiramente de volta.

— Obrigado.

— Você faria o mesmo por mim. Olha, eu não tenho a menor ideia do que você passou nos últimos catorze meses, mas o homem que conheço há onze anos, meu colega de trabalho e amigo, que construiu este lugar comigo, esse cara está trancado em algum lugar dentro dessa sua cabeça, e eu vou fazer qualquer coisa para encontrá-lo.

Uma hipótese aterrorizante: e se ele estiver certo?

Eu *acho* que sei quem sou.

Mas alguma parte dentro de mim se pergunta: e se toda a memória que tenho da minha vida real — como marido, como pai, como professor — não for a verdadeira?

E se for consequência de um dano cerebral que sofri durante meu trabalho neste laboratório?

E se eu realmente for o homem que todos neste mundo acreditam que eu sou?

Não.

Eu sei quem sou.

Leighton está sentado na beira da cama.

Agora ele levanta as pernas e se recosta no estribo, quase deitado.

— Preciso perguntar: o que você estava fazendo no apartamento daquela mulher?

Minta.

— Não sei muito bem.

— De onde você a conhecia?

Luto para esconder as lágrimas e a raiva.

— Ela foi minha namorada muito tempo atrás.

— Vamos recapitular. Depois que você fugiu pela janela do banheiro, três dias atrás, como chegou à sua casa?

— De táxi.

— Você contou ao motorista alguma coisa? — pergunta ele. — Contou de onde estava vindo?

— Claro que não.

— Certo. E para onde foi depois que conseguiu escapar de nós na sua casa? Minta.

— Fiquei vagando a noite inteira. Eu estava desorientado, com medo. No dia seguinte, vi um cartaz anunciando a exposição da Daniela, e foi assim que a encontrei.

— Você falou com mais alguém além de Daniela?

Ryan.

— Não.

— Tem certeza disso?

— Tenho. Voltei para o apartamento com ela, e estávamos só nós dois, até que...

— Você precisa entender: nós dedicamos tudo a este lugar. Ao seu trabalho. Estamos todos juntos nesse barco. Qualquer um de nós daria a própria vida para proteger isto. Inclusive você.

O tiro.

O buraco negro entre os olhos de Daniela.

— Fico com o coração partido de ver você assim, Jason.

Ele diz isso com sincera amargura e pesar.

É nítido em seus olhos.

— Nós éramos amigos? — pergunto.

Ele assente, os dentes trincados, como se estivesse contendo a emoção.

— Só não estou conseguindo entender muito bem como você ou qualquer outra pessoa aqui pode achar aceitável matar alguém em nome do laboratório.

— O Jason Dessen que conheço não teria pensado duas vezes no que aconteceu com Daniela Vargas. Não quer dizer que ele ficaria feliz com isso. Nenhum de nós ficou. É terrível ter que fazer isso. Mas ele faria sem hesitar.

Balanço a cabeça, num gesto de pesar.
— Você esqueceu o que construímos juntos.
— Então me mostre.

Eles me dão banho, me dão roupas novas, me dão comida.

Depois do almoço, Leighton e eu descemos até o subnível quatro por um elevador de carga.

Na última vez que passei por este corredor, as paredes e o teto estavam todos revestidos de plástico e eu não fazia ideia de onde me encontrava.

Eles não me ameaçam.

Não me dizem especificamente que não posso ir embora.

Mas já percebi que Leighton e eu raramente estamos sozinhos. Sempre vejo por perto dois homens que se portam como guardas. Os dois estavam presentes na primeira noite que passei aqui.

— São basicamente quatro níveis — explica Leighton. — O primeiro compreende academia, salão de jogos, refeitório e alguns dormitórios. No segundo há laboratórios e salas de reunião. O subnível três é dedicado à produção propriamente dita. E no quarto ficam a enfermaria e o centro de controle de missão.

Estamos indo em direção a duas portas blindadas, como as de cofre, tão imponentes que parecem encerrar segredos de Estado.

Leighton para ao lado das portas, diante de um monitor touchscreen instalado na parede.

Puxa do bolso um cartão magnético e o posiciona sob o leitor digital.

Uma voz feminina computadorizada pede: *Nome, por favor.*

Ele aproxima o rosto.

— Leighton Vance.

Senha.

— Um, um, oito, sete.

Reconhecimento de voz confirmado. Bem-vindo, dr. Vance.

Levo um susto com a campainha que ressoa, lançando um eco por toda a extensão do corredor.

As portas se abrem lentamente.

Entramos num hangar.

Luzes fortes brilham nas vigas do teto, iluminando um cubo cinza-chumbo com quatro metros de lado.

Meu coração dispara.

Não consigo acreditar no que estou vendo.

Leighton deve ter percebido minha admiração, porque diz:

— Lindo, não?

É de uma beleza extraordinária.

A princípio, penso que o rumor dentro do hangar vem das luzes, mas não pode ser. É um som tão grave que o sinto na base da coluna, como a vibração de frequência ultrabaixa de um motor enorme.

Vou andando em direção à caixa quase sem me dar conta, hipnotizado.

Jamais imaginei que veria isto ao vivo, muito menos nesta escala.

De perto, noto que não é uma superfície lisa. É irregular, refletindo a luz de forma a fazê-la parecer multifacetada, quase translúcida.

Leighton aponta para o chão de concreto imaculado que brilha sob as luzes.

— Encontramos você bem aqui, inconsciente.

Contornamos a caixa lentamente.

Estendo a mão, deixo meus dedos roçarem a superfície.

É gelada.

— Onze anos atrás, depois que você ganhou o Pavia, nós entramos em contato e oferecemos cinco bilhões de dólares à sua disposição — conta Leighton. — Poderíamos ter construído uma nave espacial, mas entregamos tudo nas suas mãos. Para ver o que você seria capaz de fazer com recursos ilimitados.

— Meu trabalho está aqui? Minhas anotações?

— Claro.

Chegamos ao outro lado da caixa.

Ele me guia até a outra face.

Deste lado, há uma porta no cubo.

— O que tem aí dentro? — pergunto.

— Veja você mesmo.

A base da porta fica uns trinta centímetros acima da superfície do hangar.

Baixo a alavanca, empurro a porta e faço menção de entrar.

Leighton pousa a mão em meu ombro.

— Pare aí — diz ele. — Para sua própria segurança.

— É perigoso?

— Você foi a terceira pessoa a entrar. E outros dois entraram depois. Até agora, você foi o único a voltar.

— O que aconteceu com os outros?

— Não sabemos — responde Leighton. — Aparelhos de gravação não funcionam no interior. Por ora, só podemos contar com os relatos de quem conseguir voltar. Como você.

O interior da caixa é vazio, sem adornos e escuro.

As paredes, o piso e o teto são do mesmo material que o exterior.

— É à prova de som, à prova de radiação, pressurizado e, como você já deve ter imaginado, produz um forte campo magnético.

Quando fecho a porta, uma tranca se fecha do outro lado.

Olhar para a caixa é como ver um sonho fracassado ressuscitado dos mortos.

Meu trabalho aos vinte e tantos anos envolvia uma caixa muito parecida com esta. Só que era um cubo de *três centímetros*, projetado para colocar um objeto macroscópico em superposição.

Aquilo que os físicos às vezes chamam — e que passa como piada entre os cientistas — de "estado do gato".

Referindo-se ao gato de Schrödinger, a famosa experiência de raciocínio.

Imagine um gato, um frasco de veneno e uma fonte radioativa numa caixa selada. Se um sensor interno registrar radioatividade, como o decaimento de um átomo, o frasco é quebrado, liberando um veneno que mata o gato. O átomo tem chances iguais de decair ou não.

É uma forma engenhosa de ligar um resultado no mundo clássico, nosso mundo, a um evento de ordem quântica.

A interpretação de Copenhagen da mecânica quântica sugere algo louco: antes que a caixa seja aberta, antes de ocorrer a observação, o átomo existe em superposição: um estado indeterminado em que tanto ocorre o decaimento quanto não ocorre. O que, por sua vez, significa que o gato está tanto vivo quanto morto.

E somente quando a caixa é aberta, quando é feita a observação, é que a função de onda colapsa em um dos dois estados.

Em outras palavras, vemos apenas um dos resultados possíveis.

Por exemplo, um gato morto.

E essa se torna nossa realidade.

Mas é aí que as coisas ficam realmente estranhas.

Será que existe um outro mundo, tão real quanto o que conhecemos, onde encontramos na caixa um gato vivo, ronronando?

A interpretação da mecânica quântica dos Muitos Mundos diz que sim.

Que, quando abrimos a caixa, há uma ramificação.

Um universo onde descobrimos um gato morto.

E outro onde descobrimos um gato vivo.

E é o ato de *observarmos* o gato que o mata — ou o deixa vivo.

E é aí que a coisa fica estranha pra cacete.

Porque esses tipos de observação acontecem *o tempo todo*.

Portanto, se o mundo realmente se divide sempre que algo é observado, isso significa que há um número inimaginavelmente grande, infinito, de universos — um multiverso, onde tudo que pode acontecer vai de fato acontecer.

Minha ideia para meu pequeno cubo era criar um ambiente protegido de observação e estímulos externos de modo que meu objeto macroscópico — um disco de nitreto de alumínio medindo quarenta micrômetros de comprimento e consistindo de cerca de um trilhão de átomos — pudesse existir nesse estado gato, o estado indeterminado, e não sofrer decoerência por interações com o ambiente.

Nunca consegui resolver o problema antes de meu financiamento evaporar, mas, aparentemente, alguma outra versão minha conseguiu. E, depois, levou todo o conceito a uma escala inconcebível. Porque, se o que Leighton está dizendo é verdade, esta caixa faz algo que, de acordo com todo o meu conhecimento de física, é impossível.

Eu me sinto envergonhado, como se tivesse perdido uma corrida para um adversário infinitamente melhor. Um homem de visão épica construiu esta caixa.

Uma versão melhor e mais inteligente de mim mesmo.

Olho para Leighton.

— Funciona?

— O fato de você estar de pé aqui ao meu lado parece sugerir que sim — responde ele.

— Eu não entendo. Para colocar uma partícula em estado quântico num laboratório, é preciso criar uma câmara de privação. Remover toda a luz, sugar o ar e baixar a temperatura a uma fração de grau acima do zero absoluto. Um ser humano morreria nessas condições. E, quanto maior for o objeto, mais frágil se torna todo o processo. Embora a gente esteja no subsolo, há todo tipo de partículas... neutrinos, raios cósmicos... que podem atravessar este cubo e perturbar o estado quântico. O desafio parece insuperável.

— Eu não sei o que lhe dizer, Jason... Você superou esse desafio.

— Como?

Leighton sorri.

— Olha, você me explicou de uma forma que fez sentido, mas eu não consigo repetir a explicação muito bem. Leia suas anotações. O que eu posso dizer é que a caixa cria e sustenta um ambiente em que objetos do dia a dia podem existir em superposição quântica.

— Inclusive nós?

— Inclusive nós.

Muito bem.

Embora tudo que eu saiba de ciência me diga que é impossível, aparentemente eu descobri uma maneira de criar um ambiente quântico fértil em escala macroscópica, talvez utilizando um campo magnético para acoplar objetos ao sistema quântico de escala atômica.

Mas o que acontece com quem está dentro da caixa?

Ele também é um observador.

Vivemos num estado de decoerência, em uma única realidade, porque estamos constantemente observando o ambiente e colapsando nossa própria função de onda.

Não é possível que não exista mais alguma coisa em ação.

— Venha — diz Leighton. — Quero lhe mostrar uma coisa.

Ele me leva até uma fileira de janelas no lado do hangar voltado para a porta da caixa.

Abrindo outra porta de segurança com seu cartão magnético, ele me leva a uma sala que se assemelha a um centro de comunicação ou um CCM.

No momento, apenas uma das estações de trabalho está ocupada. Uma mulher com os pés sobre a mesa, ouvindo música muito tranquilamente com fones, alheia à nossa chegada.

— Tem gente nesta estação vinte e quatro horas por dia. Todos nos revezamos, esperando que alguém volte.

Leighton para diante de um terminal de computador, digita uma série de senhas e abre pastas dentro de mais pastas até encontrar o que está procurando.

Ele abre um vídeo.

São imagens em alta definição, gravadas por alguma câmera voltada para a porta da caixa, provavelmente posicionada logo acima das janelas do CCM.

Na parte inferior da tela, vejo uma contagem de tempo de catorze meses atrás, o relógio registrando até centésimos de segundo.

Um homem entra em cena e se aproxima da caixa.

Carrega uma mochila sobre um traje espacial aerodinâmico, o capacete debaixo do braço esquerdo.

Ele abre a porta.

Antes de entrar, olha para trás, diretamente para a câmera.

Sou eu.

Eu aceno, entro na caixa e fecho a porta.

Leighton acelera a velocidade de exibição do vídeo.

A caixa imóvel, por cinquenta minutos.

Ele volta à velocidade normal quando outra pessoa aparece em cena.

Uma mulher com cabelo castanho comprido vai até a caixa e abre a porta.

A imagem agora é de uma câmera GoPro fixada num suporte de cabeça, mostrando o interior da caixa de um lado ao outro, uma luz iluminando as paredes nuas, o piso brilhando sobre a superfície irregular do metal.

— E... puft! Você sumiu. Até que... — Leighton abre outro arquivo. — Três dias e meio atrás...

Vejo a mim mesmo saindo trôpego da caixa e caindo no chão, quase como se tivesse sido empurrado para fora.

Mais tempo se passa. Vejo a equipe de materiais perigosos aparecer e me deitar numa maca.

É absurdamente surreal ver uma filmagem do momento exato em que começou o pesadelo que agora é minha vida.

Meus primeiros segundos neste admirável e execrável mundo novo.

Um dos quartos do subnível um foi preparado para mim, e é uma melhoria bem-vinda comparado com a cela.

Cama de luxo.

Banheira.

Uma escrivaninha com um vaso de flores frescas que perfumam todo o ambiente.

— Espero que se sinta mais confortável aqui — diz Leighton. — Só um alerta: por favor, não tente se matar, porque estamos a postos para evitar isso. Vai ter gente bem aqui do outro lado desta porta para não deixar isso acontecer, senão você vai ter que ser mantido em camisa de força naquela cela repulsiva lá embaixo. Se começar a se sentir em desespero, é só pegar o telefone e pedir que me chamem, e eu venho em seu socorro. Não sofra em silêncio.

Ele toca o laptop deixado sobre a escrivaninha.

— Aqui você vai encontrar todo o seu trabalho dos últimos quinze anos. Inclui até mesmo sua pesquisa anterior à Velocity. Não é necessário senha. Fique à vontade para explorar. De repente ajuda a dar uma refrescada na memória. — Já de saída, ele olha para trás e acrescenta: — A propósito, a porta vai ficar trancada.

Ele sorri.

— Mas é para sua segurança.

Sentado na cama com o laptop, tento me concentrar no grande volume de informações contido nas dezenas de milhares de pastas.

Estão organizadas por ano e remontam a bem antes de eu ganhar o Pavia, até meus tempos de faculdade, quando os primeiros sinais da grande ambição da minha vida começaram a se manifestar.

Os trabalhos das primeiras pastas me são familiares: esboços de um ensaio que acabaria se tornando meu primeiro trabalho publicado, resumos de artigos relacionados, tudo levando à minha passagem por aquele laboratório da Universidade de Chicago e à construção do meu primeiro pequeno cubo.

Os dados da sala limpa estão ordenados meticulosamente.

Leio os arquivos até minha visão começar a ficar turva e mesmo assim prossigo, acompanhando meu trabalho ir além do ponto onde sei que parou na *minha* versão da minha vida.

É como esquecer tudo sobre si mesmo e depois ler a própria biografia.

Trabalhei todos os dias.

Minhas anotações se tornaram melhores, mais completas, mais específicas.

Mas ainda assim eu não conseguia encontrar uma maneira de criar a superposição do disco macroscópico. A frustração e o desespero permeiam minhas anotações.

Não consigo mais manter os olhos abertos.

Apago a luz da mesa de cabeceira e me cubro.

Está um breu aqui dentro.

A única luz na sala é um ponto verde no alto da parede que fica de frente para a cama.

É uma câmera, filmando com visão noturna.

Alguém observa cada movimento meu, cada respiração.

Fecho os olhos, tento abstrair disso.

Mas revejo a mesma cena que vem me assombrando sempre que fecho os olhos: o sangue escorrendo pelo tornozelo dela, pelo pé.

O buraco negro entre os olhos.

Seria tão fácil desmoronar.

Perder totalmente o controle.

Na escuridão, toco a linha amarrada no dedo anelar e lembro que minha outra vida é que é a verdadeira.

Que ainda está em algum lugar lá fora.

Como se eu estivesse numa praia, o mar sugando a areia debaixo dos meus pés, sinto meu mundo nativo, toda a realidade que o sustenta, ser tragada de mim.

Se eu não lutar contra isso, será que esta realidade vai lentamente se estabelecer e me levar junto?

Sou arrancado do sono.

Alguém está batendo à porta.

Acendo a luz e saio da cama desorientado, sem nenhuma ideia de quanto tempo passei dormindo.

As batidas ficam mais fortes.

— Já vou! — digo.

Tento abrir, mas a porta está trancada por fora.

Ouço a fechadura girar.

A porta se abre.

Levo alguns segundos para lembrar quando e onde vi esta mulher que está diante de mim, com um vestido envelope preto, segurando duas xícaras de café e um bloco de anotações debaixo do braço. Então eu lembro: daqui mesmo. Ela conduziu, ou tentou conduzir, aquele bizarro interrogatório na noite em que voltei à consciência fora da caixa.

— Oi, Jason. Sou Amanda Lucas.

— Ah, sim. Certo.

— Desculpe, eu não queria simplesmente ir entrando.

— Não, está tudo bem.

— Você tem um tempo para falar comigo?

— Hum, com certeza.

Eu a deixo entrar e fecho a porta.

Afasto a cadeira da mesa para ela se sentar.

Ela estende um copo descartável.

— Trouxe café, caso esteja interessado.

— Obrigado — digo, aceitando.

Sento ao pé da cama.

O café aquece minhas mãos.

— Eles tinham aquele negócio estranho com sabor de avelã, mas você prefere puro, certo?

Tomo um gole.

— Sim, está perfeito.

Ela também toma um gole de café.

— Bem, isso deve ser estranho para você.

— Podemos dizer que sim.

— Leighton avisou que eu viria?

— Sim.

— Que bom. Sou a psiquiatra aqui do laboratório. Estou aqui há quase nove anos. Sou credenciada no conselho. Tive um consultório particular antes de entrar para a Velocity. Você se importa se eu fizer algumas perguntas?

— Não, tudo bem.

— Você disse a Leighton que... — Ela abre o bloco. — Abre aspas: "Só tem um enorme buraco onde deviam estar os últimos dez anos." Isso é verdade?

— Sim.

Ela faz uma anotação a lápis.

— Jason, recentemente você vivenciou ou testemunhou algum evento que tenha lhe causado medo intenso, impotência ou pavor?

— Vi Daniela Vargas levar um tiro na cabeça bem na minha frente — respondo, sem rodeios.

— Do que você está falando?

— Vocês mataram minha... aquela mulher com quem eu estava. Logo antes de me trazerem para cá.

Amanda parece sinceramente atônita.

— Você não sabia disso? — pergunto.

Engolindo em seco, ela recupera a postura profissional.

— Deve ter sido horrível, Jason.

Ela fala isso como se não acreditasse em mim.

— Você acha que inventei isso?

— Estou curiosa para saber se você se lembra de algo da caixa em si ou das viagens que fez nos últimos catorze meses.

— Como eu disse, não tenho lembranças de nada disso.

Ela faz outra anotação.

— Curiosamente, e talvez você não se lembre... mas durante aquela nossa breve conversa você relatou que sua última lembrança era de estar num bar em Logan Square.

— Não me lembro de ter dito isso. Eu estava muito desorientado naquele momento.

— Claro. Então, sem lembranças da caixa — conclui ela. — As próximas perguntas devem ser respondidas com sim ou não. Algum problema para dormir?

— Não.

— Irritabilidade ou raiva acentuada?

— Acho que não.

— Problemas de concentração?

— Não que eu tenha notado.

— Você se sente ameaçado?

— Sim.

— Ok. Vem identificando reações de medo exacerbado?

— Hum... não sei muito bem.

— Às vezes, pode acontecer de uma situação de estresse extremo provocar o que chamamos de amnésia dissociativa, que é um funcionamento anormal da memória, mas sem provocar dano cerebral estrutural. Tenho a impressão de que a ressonância magnética de hoje vai descartar a hipótese de que houve algum dano, e então poderemos ter certeza de que suas lembranças dos últimos catorze meses ainda estão aí armazenadas. Elas só estão enterradas no fundo da sua mente. Meu trabalho será ajudá-lo a recuperar essas lembranças.

Tomo um gole de café.

— Como, exatamente?

— Há uma série de opções de tratamento que podemos explorar. Psicoterapia, terapia cognitiva, terapia criativa. Até mesmo hipnose clínica. Só quero que você saiba que nada é mais importante para mim do que ajudá-lo nesse processo.

Amanda me encara com uma súbita e desalentada intensidade, vasculhando meus olhos como se os mistérios da existência estivessem gravados em minhas córneas.

— Você realmente não me conhece? — pergunta ela.

— Não.

Ela se levanta e recolhe suas coisas.

— Leighton deverá acordar em breve para acompanhá-lo ao exame de ressonância magnética. Eu só quero ajudá-lo, Jason, como puder. Se não se lembra de mim, tudo bem. Só quero que saiba que estou do seu lado. Todos neste lugar. Estamos aqui por sua causa. Estamos supondo que você saiba disso, então, por favor, acredite: temos muita admiração por você, por sua mente e pelo que você construiu.

À porta, ela para e olha para mim.

— Qual é mesmo o nome da mulher? A que você acredita ter visto ser assassinada?

— Eu não *acredito* que vi. Eu vi. E o nome dela era Daniela Vargas.

Passo as horas seguintes à escrivaninha, tomando o café da manhã e dando uma olhada em arquivos que registram realizações científicas das quais não tenho lembrança.

Apesar da situação em que me encontro, é estimulante ler tudo isso, ver meus relatórios progredindo e se aproximando da descoberta do cubo em miniatura.

A solução para produzir a superposição do disco?

Qbits supercondutores integrados a uma série de ressoadores capazes de registrar estados simultâneos como se fossem vibrações. Soa absurdamente chato, mas é revolucionário.

Foi o que me rendeu o Pavia.

Foi, aparentemente, o que me trouxe até aqui.

Dez anos atrás, em meu primeiro dia de trabalho na Velocity, escrevi para toda a equipe uma intrigante declaração de missão que, essencialmente, os colocava a par dos conceitos fundamentais da mecânica quântica e da teoria do multiverso.

Um determinado trecho atrai minha atenção. Uma breve abordagem da dimensionalidade.

Percebemos nosso ambiente em três dimensões, mas não vivemos realmente num mundo 3D. O 3D é estático. Um instantâneo. Precisamos acrescentar uma quarta dimensão para descrever a natureza de nossa existência.

O hipercubo 4D não acrescenta uma dimensão espacial e, sim, temporal.

Acrescenta tempo, um fluxo de cubos em 3D, representando o espaço enquanto este se move ao longo de um eixo de tempo.

A imagem que melhor ilustra isso é de quando olhamos para o céu à noite e vemos estrelas cujo brilho percorreu cinquenta anos-luz para alcançar nossos olhos. Ou quinhentos. Ou cinco bilhões. Não estamos apenas olhando para o espaço, estamos olhando para trás no tempo.

Nosso caminho através desse espaço-tempo 4D é nossa linha de mundo (realidade), que começa com o nascimento e termina na morte. Quatro coordenadas (x, y, z e t [tempo]) localizando um ponto dentro do hipercubo.

E achamos que para por aí, mas isso só é verdade se todos os resultados forem inevitáveis, se o livre-arbítrio for uma ilusão e se nossa linha de mundo for isolada.

Mas e se nossa linha de mundo for apenas uma entre um número infinito de linhas de mundo, algumas apenas ligeiramente diferentes da vida que conhecemos, outras drasticamente diferentes?

A interpretação dos Muitos Mundos postula que todas as realidades possíveis existem. Que tudo que tem a possibilidade de acontecer está acontecendo. Tudo que poderia ter ocorrido em nosso passado ocorreu, só que em outro universo.

E se isso for verdade?

E se vivemos num espaço de probabilidades pentadimensional?

E se realmente habitamos o multiverso, mas nosso cérebro evoluiu de modo a nos equipar com uma barreira que limita o que percebemos a um único universo? Uma única linha de mundo? Aquela que escolhemos, momento a momento? Faz sentido, se pararmos para pensar. Não teríamos a capacidade cognitiva de observação simultânea de todas as realidades possíveis.

Então, como ter acesso a esse espaço de probabilidades em 5D?

E, se tivermos acesso, aonde isso nos levará?

Está anoitecendo quando Leighton finalmente aparece.

Descemos de escada desta vez, mas não até a enfermaria. Vamos ao subnível dois.

— Ligeira mudança de planos — anuncia ele.
— Não vou fazer a ressonância?
— Ainda não.

Ele me leva a um lugar que já conheço: a sala de reunião, onde Amanda Lucas ensaiou um interrogatório na noite em que acordei fora da caixa.

As luzes estão mais baixas.
— O que está acontecendo?
— Sente-se, Jason.
— Eu não estou en...
— Sente-se.

Puxo uma cadeira.

Leighton se senta à minha frente.
— Fui informado de que você está revendo seus arquivos antigos.

Faço que sim.
— Alguma lembrança?
— Não.
— Isso é muito ruim. Eu tinha a esperança de que uma viagem pela estrada da memória despertasse alguma coisa.

Ele se empertiga.

A cadeira range.

Está tão silencioso aqui que ouço o zunir das lâmpadas no teto.

Do outro lado da mesa, ele me observa.

Tem algo estranho.

Algo errado.

— Meu pai fundou a Velocity quarenta e cinco anos atrás — começa Leighton. — Nos tempos dele, as coisas eram diferentes. Construíamos motores a jato e turbo-hélices, mais preocupados em manter os contratos com o governo e com grandes empresas do que em fazer pesquisa científica de ponta. Do grupo original, somos apenas vinte e três hoje, mas uma coisa não mudou: esta empresa é uma família, e nossa essência é a completa e total confiança.

Ele se vira para o lado e faz um sinal com a cabeça.

As luzes irrompem.

Do outro lado do vidro escurecido vejo o pequeno teatro. Assim como naquela primeira noite, deve ter umas quinze ou vinte pessoas ali.

Só que ninguém está de pé aplaudindo.
Ninguém está sorrindo.
Todos estão olhando para mim.
Soturnos.
Tensos.
A primeira pontada de pânico surge em meu horizonte.
— Por que estão todos aqui? — pergunto.
— Já lhe disse. Somos uma família. Lavamos a roupa suja em casa, e juntos.
— Não estou entendendo...
— Você está mentindo, Jason. Você não é quem diz ser. Não é um de nós.
— Eu já expliquei que...
— Eu sei, você não se lembra de nada da caixa. Os últimos dez anos são um buraco negro.
— Isso.
— Tem certeza de que quer continuar com isso?
Leighton abre o laptop que está sobre a mesa e digita algo.
Ele o ergue, digita algo no monitor touchscreen.
— O que é isso? — pergunto. — O que está acontecendo?
— Vamos terminar o que começamos na noite em que você voltou. Eu vou fazer perguntas, e dessa vez você vai responder.
Eu me levanto da cadeira, vou até a porta, tento abri-la.
Trancada.
— Sente-se!
A voz de Leighton soa alta como um tiro.
— Eu quero sair daqui.
— E eu quero que você comece a contar a verdade.
— Eu contei a verdade.
— Não, você contou a verdade a Daniela Vargas.
Do outro lado do vidro, uma porta se abre e um homem entra no teatro meio cambaleante, sendo empurrado pela nuca por um guarda.
O rosto do homem é esmagado contra o vidro.
Meu Deus.

O nariz de Ryan parece deformado e um dos olhos está completamente fechado pelo inchaço.

Seu rosto ferido deixa estrias de sangue no vidro.

— Você contou a verdade a Ryan Holder — acrescenta Leighton.

Corro até Ryan, chamo seu nome.

Ele tenta responder, mas o vidro bloqueia o som.

Olho com ódio para Leighton.

— Sente-se, ou vou chamar alguém para amarrar você nesta cadeira.

A raiva que senti mais cedo retorna. Este homem é responsável pela morte de Daniela. E agora, isso. Quanto eu conseguiria machucá-lo antes que me tirassem de cima dele?

Mas eu me sento.

— Vocês o rastrearam?

— Não. Ryan me procurou, porque ficou perturbado com as coisas que você falou na casa de Daniela. São exatamente essas coisas que eu quero ouvir agora de você.

Enquanto os guardas forçam Ryan a se sentar numa poltrona na primeira fila, a explicação me ocorre: Ryan foi quem criou a peça que faltava para que a caixa funcionasse, o tal "composto químico" que ele mencionou quando nos encontramos na galeria. Se nosso cérebro está programado para nos impedir de apreender nosso estado quântico, então talvez haja uma droga capaz de desativar esse mecanismo — a "barreira" que eu mencionava naquela declaração de missão.

O Ryan do meu mundo estava estudando o córtex pré-frontal e seu papel na geração da consciência. Não é uma associação absurda pensar que este Ryan pode ter criado uma droga que altere a forma como nosso cérebro percebe a realidade; que nos impeça de produzir a decoerência quântica do ambiente à nossa volta e colapsar nossas funções de onda.

Volto ao momento.

— Por que o espancaram? — pergunto.

— Você contou a Ryan que dá aula na Lakemont College, que tem um filho e que Daniela Vargas era sua esposa. Contou que foi sequestrado certa noite enquanto voltava para casa e que acordou aqui. Que este não é seu mundo. Você admite ter feito essas afirmações?

Mais uma vez, me pergunto quanto eu conseguiria machucar este homem antes que me detivessem. Chegaria a quebrar seu nariz? Arrancar seus dentes? Matá-lo?

— Você matou a mulher que eu amo, e só porque ela *falou* comigo. — Minha voz sai como um rosnado. — Você espancou meu amigo. Está me prendendo aqui contra minha vontade. E quer que eu responda às suas perguntas? Vai se foder. — Olho pelo vidro. — Vão se foder todos vocês!

— Talvez você não seja o Jason que conheço e amo — diz Leighton. — Talvez seja apenas uma sombra daquele homem, com uma fração de sua ambição e seu intelecto, mas com certeza é capaz de entender a pergunta: e se a caixa funciona? Isso significa que estamos sentados sobre a maior descoberta científica de todos os tempos, com aplicações que não podemos sequer começar a compreender, e você me vem com lamúrias por protegermos essa descoberta a todo custo?

— Eu quero ir embora daqui.

— Você quer ir embora. Hum. Tenha em mente tudo que eu lhe expliquei e considere o fato de que você é a única pessoa até hoje bem-sucedida em operar essa coisa. Você possui um conhecimento crucial no qual investimos bilhões de dólares e uma década da nossa vida. Não é meu objetivo assustar você, estou apenas apelando para seu raciocínio lógico: você acredita que eu hesitaria em fazer o que fosse necessário para extrair essa informação de você?

Ele deixa a pergunta ser assimilada.

No silêncio brutal, olho de relance para o teatro.

Para Ryan.

Para Amanda. Ela evita o contato visual. Seus olhos parecem marejados, mas sua expressão é tensa e rígida, como se estivesse lutando ao máximo para manter a postura.

— Preste muita atenção no que vou lhe dizer — continua Leighton. — Aqui, agora, nesta sala: este é o momento em que você tem a chance de facilitar as coisas. Quero que se esforce para extrair o máximo deste momento. Agora, olhe para mim.

Eu olho.

— Você construiu a caixa?

Não respondo.

— *Você construiu* a caixa?

Nada ainda.

— De onde você veio?

Minha mente dispara, imaginando todos os cenários possíveis: contar tudo que sei, não contar nada, contar uma parte. Neste último caso, contar *o quê*, especificamente?

— Este é seu mundo, Jason?

A dinâmica da minha situação permanece, em termos concretos, inalterada. Minha sobrevivência ainda depende de eu ser útil a eles. Enquanto quiserem algo de mim, tenho poder. No momento em que eu terminar de contar tudo que sei, todo o meu poder se extinguirá.

Ergo os olhos da mesa e encontro o olhar de Leighton.

— Não vou falar com você agora.

Ele suspira.

Estala o pescoço.

E diz, a ninguém especificamente:

— Acho que terminamos por aqui.

A porta atrás de mim se abre.

Eu me viro, mas nem dá tempo de ver quem é e já sou tirado da cadeira, empurrado para o chão.

Alguém se senta nas minhas costas, os joelhos se cravando dolorosamente na minha coluna.

Seguram minha cabeça enquanto uma agulha penetra meu pescoço.

Recupero a consciência num colchão duro e fino que, lamentavelmente, me é familiar.

Seja lá qual for, a droga que injetaram em mim produz uma ressaca bem desagradável, como se uma fenda tivesse sido aberta bem no meio do meu crânio.

Uma voz sussurra em meu ouvido.

Tento me levantar, mas o menor movimento faz o latejar na minha cabeça se elevar a um nível absurdo de agonia.

— Jason?
Conheço essa voz.
— Ryan?
— Aham.
— O que aconteceu? — pergunto.
— Eles trouxeram você para cá agora há pouco.
Forço meus olhos a se abrirem.
Estou de volta à cela com a cama de ferro. Ryan está ajoelhado ao meu lado. De perto, ele parece ainda pior.
— Jason, eu sinto muito.
— Nada disso é culpa sua.
— Não, o que Leighton disse é verdade. Naquela noite, depois que deixei você com Daniela na casa dela, eu liguei para ele. Contei que tinha encontrado você. Contei onde. — Ryan fecha o olho não destruído. Seu rosto se deforma numa expressão de dor quando ele diz: — Eu não fazia ideia de que iriam machucá-la.
— E como você veio parar aqui no laboratório?
— Acho que você não estava dando a ele as informações que queriam, então apareceram no meio da noite para me pegar. Você estava com Daniela quando ela morreu?
— Aconteceu bem na minha frente. Um homem invadiu o apartamento e atirou na testa dela.
— Meu Deus.
Ele se senta ao meu lado no catre, e ficamos recostados na parede de concreto.
— Achei que, se eu contasse a eles o que você tinha contado para mim e Daniela, poderiam finalmente me incluir na pesquisa. Achei que teria alguma recompensa. Mas, em vez disso, me espancaram. E ainda me acusaram de não ter contado tudo que sei.
— Que merda.
— Você manteve tudo em segredo. Eu nem sabia o que era esse lugar. Fiz todo aquele trabalho para você e Leighton, mas vocês…
— *Eu* não mantive segredo nenhum, Ryan. Aquele não era eu.
Ele olha para mim como se tentasse processar a magnitude de tal afirmação.

— Então aquelas coisas que você falou na casa de Daniela... quer dizer que era tudo verdade?

— Cada palavra — sussurro, aproximando o rosto do dele. — Fale baixo. Aposto que estão nos ouvindo.

— Como você chegou aqui? Neste mundo?

— Fora dessa cela tem um hangar e, nesse hangar, uma caixa de metal construída por uma outra versão de mim.

— E o que essa caixa faz?

— Até onde eu sei, é uma porta de entrada para o multiverso.

Ele me olha como se eu fosse louco.

— Como isso é possível?

— Preciso que você me escute. Depois que eu fugi desse lugar, fui a um hospital e fiz um exame de sangue que apontou vestígios de alguma substância psicoativa desconhecida. E quando a gente se encontrou, na galeria, você me perguntou se o "composto químico" tinha funcionado. O que era isso que você estava produzindo para mim?

— Você pediu que eu criasse uma droga capaz de alterar temporariamente a química cerebral em três áreas de Brodmann do córtex pré-frontal. Quatro anos nisso. Pelo menos você pagou bem.

— Alterar como?

— Deixá-las adormecidas por um tempo. Eu não fazia ideia de qual seria a aplicação.

— Você entende o conceito por trás do gato de Schrödinger?

— É claro.

— E como a observação determina a realidade?

— Sim.

— Esse outro Jason estava tentando colocar um ser humano em superposição. Teoricamente é impossível, considerando que nossa consciência e a força de observação nunca permitiriam, mas se existisse um mecanismo no cérebro responsável pelo efeito observador...

— Você queria desligar esse mecanismo.

— Exatamente.

— Então, minha droga nos impede de realizar a decoerência?

— Acho que sim.

— Mas não impede que outros a realizem em nós. Não impede que o efeito observador das outras pessoas determine nossa realidade.

— É aí que entra a caixa.

— Puta merda! Então você descobriu uma maneira de transformar um ser humano num gato vivo e morto ao mesmo tempo? Isso é... apavorante.

A porta da cela é aberta.

Ryan e eu erguemos o olhar e vemos Leighton, acompanhado de seus guardas: dois homens de meia-idade com camisa polo muito justa enfiada na calça jeans e físicos ligeiramente fora de forma.

A impressão que passam é de serem homens para quem a violência não passa de um trabalho.

— Ryan, pode nos acompanhar, por favor? — diz Leighton.

Ryan hesita.

— Podem arrastá-lo daqui.

— Eu vou.

Ryan vai mancando até a porta.

Cada guarda o pega por um braço e o leva dali. Leighton fica para trás.

— Eu não sou assim, Jason. Odeio agir dessa forma. Odeio que você esteja me forçando a ser esse monstro. O que vai acontecer agora? A escolha não cabe a mim. Cabe a você.

Eu salto da cama e avanço sobre Leighton, mas ele bate a porta na minha cara.

Apagam as luzes da cela.

Tudo que vejo é a luzinha verde da câmera de vigilância que me observa de seu poleiro acima da porta.

Fico sentado no escuro, pensando em como estive em rota de colisão com este momento desde que ouvi aqueles passos atrás de mim quando andava pelo meu bairro, no meu mundo, impossíveis cinco dias atrás.

Desde que vi a máscara de gueixa e a arma, quando o medo e a confusão se tornaram as únicas estrelas no meu céu.

Neste momento, não há lógica.

Não há hipóteses a testar.

Não há método científico.

Estou simplesmente devastado, destruído, aterrorizado, a ponto de querer que tudo apenas termine.

Vi a mulher da minha vida ser assassinada bem diante de mim.

Meu velho amigo provavelmente está sendo torturado neste instante.

E, sem dúvida, vão me fazer sofrer ainda mais antes de chegar meu fim.

Estou com tanto medo.

Com saudade de Charlie.

Saudade de Daniela.

Saudade de minha casa depauperada que nunca tive dinheiro para reformar decentemente.

Saudade do nosso Suburban enferrujado.

Da minha sala na universidade.

Dos meus alunos.

Saudades da vida que é minha.

E é ali na escuridão, como os filamentos de uma lâmpada se aquecendo, que a verdade vem ao meu encontro.

Ouço a voz do meu raptor, de algum modo familiar, fazendo perguntas sobre minha vida.

Meu trabalho.

Minha esposa.

Se eu a chamava de "Dani".

Ele sabia quem era Ryan Holder.

Meu Deus.

Ele me levou a uma usina abandonada.

Ele me drogou.

Fez perguntas sobre minha vida.

Pegou meu celular, minhas roupas.

Cacete.

Tudo fica óbvio.

Meu coração estremece de raiva.

Ele estava ocupando meu lugar.

Roubando minha vida.

A mulher que eu amo.

Meu filho.

Meu trabalho.
Minha casa.
Porque aquele homem era eu.
Aquele outro Jason, o que construiu a caixa — *ele fez isso comigo*.
Quando a luz verde da câmera se apaga, me dou conta de que, no fundo, sei disso desde a primeira vez que botei os olhos na caixa.
Só não queria encarar o fato.
Claro que não queria.
Uma coisa é estar perdido num mundo que não é o seu.
Outra, completamente diferente, é saber que você foi substituído no seu.
Que uma versão melhor de você assumiu sua vida.
Ele é mais esperto que eu, sem dúvida.
Será que é também um pai melhor para Charlie?
Um marido melhor para Daniela?
Um homem melhor na cama?
Ele fez isso comigo.
Não.
É uma verdade muito mais louca.
Eu fiz isso comigo.
Quando ouço as trancas da porta serem abertas, instintivamente colo o corpo à parede.
É agora.
Eles vieram me buscar.
A porta se abre devagar, revelando uma única pessoa, uma silhueta contra a luz que vem de trás dela.
A pessoa entra, fecha a porta.
Não enxergo nada.
Mas sinto o cheiro: traços de perfume, sabonete.
— Amanda?
— Fale baixo — sussurra ela.
— Onde está Ryan?
— Foi removido.
— Como assim, "removido"?
A voz dela sai engasgada, como se ela estivesse à beira das lágrimas.

— Eles o mataram. Eu sinto muito, Jason. Achei que só quisessem assustá-lo, mas...

— Ele foi morto?

— Vão vir buscar você a qualquer momento.

— Por que você está...?

— Porque não fui contratada para isso. O que eles fizeram com Daniela... com Ryan... o que estão prestes a fazer com você... Ultrapassaram limites que não podem ser ultrapassados. Nem em nome da ciência nem de nada.

— Você pode me tirar daqui?

— Não, e mesmo que pudesse, de nada adiantaria, com seu rosto estampado em todos os jornais.

— Do que você está falando? Por que eu estou nos jornais?

— A polícia está à sua procura. Você é suspeito da morte de Daniela.

— Seu pessoal me incriminou?

— Eu lamento muito por isso. Olha, não posso tirar você desse laboratório, mas posso levá-lo até o hangar.

— Você sabe como a caixa funciona? — pergunto.

Sinto o olhar dela, mesmo sem vê-la.

— Não faço a menor ideia. Mas é sua única saída.

— Pelo que ouvi, pisar dentro daquela coisa é como saltar de um avião sem saber se o paraquedas vai abrir — digo.

— Se o avião vai cair de qualquer forma, faz alguma diferença?

— E quanto à câmera?

— A daqui de dentro? Eu desliguei.

Ouço Amanda ir até a porta.

Uma linha vertical de luz surge, depois se alarga.

Quando a porta da cela é aberta por completo, vejo que Amanda leva uma mochila nos ombros. Saindo para o corredor, ela ajeita a saia lápis vermelha e olha para trás.

— Você não vem?

Eu me apoio na estrutura da cama para me levantar.

Devo estar há horas no escuro, porque a luz do corredor parece insuportável de tão forte. O brilho repentino faz meus olhos arderem.

Até aqui, somos só nós dois.

Amanda já avança em direção às portas blindadas no fim do corredor.

— Vamos! — sussurra ela, olhando para trás.

Eu a sigo em silêncio, os painéis de luzes fluorescentes passando no teto.

Afora os ecos de nossos passos, não há som algum no corredor.

Quando alcanço o leitor digital, Amanda já está com o cartão posicionado sob o sensor.

— E o CCM? — pergunto. — Não tem sempre alguém lá monitorando...?

— Hoje é meu plantão. Eu te dou cobertura.

— Eles vão saber que você me ajudou.

— Quando descobrirem, já vou estar fora daqui.

A voz feminina computadorizada pede: *Nome, por favor*.

— Amanda Lucas.

Senha.

— Dois, dois, três, sete.

Acesso negado.

— Merda.

— O que está acontecendo? — pergunto.

— Alguém deve ter nos visto pelas câmeras do corredor e bloqueado meu acesso. Leighton vai ficar sabendo em questão de segundos.

— Tente de novo.

Ela passa o cartão.

Nome, por favor.

— Amanda Lucas.

Senha.

Desta vez ela pronuncia os números devagar, pausadamente:

— Dois, dois, três, sete.

Acesso negado.

— Malditos.

Uma porta se abre na outra ponta do corredor.

Quando os homens de Leighton aparecem, Amanda fica lívida. Sinto um forte sabor metálico no céu da boca.

— Os funcionários criam as próprias senhas ou não?

— Nós é que escolhemos.

— Me empresta seu cartão.

— Por quê?

— Porque pode ser que ninguém tenha pensado em bloquear meu acesso.

No momento em que Amanda me entrega o cartão, Leighton surge por entre as portas.

Ele grita meu nome.

Leighton e seus homens avançam em nossa direção.

Passo o cartão sob o sensor.

Nome, por favor.

— Jason Dessen.

Senha.

Claro. Esse cara sou eu.

Mês e ano do meu aniversário, de trás para a frente.

— Três, sete, dois, um.

Reconhecimento de voz confirmado. Bem-vindo, dr. Dessen.

A campainha de abertura das portas arranha meus nervos.

Enquanto as portas se abrem devagar, sou obrigado a esperar, vendo, impotente, os homens que se aproximam correndo, o rosto vermelho, os braços se movendo com vigor.

Quatro ou cinco segundos de distância.

No instante em que há uma abertura suficiente entre as portas, Amanda passa se espremendo.

Vou atrás dela, até o hangar, correndo pelo chão de concreto macio em direção à caixa.

O CCM está vazio, as luzes ardendo lá no alto, e tenho a certeza de que não temos a menor chance de escapar dessa.

Estamos quase alcançando a caixa.

— É só a gente entrar! — grita Amanda.

Olho para trás quando o primeiro homem atravessa as portas já totalmente abertas a essa altura, trazendo na mão direita uma pistola ou uma arma de eletrochoque, não sei bem. O rosto está manchado, e suponho que seja do sangue de Ryan.

Ele me vê e ergue a arma, mas me escondo atrás da caixa a tempo.

Amanda já está abrindo a porta. Quando um alarme começa a ecoar pelo hangar, ela já desapareceu lá dentro.

Não perco tempo: me lanço pela porta atrás dela, para dentro da caixa.

Ela me empurra para o lado e força a porta com o ombro.

Ouço vozes e passos se aproximando.

Amanda está com dificuldades, por isso também jogo o peso do corpo contra a porta.

Parece pesar toneladas.

Finalmente, conseguimos empurrá-la um pouco.

Dedos aparecem no batente, mas a inércia age a nosso favor.

A porta emite um estrondo ao se fechar, e uma pesada tranca é acionada.

Silêncio.

E total escuridão. Uma escuridão tão instantaneamente pura e absoluta que me sinto zonzo.

Cambaleio para a parede mais próxima e apoio as mãos no metal. Preciso me agarrar a algo sólido enquanto tento assimilar a ideia de que estou realmente dentro desta coisa.

— Eles têm como abrir a porta? — pergunto.

— Não sei. Teoricamente, fica trancada por dez minutos. Como um sistema de segurança embutido.

— Segurança? Para nos proteger de quê?

— Não sei. De pessoas nos perseguindo? Para ajudar em situações de risco? Você que projetou isso. Parece estar funcionando.

Um leve ruído na escuridão.

Uma lanterna tocha ganha vida, iluminando o interior da caixa com uma luz azulada.

É estranho e assustador, mas também inegavelmente emocionante estar finalmente aqui, cercado por estas paredes espessas, quase indestrutíveis.

A primeira coisa que noto à luz são quatro dedos na base da porta, cortados à altura da segunda articulação.

Amanda está ajoelhada diante de uma mochila aberta, o braço pressionando o ombro, e, considerando como tudo explodiu em sua mão, parece notavelmente serena, reagindo à situação com tranquilidade.

Ela pega da mochila um estojo de couro.

Está repleto de seringas, agulhas e ampolas com um líquido transparente que suponho conter a droga produzida por Ryan.

— Então você vai fazer isso junto comigo? — pergunto.

— Qual a alternativa? Voltar lá e explicar a Leighton que o traí e a tudo em que temos trabalhado?

— Não faço ideia de como a caixa funciona.

— Somos dois. Então, acho que vamos nos divertir bastante por aqui. — Ela olha o relógio. — Liguei o cronômetro quando a porta se fechou. Temos oito minutos e cinquenta e seis segundos até eles entrarem. Se tivéssemos tempo, era só beber uma dessas ampolas ou aplicar uma intramuscular, mas agora vamos ter que injetar na veia. Já fez isso em si mesmo alguma vez?

— Não.

— Puxe a manga da camisa.

Ela amarra uma tira de borracha acima do meu cotovelo, segura meu braço e o mantém sob a luz da lanterna.

— Está vendo essa veia na dobra do braço? É a antecubital. É essa que você tem que pegar.

— Não era você quem devia fazer isso?

— Você vai conseguir.

Ela me entrega uma embalagem plástica contendo um lencinho descartável embebido em álcool.

Rasgo a embalagem e passo o álcool na área.

Amanda me entrega uma seringa de três mililitros, duas agulhas e uma ampola.

— Essa aqui é uma agulha com filtro — explica Amanda, tocando na primeira. — Serve para extrair o líquido sem sugar junto nenhum fragmento de vidro. Depois, você troca de agulha para aplicar. Entendido?

— Acho que sim.

Encaixo a primeira agulha na seringa, tiro a tampa e, em seguida, quebro o gargalo da ampola.

— O líquido todo? — pergunto.

Ela está amarrando uma borracha no próprio braço e limpando a área em que vai aplicar.

— Aham.

Com cuidado, extraio o líquido da ampola e depois troco a agulha, como ela me orientou a fazer.

— Dê uns tapinhas na seringa e libere um pouquinho do líquido antes. Você não vai querer bolhas de ar no seu sangue.

Ela me mostra o relógio de novo: 7:39...

7:38.

7:37.

Dou umas batidinhas na seringa e ejeto uma gota do composto químico de Ryan.

— Então é só eu... — começo a dizer.

— Espete a agulha num ângulo de quarenta e cinco graus, com o furo da extremidade da agulha para cima. Eu sei que é muita coisa para assimilar, mas você está se saindo bem.

É tanta adrenalina circulando pelo meu sistema que quase não sinto a picada da agulha.

— E agora?

— Você precisa ter certeza de que pegou a veia.

— Como eu...?

— Puxe um pouquinho o êmbolo.

Eu puxo.

— Está vendo sangue?

— Sim.

— Ótimo. Você conseguiu. Agora tire o torniquete e vá injetando o líquido devagar.

Enquanto faço o que ela manda, pergunto:

— Quanto tempo leva para fazer efeito?

— É praticamente instantâneo, se eu tivesse que...

Nem ouço o fim da frase.

A droga é um soco no corpo.

Tombo de costas na parede.

Algum tempo se passa até eu ver Amanda à minha frente outra vez, dizendo palavras que tento mas não consigo entender.

Olho para baixo, vejo que ela tira a agulha do meu braço e pressiona outro lencinho descartável no minúsculo local da picada.

Finalmente entendo o que ela está dizendo.

— Continue pressionando.

Amanda então estende o braço sob a luz emitida pela lanterna. Quando ela introduz a agulha na própria veia e solta o torniquete, minha atenção se concentra no relógio e nos números em contagem regressiva.

Em segundos ela está estirada no chão como um viciado em heroína, e o tempo ainda está correndo, mas isso não importa mais.

Não posso acreditar no que vejo.

OITO

Eu me sento.

Lúcido e alerta.

Amanda não está mais no chão. Está de pé, a alguns metros, de costas para mim.

Eu a chamo, pergunto se está bem, mas ela não responde.

Eu me levanto com dificuldade.

Ela está com a lanterna na mão. Enquanto me aproximo, vejo que a luz não está iluminando a parede da caixa que deveria estar bem à nossa frente.

Passo por Amanda.

Ela me segue com a lanterna.

A luz revela, ao nosso lado, uma porta idêntica à que atravessamos para entrar na caixa.

Sigo em frente.

Mais quatro metros e há outra porta.

E outra.

E mais outra.

A luz da lanterna equivale à potência de apenas uma lâmpada de sessenta watts, por isso alcança cerca de vinte metros e a partir daí se desfaz em fragmentos fantasmagóricos de claridade, iluminando, de um lado, a superfície fria da parede de metal e, do outro, a parede com portas espaçadas a distâncias idênticas.

Além de nossa esfera de luz, é a escuridão absoluta.

Eu paro, atônito.

Penso nos milhares de artigos e livros que li na vida. Provas que prestei. Aulas que ministrei. Teorias memorizadas. Equações rabiscadas em quadros-negros. Penso nos meses que passei em laboratórios tentando construir no máximo uma vaga imitação deste lugar.

Para os estudiosos de física e cosmologia, o mais próximo que se pode chegar das implicações tangíveis da pesquisa são galáxias muito antigas vistas por telescópios. Leituras de dados após colisões de partículas que sabemos que ocorreram, mas que nunca poderemos ver.

Há sempre um limite, uma barreira entre as equações e a realidade que representam.

Não mais. Não para mim.

Não consigo parar de pensar: Estou aqui. Estou mesmo neste lugar. Ele existe.

Ao menos por um instante, o medo se foi.

Estou maravilhado.

— A coisa mais bela que podemos experimentar é o mistério.

Amanda me lança um olhar interrogativo.

— Palavras de Einstein, não minhas.

— Este lugar é real? — pergunta ela.

— Defina "real".

— Estamos num local físico?

— Acho que esse lugar é uma manifestação dos nossos processos cerebrais tentando explicar visualmente algo que ainda não evoluiu o suficiente para sermos capaz de compreender.

— Que é...?

— A superposição.

— Quer dizer que estamos em estado quântico agora?

Olho para trás, para o corredor; em seguida, para a escuridão à minha frente.

Mesmo à luz fraca, o espaço dá a sensação recursiva, como estar entre dois espelhos posicionados um em frente ao outro.

— Sim. Parece um corredor, mas acho que na verdade é a caixa se repetindo em todas as realidades possíveis que compartilham um mesmo ponto no espaço e no tempo.

— Como uma secção transversal?

— Exato. Em algumas representações da mecânica quântica, todas as informações para o sistema estão contidas na chamada função de onda, antes de ser colapsada por alguma observação. Estou achando que esse corredor é como nossa mente visualiza o conteúdo da função de onda, de todos os resultados possíveis para nosso estado quântico superposto.

— E o que vamos encontrar no fim desse corredor? — pergunta ela. — Se a gente simplesmente continuar andando, onde vamos parar?

Enquanto pronuncio as seguintes palavras, o fascínio recua e o pavor se instala dentro de mim:

— Não tem fim.

Continuamos andando para ver o que acontece, se algo vai mudar, se *nós* vamos mudar.

Mas é apenas porta depois de porta depois de porta.

— Eu contei as portas desde o início, e com esta são quatrocentas e quarenta. Cada repetição da caixa tem quatro metros de comprimento, o que significa que já caminhamos quase dois quilômetros.

Amanda para e deixa a mochila escorregar dos ombros.

Senta recostada à parede. Eu me sento ao lado dela, deixo a lanterna no chão, entre nós.

— E se Leighton decidir tomar a droga e vir atrás de nós?

— Ele jamais faria isso.

— Por quê?

— Porque ele tem pavor da caixa. Todos nós temos. Ninguém que entrou nessa coisa conseguiu sair, só você. Por isso é que Leighton estava disposto a qualquer coisa para saber como operá-la.

— O que aconteceu com os outros que tentaram?

— O primeiro a entrar na caixa foi um sujeito chamado Matthew Snell. Ainda não sabíamos com o que estávamos lidando, então Snell recebeu instruções claras e simples: entrar na caixa, fechar a porta, sentar no piso, injetar a droga. O que quer que acontecesse, o que quer que ele visse, ele deveria ficar sentado no mesmo lugar, esperar passar o efeito da droga e voltar para o hangar. Mesmo que tivesse visto tudo isso, ele não sairia da caixa. Não sairia do lugar.

— E o que aconteceu?

— Uma hora se passou. Achamos que era tempo demais. Queríamos abrir a porta, mas tínhamos medo de interferir no que estivesse ocorrendo lá dentro. Vinte e quatro horas depois, finalmente abrimos a porta.

— E a caixa estava vazia.

— Sim. — Amanda parece exausta, à luz azul da lanterna. — Entrar na caixa e tomar a droga é como atravessar uma porta de mão única. Não tem volta e ninguém vai correr o risco de vir atrás de nós. Estamos por nossa conta. E então, o que quer fazer?

— Como qualquer bom cientista, quero experimentar. Abrir uma porta, ver o que acontece.

— Só para que fique claro: você não faz ideia do que tem por trás dessas portas?

— Não.

Ajudo Amanda a se levantar. Quando levo a mochila aos ombros, sinto o primeiro alerta de sede. Será que ela trouxe água?

Continuamos andando pelo corredor, e a verdade é que estou hesitando em fazer uma escolha.

Se há uma possibilidade infinita de portas, então, a partir de um ponto de vista estatístico, a escolha em si significa tudo *e* nada. Toda escolha é correta. Toda escolha é errada.

Finalmente, paro.

— Esta? — pergunto.

Ela dá de ombros.

— Claro.

Levo a mão à alavanca de metal gelada.

— Estamos com as ampolas, certo? Porque isso seria...

— Verifiquei um minuto atrás, quando paramos.

Baixo a alavanca, ouço a tranca se retrair, puxo.

A porta se abre, revelando o exterior.

— O que você está vendo lá fora? — pergunta Amanda.

— Nada, por enquanto. Está muito escuro. Me dá isso aqui.

Ao pegar a lanterna da mão de Amanda, percebo que estamos novamente numa simples caixa.

— Olhe — digo. — O corredor entrou em colapso.

— Isso é uma surpresa?

— Na verdade, faz todo o sentido. O ambiente lá fora está interagindo com o interior da caixa. Isso desestabilizou o estado quântico.

Eu me viro de volta para a porta aberta e aponto a lanterna para fora. Só enxergo o chão imediatamente à minha frente.

Piso rachado.

Manchas de óleo.

Quando cruzo a porta, ouço cacos de vidro rangendo sob meus pés.

Ajudo Amanda a sair. Quando arriscamos os primeiros passos, a luz se difunde e atinge uma coluna de concreto.

Uma van.

Um conversível.

Um sedã.

Estamos num estacionamento.

Subimos por uma rampa com uma fileira de carros estacionados em ambos os lados, nos guiando pelos restos da faixa branca que divide as pistas de entrada e saída.

A caixa ficou para trás, já nem a vemos mais, escondida na escuridão profunda.

Passamos por uma placa com uma seta indicando:

SAÍDA

Dobramos à esquerda, como indicado, e pegamos a rampa seguinte.

Ao longo de todo o lado direito da pista, os para-brisas, capôs e tetos dos veículos foram esmagados por pedaços do teto que se desprenderam. Quanto mais avançamos, pior fica, até sermos obrigados a passar por cima de enormes blocos de concreto e contornar vergalhões enferrujados que se projetam como facas em meio aos escombros.

Antes de alcançarmos o andar seguinte, somos impedidos de avançar por uma muralha intransponível de detritos.

— Talvez seja melhor a gente voltar — digo.

— Olhe...

Ela pega a lanterna, e a sigo até uma porta entreaberta que leva à escada.

Amanda empurra a porta para terminar de abri-la.

Escuridão total.

Subimos até uma porta no último andar.

Precisamos unir forças para abri-la.

O vento sopra pelo saguão à nossa frente.

Uma vaga luz natural atravessa as estruturas de aço, agora vazias, de imensas janelas com quase a mesma altura do pé-direito duplo.

A princípio, penso que o chão está coberto de neve, mas não é algo frio.

Eu me abaixo e pego o punhado da coisa. É algum material seco, que forma uma camada de uns trinta centímetros no piso de mármore. Aquilo escorre entre meus dedos.

Seguimos adiante com dificuldade e passamos por um amplo balcão de recepção que exibe o nome de um hotel em rebuscadas letras maiúsculas ainda presas.

Na entrada, passamos entre dois vasos imensos com árvores hoje reduzidas a galhos retorcidos e resquícios de folhas quebradiças oscilando ao sabor da brisa.

Amanda desliga a lanterna.

Saímos por portas giratórias sem os vidros.

Mesmo não estando frio para tanto, aqui fora parece estar nevando violentamente.

Avançando na calçada, olho para o alto, para os edifícios escuros que rodeiam um céu tingido com uma leve sugestão de vermelho. A cidade emite um brilho como naqueles dias em que as nuvens estão baixas e a umidade suspensa no ar amplia todas as luzes dos edifícios ao redor.

Mas não há luzes.

Nem uma única luz, até onde a vista alcança.

Embora caiam como neve, em cortinas torrenciais, as partículas que atingem meu rosto não são frias.

— São cinzas — diz Amanda.

Uma tempestade de cinzas.

Aqui fora, na rua, a camada de cinzas chega à altura dos joelhos e o ar carrega o cheiro de uma lareira na manhã seguinte, com as cinzas já frias mas ainda não removidas.

Uma fetidez rançosa de queimado.

As cinzas caem com tamanha intensidade que obscurecem os andares mais altos dos arranha-céus, e nada se ouve além do vento soprando entre os edifícios e através deles e o sibilar do pó cinzento se acumulando sobre carros e ônibus há muito abandonados.

Não consigo crer no que estou vendo.

Que realmente estou pisando num mundo que não é meu.

Vamos até o meio da rua, de costas para o vento.

Não consigo afastar a sensação de que o negrume dos arranha-céus indica alguma coisa muito errada.

São esqueletos, nada além de silhuetas funestas sob a incessante chuva de cinzas. Mais parecem uma cordilheira de improváveis montanhas do que qualquer coisa produzida pelo homem. Alguns estão inclinados, outros já desmoronaram, e durante as rajadas mais fortes de vento eu ouço, lá do alto, o ranger de estruturas de aço sendo forçadas para além de sua capacidade de resistência.

Sinto uma repentina contração atrás dos olhos.

Dura menos de um segundo, como algo sendo desligado.

— Você também sentiu? — pergunta Amanda.

— Uma pressão atrás dos olhos?

— Isso mesmo.

— Senti. Aposto que é o efeito da droga passando.

Após alguns quarteirões, não há mais edifícios. Chegamos a um gradil ao longo de um quebra-mar. O lago se estende por quilômetros sob o céu radioativo e não se parece mais nem um pouco com o lago Michigan. Parece um vasto deserto cinzento, cinzas se acumulando na superfície e ondulando como um colchão de água enquanto ondas de espuma negra se chocam contra o quebra-mar.

A caminhada de volta é contra o vento.

Cinzas entrando nos olhos e na boca.

Nossas pegadas já foram cobertas.

Quando estamos a um quarteirão do hotel, uma espécie de trovão prolongado começa a soar não muito longe daqui.

Sentimos o chão estremecer.

Mais um edifício que cai de joelhos.

A caixa nos espera onde a deixamos, num canto afastado no andar mais subterrâneo da garagem.

Cobertos de cinzas, nos detemos à porta e batemos as roupas e o cabelo para tentar tirar o excesso.

Entramos. As trancas se fecham.

Estamos novamente dentro de uma caixa simples, finita.

Quatro paredes.

Uma porta.

Uma lanterna.

Uma mochila.

E dois seres humanos desorientados.

Amanda abraça os joelhos.

— O que você acha que aconteceu lá em cima? — pergunta ela.

— Um supervulcão. Um asteroide. Uma guerra nuclear. Não dá para saber.

— Estamos no futuro?

— Não, a caixa só nos leva a realidades alternativas no mesmo ponto espaçotemporal. Mas imagino que em algumas dessas realidades o mundo pareça no futuro, caso tenham ocorrido avanços tecnológicos que não aconteceram no nosso mundo.

— E se todos os outros mundos também estiverem destruídos?

— Temos que tomar a droga de novo. Acho bem difícil que seja seguro ficar aqui enquanto esses arranha-céus desmoronam.

Amanda tira os sapatos e os sacode para tirar as cinzas que entraram.

— O que você fez por mim no laboratório... — digo. — Você salvou minha vida.

Ela olha para mim. Seu lábio inferior estremece ligeiramente.

— Eu tinha sonhos com aqueles primeiros homens que entraram na caixa — conta Amanda. — Pesadelos. Não consigo acreditar que isso está realmente acontecendo.

Abro a mochila que ela trouxe e começo a retirar tudo de dentro para avaliar o que temos.

O estojo de couro que contém as ampolas e os kits de seringas.

Três cadernetas dentro de um saco plástico.

Caixa de canetas.

Uma faca numa bainha de náilon.

Kit de primeiros socorros.

Cobertor térmico.

Poncho impermeável.

Artigos básicos de higiene.

Dois maços de dinheiro.

Contador Geiger.

Bússola.

Duas garrafas de água de um litro, ambas cheias.

Seis pacotes de ração militar.

— Você pensou em tudo isso? — pergunto.

— Não, eu só peguei do estoque. É o padrão, o que todo mundo leva para a caixa. Precisaríamos também do traje espacial, mas não deu tempo.

— Sem dúvida. Um mundo como esse? Os níveis de radiação podem estar altíssimos, ou a composição atmosférica, drasticamente alterada. Se a pressão estiver muito baixa, por exemplo, vai ferver nosso sangue e todos os líquidos do corpo.

As garrafas de água estão me chamando. Não bebo nada há horas, desde o almoço. Minha sede é dolorosa.

Abro a pequena bolsa de couro. Parece feita sob medida para as ampolas, cada frasco num minicompartimento individual.

Começo a contá-las.

— Cinquenta — adianta Amanda. — Quer dizer, agora são quarenta e oito. Eu teria pegado duas mochilas, mas...

— Você não pretendia vir comigo.

— Estamos muito fodidos, mas a que ponto? Seja honesto.

— Não sei. Mas esta é nossa espaçonave. Temos que aprender a pilotar.

Começo a guardar tudo de volta na mochila. Amanda pega o kit de seringas.

Desta vez, quebramos as pontas das ampolas e bebemos a droga. O líquido que desliza pela minha língua tem um gosto doce quase agradável.

Quarenta e seis restantes.

Reinicio o cronômetro no relógio de Amanda.

— Quantas ampolas podemos tomar até esse negócio fritar nossos miolos? — pergunto.

— Fizemos alguns testes há um tempo.

— Com algum mendigo que pegaram na rua?

Ela quase sorri.

— Ninguém morreu. Sem dúvida, o uso continuado causa uma sobrecarga no funcionamento neurológico e cria tolerância, mas a boa notícia é que a meia-vida da droga é muito curta, então é só a gente não sair engolindo uma ampola atrás da outra. — Ela calça os sapatos de novo e olha para mim. — Está impressionado consigo mesmo?

— Como assim?

— Você que construiu essa coisa.

— Ah, é, mas ainda não sei como. Entendo a teoria, mas a criação de um estado quântico estável para seres humanos é...

— Um marco impossível?

Claro. Os pelos na minha nuca se arrepiam quando percebo o sentido na improbabilidade de tudo isso.

— É uma chance em um bilhão, mas é com o multiverso que estamos lidando aqui. A infinidade. Talvez exista um milhão de mundos, em que eu nunca cheguei a isso, mas basta um em que eu tenha conseguido.

Quando o cronômetro chega à marca de trinta minutos, sinto o primeiro efeito da droga: o despertar de uma euforia retumbante.

Um distanciamento delicioso.

Embora não tão intenso quanto da primeira vez, no hangar da Velocity.

— Acho que estou sentindo — digo, olhando para Amanda.

— Eu também.

E voltamos ao corredor.

— O cronômetro ainda está correndo? — pergunto.

Amanda puxa a manga do suéter e aciona a luzinha verde-trítio do relógio.
31:15.
31:16.
31:17.

— Então a droga começa a agir cerca de trinta e um minutos após a ingestão. Você sabe por quanto tempo a química do nosso cérebro fica alterada?

— Cerca de uma hora, pelo que eu soube.

— Vamos cronometrar, para termos certeza.

Eu me viro para a porta pela qual entramos no estacionamento subterrâneo e a abro.

Me vejo diante de uma floresta.

Só que sem nenhum resquício de verde.

Nenhum resquício de vida.

Apenas troncos carbonizados, até onde a vista alcança.

As árvores parecem fantasmas, os ramos finos lembrando fios de teia de aranha contra o céu preto como carvão.

Fecho a porta.

A tranca é acionada automaticamente.

A vertigem me atinge enquanto vejo a caixa se afastar novamente, projetando-se rumo ao infinito.

Abro a porta.

O corredor colapsa de novo.

A floresta morta ainda está lá.

— Certo — digo. — Agora sabemos que a conexão entre as portas e os mundos só dura uma única sessão com a droga. É por isso que nenhum dos pilotos de teste voltou.

— Quer dizer que, quando a droga começa a fazer efeito, o corredor é redefinido? — pergunta Amanda.

— Acho que sim.

— Então como vamos encontrar o caminho de volta para casa?

Amanda se põe a andar.

Cada vez mais rápido.

Logo está correndo.

E correndo mais rápido.

Por uma escuridão que nunca muda.

Nunca termina.

Os bastidores do multiverso.

O esforço físico me faz suar e eleva minha sede ao insuportável, mas não digo nada, pois talvez ela precise disso. Liberar um pouco de energia. Ver por si própria que, por mais longe que vá, o corredor jamais terminará.

Acho que nós dois estamos tentando aceitar a real e terrível infinitude.

Ela finalmente se cansa.

Desacelera.

Não há nada além do eco de nossos passos se derramando na escuridão adiante.

Estou tonto de fome e sede e não paro de pensar naqueles dois litros de água na mochila, querendo pegá-los, mas sabendo que devemos guardá-los.

Agora, avançamos metodicamente pelo corredor.

Com a lanterna, observo as paredes de cada caixa.

Não sei o que exatamente estou procurando.

Uma quebra na uniformidade, talvez.

Qualquer coisa que nos permita exercer algum controle sobre onde vamos parar.

Durante todo o tempo, meus pensamentos vagam acelerados no escuro…

O que vai acontecer quando a água acabar?

Quando a comida acabar?

Quando as baterias que alimentam a lanterna — nossa única fonte de luz — se esgotarem?

Como vou encontrar o caminho de volta?

Tento avaliar quantas horas se passaram desde que entramos na caixa pela primeira vez, no hangar da Velocity.

Perdi toda a noção do tempo.

Minha esperança vacila.

A exaustão é tão esmagadora que o sono parece mais tentador que a água.

Olho para Amanda. Sob a luz azul, seus traços são frios, embora belos. Ela parece aterrorizada.

— Já está com fome? — pergunta.

— Quase.

— Estou morrendo de sede, mas temos que poupar água, não é?

— Acho que é o mais sábio a fazer.

— Estou tão desorientada... e só fica pior a cada segundo. Sou da Dakota do Norte, estou acostumada a umas nevascas violentas. Branco total. Você está lá nas planícies dirigindo e de repente a neve começa a cair com tanta força que você perde todo o senso de direção. Você fica tonto só de olhar pelo para-brisa. A única opção é parar no acostamento e esperar. Eu ficava ali sentada no carro congelante, e era como se o mundo tivesse desaparecido. É como estou me sentindo agora.

— Também estou com medo. Mas estou pensando, tentando solucionar a questão.

— Como?

— Bem, em primeiro lugar, temos que descobrir exatamente quanto tempo no corredor a droga proporciona. Quantos minutos.

— Quanto tempo eu marco no cronômetro?

— Se você diz que temos uma hora mais ou menos, então nosso prazo é de noventa minutos no seu relógio. Trinta para a droga agir e mais sessenta de duração do efeito.

— Eu peso menos que você. E se o efeito da droga durar mais em mim?

— Não faz diferença. Assim que o efeito acabar em um de nós, vai acontecer a decoerência do estado quântico e o corredor vai entrar em colapso. Só por garantia, vamos esperar a marca de oitenta e cinco minutos para abrir uma das portas.

— A ideia, com isso, é encontrar o quê?

— Um mundo que não nos coma vivos.

Ela para e me encara.

— Eu sei que não foi realmente você quem construiu isso, mas você deve ter alguma ideia de como funciona.

— Olha, isso está a anos-luz de qualquer coisa que eu...

— Isso é um "não, não faço a menor ideia"?

— O que você quer saber, Amanda?
— Estamos ferrados?
— Estamos coletando informações. Investigando um problema.
— E o problema é que estamos ferrados.
— Estamos explorando.
— Meu Deus.
— O quê?
— Eu não quero passar o resto da vida vagando por esse túnel interminável.
— Não vou deixar que isso aconteça.
— Como?
— Ainda não sei.
— Mas está investigando.
— Sim. Estou investigando.
— E não estamos ferrados.
Estamos totalmente ferrados. À deriva no espaço vazio entre universos.
— Não estamos ferrados.
— Ótimo. — Ela sorri. — Então posso surtar depois.

Seguimos em silêncio por um tempo.
As paredes de metal são lisas e sem traços característicos, sem distinções uma da outra.
— Em quais mundos a gente consegue entrar? O que você acha?
— Eu estava tentando entender isso. Vamos supor que o multiverso tenha começado com um único evento: o Big Bang. Esse é o ponto de partida, a base do tronco da árvore mais gigantesca e mais elaborada que se pode imaginar. Com o passar do tempo e com a matéria começando a se organizar em estrelas e planetas em todas as permutações possíveis, brotaram galhos dessa árvore, e dos galhos brotaram ramos, e assim por diante, até que, catorze bilhões de anos depois, meu nascimento fez brotar um novo ramo. E, a partir desse evento, cada escolha que fiz ou que não fiz e cada ação externa que me afetou, tudo isso deu origem a mais ramos, até existir um número infinito de Jasons Dessens vivendo em mundos paralelos, alguns muito parecidos com o que chamo de meu, outros assustadoramente diferentes. Tudo que pode

acontecer vai acontecer. *Tudo*. Quero dizer, em algum ponto desse corredor existem versões de nós dois que não conseguiram entrar na caixa quando você tentou me ajudar a escapar. Que estão sendo torturadas ou já morreram.

— Que animador.

— Pode ser pior. Acredito que a gente não consiga ter acesso total ao multiverso. Por exemplo, se existe um mundo onde o Sol se esgotou quando os procariontes, as primeiras formas de vida, estavam aparecendo na Terra, acho que nenhuma dessas portas se abriria para esse mundo.

— Então só podemos entrar em mundos que...

— Minha suspeita é que só podemos entrar em mundos adjacentes ao nosso. Mundos que se originaram em alguma ramificação ocorrida no passado recente e que por isso são próximos ao nosso. Mundos em que ainda existimos ou em que *algum dia* chegamos a existir. Até onde vai essa ramificação, não sei, mas a minha suspeita é a de que tem alguma forma de seleção condicional. Essa é só a hipótese que estou usando como ponto de partida.

— Mas ainda estamos falando de um número infinito de mundos, certo?

— Bem, sim.

Levanto o pulso de Amanda e acendo a luz do relógio.

O quadradinho de luz verde marca:

84:50.

84:51.

Digo:

— O efeito da droga deve passar em cinco minutos — digo. — Acho que está na hora.

Sigo em direção à próxima porta, entrego a lanterna para Amanda e levo a mão à alavanca.

Baixo a alavanca e abro uma fresta de uns cinco centímetros na porta.

Vejo um piso de concreto.

Dez centímetros, agora.

Uma janela de vidro familiar bem à nossa frente.

Quinze centímetros.

— É o hangar — diz Amanda.

— O que você quer fazer?

Ela passa por mim e sai da caixa.

Saio também, mergulhando sob as luzes que brilham no alto.

O CCM está vazio.

Silêncio no hangar.

Paramos no canto da caixa e esticamos o pescoço para espiar as portas blindadas.

— Isso não é seguro.

Minhas palavras se ampliam pelo hangar como sussurros numa catedral.

— E a caixa é segura?

Com um clangor retumbante, as portas blindadas começam a se abrir.

Vozes em pânico surgem pela abertura.

— Vamos embora — digo. — Agora.

Uma mulher se espreme pelas portas que se abrem lentamente.

— Ai, meu Deus — diz Amanda.

Estamos a apenas uns quinze metros das portas e sei que devemos voltar para dentro da caixa, mas não consigo tirar os olhos da cena.

A mulher atravessa as portas e, entrando no hangar, estende a mão para o homem que vem logo atrás.

A mulher é Amanda.

O rosto do homem está tão inchado e ferido que eu nem teria notado que sou eu caso não estivesse vestindo roupas idênticas às minhas.

Quando os dois vêm correndo na nossa direção, involuntariamente começo a recuar para a porta da caixa.

Mas eles só conseguem avançar alguns metros antes de os homens de Leighton surgirem pelas portas blindadas.

Um tiro faz Jason e Amanda pararem de súbito.

Minha Amanda faz menção de ir até lá, mas eu a puxo de volta.

— Temos que ajudá-los! — sussurra ela.

— Não podemos.

Espiando pelo canto da caixa, vemos nossos clones se virarem lentamente para trás.

Precisamos ir embora daqui.

Sei disso.

Uma parte de mim grita por dentro, implora para ir embora.

Mas não consigo obrigar meu corpo a se mexer.

A primeira impressão que tenho é de que voltamos no tempo, mas isso é impossível, claro. A caixa não nos desloca no tempo. Apenas viemos parar num mundo onde Amanda e eu escapamos horas depois.

Ou não escapamos.

Com as armas em punho, os homens de Leighton vão deliberadamente atrás de Jason e Amanda.

Quando Leighton entra, ouço meu outro eu dizer:

— Ela não fez nada! Eu a ameacei. Eu a obriguei.

— Isso é verdade? — pergunta Leighton, dirigindo-se a Amanda. — Ele a *obrigou*? Porque eu conheço você há mais de uma década e nunca vi ninguém a *obrigar* a nada.

Amanda tem uma expressão de medo, mas também de desafio.

— Não vou ficar parada vendo você ferir as pessoas. Para mim, chega.

— Hum. Bem, nesse caso...

Leighton pousa a mão no ombro musculoso do sujeito à sua direita.

O tiro é ensurdecedor.

O brilho na boca da arma é ofuscante.

Amanda cai como um interruptor sendo desligado, enquanto minha Amanda, ao meu lado, deixa escapar um grito sufocado.

Enquanto o outro Jason corre na direção de Leighton, o segundo guarda rapidamente saca a arma de eletrochoque e o derruba. Jason está gritando e se debatendo no chão.

O grito da minha Amanda denunciou nossa presença.

Leighton agora está olhando para nós sem entender.

— Ei! — grita ele.

Eles correm na nossa direção.

Puxo Amanda pelo braço e a faço entrar na caixa comigo, batendo a porta logo depois.

A porta se tranca e o corredor se recompõe, mas a droga vai perder efeito a qualquer momento.

Amanda está tremendo. Quero dizer a ela que está tudo bem, mas não está. Ela acaba de testemunhar o próprio assassinato.

— Aquela lá fora não é você — digo. — Você está bem aqui, do meu lado. Viva e bem. Aquela não é você.

Mas vejo que ela está chorando, mesmo sob a luz fraca.

As lágrimas descem por seu rosto como rímel escorrendo.

— É uma parte de mim — diz ela. — Era.

Pego seu braço com delicadeza, girando-o para ver o relógio. Estamos a quarenta e cinco segundos da marca de noventa minutos.

— Precisamos ir. — Eu me ponho a andar pelo corredor. — Vamos!

Quando ela me alcança, abro uma porta.

Escuridão total.

Nenhum som, nenhum cheiro. Apenas o vazio.

Bato a porta.

Tento não entrar em pânico, mas preciso abrir mais portas, para termos a chance de encontrar algum lugar onde descansar e nos recompor.

Abro a porta seguinte.

A uns três metros, no meio de ervas daninhas e parado diante de um alambrado instável está um lobo, me encarando com seus enormes olhos cor de âmbar. Ainda me encarando, ele baixa a cabeça e rosna.

Quando arremete na minha direção, fecho a porta.

Amanda pega minha mão.

Continuamos andando.

Eu deveria abrir mais portas, mas a verdade é que estou aterrorizado. Perdi a esperança de encontrar um mundo seguro.

Num piscar de olhos, estamos novamente confinados à caixa.

A droga perdeu o efeito em um de nós dois.

Desta vez, é Amanda quem abre a porta.

Somos recebidos por neve.

O frio intenso atinge meu rosto.

Através de uma cortina de neve, vislumbro silhuetas de árvores próximas e casas ao longe.

— O que acha? — pergunto.

— Acho que não quero ficar nessa porra dessa caixa nem mais um segundo.

Amanda sai. Afunda até os joelhos na neve macia.

Imediatamente, começa a tremer de frio.

Sinto o efeito da droga passar. Desta vez, a sensação é como um picador de gelo atravessando meu olho esquerdo.

Intenso, embora passageiro.

Sigo Amanda. Caminhamos em direção às casas.

Sinto que afundo cada vez mais na neve, o peso de cada passo meu atravessando lentamente uma camada de neve compactada mais profunda, mais antiga.

Alcanço Amanda.

Atravessamos uma clareira, indo rumo a um vilarejo que parece desaparecer lentamente diante dos meus olhos.

A calça jeans e o casaco me protegem minimamente do frio, mas Amanda está sofrendo, só com a saia vermelha, o suéter preto e a sapatilha.

Morei no Meio-Oeste dos Estados Unidos a maior parte da vida e nunca senti tanto frio assim. Meu rosto e minhas orelhas estão congelando rapidamente e já começo a perder o controle motor fino das mãos.

Um vento forte nos atinge em cheio, e, à medida que a nevasca se intensifica, o mundo à nossa frente assume a aparência de um globo de neve sendo sacudido com força.

Seguimos sob a tempestade, o mais rápido possível, mas a camada de neve que cobre o chão fica cada vez mais profunda e é quase impossível avançar com o mínimo de eficiência.

As faces de Amanda estão azuladas.

Ela treme violentamente.

Seu cabelo está coberto de neve.

— Temos que voltar — digo, entre os dentes batendo.

O vento agora é ensurdecedor.

Amanda me lança um olhar confuso e depois assente.

Olho para trás, mas a caixa desapareceu.

Meu medo desperta.

A neve sopra de lado e as casas ao longe desapareceram.

Tudo parece igual em todas as direções.

Vejo a cabeça de Amanda subir e descer sem parar, enquanto eu continuo fechando as mãos com força, tentando forçar o sangue quente a chegar às pontas dos dedos, mas é uma batalha perdida. Meu anel de linha está incrustado de gelo.

Meus processos mentais estão começando a falhar.

Meu corpo todo treme de frio.

Estamos ferrados.

Não é um frio comum. É um frio de muitos graus abaixo de zero.

Um frio mortal.

Não faço ideia de quanto nos afastamos da caixa.

Será que isso ainda importa, já que estamos funcionalmente cegos?

Esse frio vai nos matar em questão de minutos.

Continue andando.

Amanda está com um olhar ausente. Tenho medo de que ela esteja entrando em choque.

Suas pernas nuas estão em contato direto com a neve.

— Está doendo — diz ela.

Eu me abaixo para pegá-la no colo e sigo cambaleante pela tempestade, apertando-a contra mim. Seu corpo inteiro estremece.

Estamos num turbilhão de vento, neve e frio mortal, e tudo parece exatamente igual. Se não me concentro em minhas pernas, tudo ao redor induz à vertigem.

É certo: vamos morrer.

Mas continuo andando.

Um pé após o outro, meu rosto a essa altura como que em chamas por conta do frio, meus braços doloridos pelo esforço de levar Amanda, meus pés em agonia enquanto a neve penetra nos meus sapatos.

Alguns minutos se passam, a neve cai com mais força, o frio continua a queimar.

Amanda balbucia palavras sem sentido, delirante.

Não consigo mais.

Não consigo andar.

Não consigo carregá-la.

Vou ter que parar em instantes — a qualquer instante. Vou me sentar na neve, abraçado a esta mulher que mal conheço, e vamos morrer congelados neste mundo terrível que nem mesmo é o nosso.

Penso em minha família.

Penso que nunca mais os verei, tento processar o que isso significa, e o medo finalmente supera por completo meu autocontrole e...

Tem uma casa adiante.

Ou melhor, o segundo andar de uma casa, pois o primeiro está enterrado na montanha de neve que alcança um trio de janelas de sótão.

— Amanda?

Os olhos dela estão fechados.

— Amanda!

Ela abre os olhos. Ou quase isso.

— Resista.

Coloco-a na neve contra o telhado, depois sigo até a janela do meio e quebro o vidro com um chute.

Depois de tirar os cacos mais pontudos, pego Amanda novamente e a puxo para dentro. Estamos num quarto de criança; de uma menina, ao que parece.

Bichinhos de pelúcia.

Uma casa de bonecas de madeira.

Apetrechos de princesa.

Uma lanterna da Barbie na mesa de cabeceira.

Arrasto Amanda até um ponto do quarto em que a neve não possa alcançá-la. Em seguida, pego a lanterna da Barbie, e saio do quarto para o corredor.

— Olá? — chamo.

A casa engole minha voz, nada oferece em retorno.

Todos os quartos deste andar estão vazios. A maioria não tem mobília.

Acendo a lanterna e desço a escada.

As pilhas estão fracas. A lâmpada emite um débil feixe de luz.

Chegando ao térreo, sigo até o cômodo que devia ser a sala de jantar. Tábuas de madeira foram pregadas sobre as molduras das janelas para proteger o vidro da pressão da neve, que as preenche por inteiro. Há um machado apoiado nas achas de lenha obtidas de uma mesa desmontada.

Atravesso uma porta que leva a um cômodo menor.

O feixe de luz fraco ilumina um sofá.

Duas poltronas quase completamente despojadas do forro de couro.

Uma televisão sobre uma lareira transbordando de cinzas.

Uma caixa de velas.

Uma pilha de livros.

Há sacos de dormir, cobertores e travesseiros espalhados pelo chão perto da lareira, e pessoas dentro deles.

Um homem.

Uma mulher.

Dois garotos adolescentes.

Uma menina pequena.

Olhos fechados.

Imóveis.

O rosto azul e macilento.

Um porta-retratos com uma foto da família no Lincoln Park Conservatory, tirada em tempos melhores, repousa sobre o peito da mulher, cujos dedos enegrecidos ainda agarram a moldura.

Junto à lareira, vejo caixas de fósforos, pilhas de jornais, aparas de madeira tiradas de uma tábua de carne.

Uma segunda porta na sala me leva à cozinha. A geladeira está aberta e completamente vazia, assim como todos os armários. As bancadas estão cobertas de latas vazias.

Creme de milho.

Feijão-vermelho.

Feijão-preto.

Tomates pelados e inteiros.

Sopas.

Pêssegos.

O tipo de coisa que esquecemos no fundo dos armários e geralmente estraga por negligência.

Até os condimentos foram consumidos por completo: mostarda, maionese, geleias.

Atrás da lixeira transbordante, vejo uma poça de sangue congelado e um esqueleto — pequeno, felino — consumido até os ossos.

Essas pessoas não morreram congeladas.

Elas morreram de fome.

A luz do fogo que arde na lareira ilumina as paredes da sala. Estou nu dentro de um saco de dormir enfiado em outro saco de dormir e debaixo de uma pilha de cobertores.

Amanda se recupera ao meu lado, também enfiada em dois sacos de dormir.

Nossas roupas secam na lareira. Estamos bem perto do fogo; chego a sentir o calor atingindo meu rosto.

Lá fora, a tempestade continua voraz. Toda a estrutura da casa range sob as rajadas mais fortes.

Amanda está de olhos abertos.

Ela acordou há pouco. Já acabamos com as duas garrafas de água, que depois enchemos de neve e deixamos perto da lareira.

— O que acha que aconteceu com as pessoas que moravam nessa casa? — pergunta ela.

A verdade: arrastei os corpos para um escritório, para que ela não os visse quando acordasse.

Mas respondo:

— Não sei. Talvez tenham se mudado para algum lugar mais quente.

Amanda sorri.

— Seu mentiroso — diz ela. — Não estamos nos saindo muito bem com a nossa espaçonave.

— Isso é que eu chamo de curva de aprendizagem acentuada.

Ela inspira longa e profundamente, então expira.

— Tenho quarenta e um anos. Não era uma vida incrível, mas era a minha vida. Eu tinha uma carreira. Uma casa. Um cachorro. Amigos. Programas de TV que eu gostava de ver. O John, com quem saí três vezes. Vinho. — Ela olha para mim. — Nunca mais vou ver nada disso, não é?

Não sei o que responder.

— Pelo menos você tem um destino — continua ela. — Um mundo para o qual quer voltar. Se eu não posso voltar para o meu, como fico?

Ela me encara.

Tensa.

Sem piscar.

Não tenho uma resposta.

Da vez seguinte que desperto para a consciência, o fogo já se reduziu a uma pilha de carvões incandescentes e os raios de sol tentam penetrar na casa, iluminando a neve no alto das janelas.

Mesmo aqui dentro está absurdamente frio.

Tirando um dos braços do saco de dormir, toco algumas de nossas roupas e fico aliviado ao senti-las secas. Recolho a mão e me viro para Amanda. Ela está com o rosto coberto, a respiração atravessando o saco de dormir em baforadas de vapor que formaram pequenos cristais de gelo sobre o tecido.

Eu me visto, acendo novamente a lareira e aproximo as mãos do fogo bem a tempo de evitar que meus dedos fiquem dormentes.

Deixo Amanda dormindo e vago pela sala de jantar. O sol que atravessa a neve no alto das janelas é suficiente apenas para me mostrar o caminho.

Subo a escadaria escura.

Atravesso o corredor.

Volto ao quarto da menina, onde a neve que entrou pela janela já cobre quase todo o chão.

Subo na janela, semicerrando os olhos diante da dolorosa luz ofuscante. O gelo reflete o sol com tamanha intensidade que não enxergo nada por cinco segundos.

A neve parece à altura da cintura.

O céu é de um azul perfeito.

Não há som de pássaros.

Não há som de vida.

Nem mesmo um sussurro de vento ou vestígios de nossos passos na neve. Tudo coberto e aplanado.

A temperatura deve estar quilômetros abaixo de zero, porque mesmo ao sol não estou nem perto de me aquecer.

Ao longe, assoma a silhueta da cidade de Chicago, as torres cobertas de neve e incrustadas de gelo brilhando ao sol.

Uma cidade branca.

Um mundo de gelo.

Do outro lado da rua, observo o campo aberto onde quase morremos congelados ontem.

Nenhum sinal da caixa.

Ao voltar, encontro Amanda acordada, sentada na ponta da lareira, enrolada nos sacos de dormir e nos cobertores.

Sigo até a cozinha, encontro alguns talheres.

Abro a mochila e pego dois pacotes de ração militar.

Estão frias, mas deliciosas.

Comemos com voracidade.

— Você viu a caixa? — pergunta Amanda.

— Não. Acho que está debaixo de neve.

— Fantástico. — Ela olha para mim, depois volta a olhar para as chamas. — Não sei se fico com raiva de você ou se agradeço.

— Como assim?

— Enquanto você estava lá em cima, eu precisei ir ao banheiro e acabei entrando no escritório.

— Então você viu os corpos.

— Eles morreram de fome, não foi? Antes mesmo de acabar a madeira para o fogo.

— É o que parece.

Enquanto olho para as chamas, sinto um incômodo no fundo da mente.

Um pressentimento.

Começou há pouco, quando eu estava na janela, olhando para o campo, lembrando que quase morremos naquela nevasca.

— Lembra daquilo que você falou sobre o corredor? Que era como estar presa numa tempestade de neve?

Ela para de comer, olha para mim.

— As portas ao longo do corredor são conexões para uma série infinita de mundos paralelos, certo? — digo. — Mas e se formos *nós* que definimos essas conexões?

— Como?

— E se for como os sonhos? E se, por algum mecanismo, estivermos escolhendo esses mundos?

— Você está querendo dizer que, de um número infinito de realidades, eu intencionalmente decidi vir para *essa* merda *aqui*?

— Não intencionalmente. Mas talvez seja um reflexo do que você estava sentindo quando abriu a porta.

Ela come o resto de comida e joga a embalagem vazia no fogo.

— Pense no primeiro mundo em que entramos, aquela Chicago arruinada, com prédios desabando em volta da gente. Qual era o nosso estado emocional quando entramos naquela garagem?

— Medo. Terror. Desespero. Meu Deus. Jason.

— O quê?

— Antes de abrir a porta para o hangar e ver os nossos clones serem impedidos de escapar, você falou exatamente aquilo.

— Falei, foi?

— Você estava falando sobre o multiverso, que tudo que pode acontecer vai acontecer, e disse que em algum lugar haveria uma versão de nós dois que não conseguiu chegar à caixa. Logo depois, quando você abriu a porta, vimos acontecer exatamente isso.

Sinto o arrepio de uma revelação subindo pela coluna.

— E pensar que durante todo esse tempo ficamos nos perguntando onde estão os controles…

— Mas nós somos os controles.

— Aham. E, se for mesmo isso, então temos a capacidade de ir para onde a gente quiser. Inclusive para casa.

No início da manhã, estamos no meio do vilarejo silencioso, com neve até a cintura e tremendo de frio apesar das camadas e mais camadas de roupas de inverno que confiscamos do armário daquela pobre família.

O campo se estende à nossa frente, e não resta sinal algum dos nossos passos. Assim como não resta sinal da caixa. Nada além do ininterrupto tapete macio de neve.

O campo é enorme e a caixa é pequena.

As chances de a encontrarmos por pura sorte são mínimas.

Com o sol apenas começando a despontar acima das árvores, o frio é algo irreal.

— O que vamos fazer, Jason? Começar a cavar num lugar qualquer?

Olho para a casa, parcialmente oculta sob a neve, e por um momento de puro pavor me pergunto por quanto tempo sobreviveríamos ali. Quanto tempo antes de a lenha acabar? Antes de a comida acabar? Antes de desistirmos e morrermos, tal como os outros?

Sinto uma pressão sombria se acumulando no meu peito: é o medo tomando conta.

Inspiro profundamente. O ar é tão gelado que me faz tossir.

O pânico me espreita por todos os lados.

É impossível encontrar a caixa.

Está frio demais aqui fora.

Não temos tempo suficiente para procurar, e quando vier a próxima tempestade, e a seguinte, a caixa vai estar tão soterrada que jamais conseguiremos alcançá-la.

A menos que...

Deixo a mochila escorregar dos ombros e a abro com dedos trêmulos.

— O que está fazendo? — pergunta Amanda.

— Um último lance para tentar a sorte.

Levo alguns segundos para encontrar o que estou procurando.

Pego a bússola e saio vagando pelo campo, deixando Amanda para trás com a mochila.

Ela me segue, grita que eu a espere.

Paro e espero.

— Olhe — digo, tocando o mostrador da bússola. — Estamos no sul de Chicago, certo? Então, o norte magnético fica naquela direção. — Aponto para o perfil distante da cidade. — Mas essa bússola diz outra coisa. Reparou que a agulha está apontando para leste, na direção do lago?

O rosto dela se ilumina.

— Claro! — exclama Amanda. — É o campo magnético da caixa que está repelindo a agulha.

Avançamos pela neve profunda.

No meio do campo, a agulha oscila de leste para oeste.

— Estamos bem em cima.

Começo a cavar com as mãos nuas, que doem em contato com a neve, mas não paro.

Cerca de dois metros abaixo, atinjo a borda da caixa. Continuo a cavar, mais rápido agora, as mangas do casaco puxadas sobre as mãos, que ultrapassaram a dor para o estado de dormência.

Quando meus dedos parcialmente congelados enfim roçam o topo da porta aberta, solto um grito que ecoa por este mundo gelado.

Dez minutos depois, estamos dentro da caixa mais uma vez, ingerindo as ampolas 45 e 46.

Amanda aciona o cronômetro e desliga a lanterna para economizar as baterias.

— Nunca pensei que fosse ficar feliz em ver essa merda de bote salva-vidas — diz ela, sentada ao meu lado na escuridão gélida, esperando a droga agir.

— Não é?

Ela descansa a cabeça no meu ombro.

— Obrigada, Jason.

— Pelo quê?

— Por não me deixar morrer lá fora.

— Então estamos quites?

Ela ri.

— Nem perto disso. Não vamos esquecer que tudo isso ainda é culpa sua.

É um exercício estranho de privação sensorial ficar sentado nesta escuridão e silêncio totais. As únicas sensações físicas são o frio do metal atravessando minhas roupas e o peso da cabeça de Amanda em meu ombro.

— Você é diferente dele — diz ela.

— De quem?

— Do meu Jason.

— Diferente como?

— Mais gentil. Pensando bem, ele não era uma pessoa fácil. O ser humano *mais* determinado que eu já conheci.

— Você era terapeuta dele?

— Às vezes.

— Ele era feliz?

Sinto que ela está pensando na minha pergunta.

— O que foi? — pergunto. — Estou colocando você num dilema de confidencialidade médico-paciente?

— Tecnicamente, vocês dois são a mesma pessoa. É uma questão nova para mim, com certeza. Mas não: eu não diria que o meu Jason era feliz. Ele levava uma vida estimulante intelectualmente, mas, em última análise, era uma vida unidimensional. Só fazia trabalhar. Nos últimos cinco anos, mal saía do laboratório. Praticamente morava lá dentro.

— Você sabe que foi o seu Jason quem fez isso comigo. Se estou aqui agora, é porque, alguns dias atrás, fui sequestrado enquanto voltava para casa. Ele me levou para uma usina abandonada, me drogou, me fez um monte de perguntas sobre a minha vida e as escolhas que eu tinha feito. Se eu era feliz, se teria seguido um caminho diferente. As lembranças estão voltando agora. E aí eu acordei no seu laboratório. No seu mundo. Acho que o seu Jason fez isso comigo.

— Está sugerindo que ele tenha entrado na caixa, encontrado algum jeito de ir para o seu mundo e trocado de lugar com você?

— Você acha que ele seria capaz?

— Não sei. É uma hipótese louca.

— Quem mais teria feito isso comigo?

Amanda fica calada por um instante.

Por fim, ela diz:

— Jason era obcecado pelo caminho não trilhado. Falava disso o tempo todo.

A raiva está voltando.

— Ainda tem uma parte de mim que não quer acreditar — digo. — Afinal, se ele queria a minha vida, podia ter me matado. Mas ele se deu ao trabalho de injetar em mim não só a droga que estamos usando como também cetamina, o que me deixou inconsciente e fez as lembranças daquela noite ficarem todas enevoadas. E ainda me levou para o mundo dele. Por quê?

— Na verdade, isso faz todo sentido.

— Você acha?

— Jason não era um monstro. Se realmente foi ele, deve ter racionalizado isso de algum jeito. É o que as pessoas decentes fazem para justificar suas más ações. No seu mundo, você é um físico renomado?

— Não. Eu dou aula numa faculdade mediana.

— É rico?

— Não chego nem perto do seu Jason, tanto em termos de carreira quanto de dinheiro.

— Justamente. Ele se convence de que está dando a você a chance da sua vida. Se *ele* quer experimentar o caminho não trilhado, por que você não teria o mesmo desejo? Não estou dizendo que tenha sido certo, mas é assim que as pessoas boas se preparam para fazer algo terrível. Aprendemos isso em Psicologia Comportamental I.

Ela deve estar sentindo minha raiva aumentar.

— Jason, você não pode se dar ao luxo de pirar agora. Daqui a um minuto vamos estar naquele corredor de novo. Nós somos os controles. Palavras suas. Certo?

— Certo.

— Se isso é verdade, se é o nosso estado emocional que de algum modo seleciona os mundos que se abrem para nós, para que tipo de lugar sua raiva e seu ciúme vão nos levar? Essa energia não pode estar vibrando dentro de você quando abrir a próxima porta. Você tem que encontrar um jeito de fazer esses sentimentos passarem.

Sinto os primeiros efeitos da droga.

Meus músculos relaxam.

Por alguns segundos a raiva desaparece num rio de paz e silêncio. Eu daria qualquer coisa para que esse rio durasse um pouco mais, para que me levasse com ele.

Quando Amanda liga a lanterna, as paredes perpendiculares à porta já desapareceram.

Olho para a pequena bolsa de couro que contém as ampolas restantes, pensando que, se aquele maldito descobriu um meio de operar a caixa, eu também vou descobrir.

Amanda me observa à luz azulada.

— Temos mais quarenta e quatro ampolas. Vinte e duas chances para acertar. Jason tinha quantas quando entrou na caixa?

— Cem.

Merda.

Sinto um lampejo de pânico eclodir dentro de mim, mas mesmo assim abro um sorriso.

— Ainda bem que eu sou muito mais inteligente que ele.

Amanda ri, se levanta e me oferece a mão.

— Temos uma hora — diz ela. — Vamos lá?

— Claro.

NOVE
NOVE

Ele acorda mais cedo.
  Bebe menos.
  Dirige mais rápido.
  Lê mais.
  Começou a se exercitar.
  Segura o garfo de maneira diferente.
  Ri mais.
  Manda menos mensagens.
  Toma banhos mais demorados e, em vez de passar o sabonete direto pelo corpo, agora se ensaboa com uma esponja.
  Ele faz a barba a cada dois dias, não quatro, e na pia do banheiro, não no chuveiro.
  Calça os sapatos logo depois de se vestir, não na hora de sair.
  Passa o fio dental regularmente, e três dias atrás Daniela o viu aparar as sobrancelhas.
  Faz quase duas semanas que ele não usa mais sua roupa de dormir preferida: uma camiseta desbotada de um show do U2 ao qual eles foram há uns dez anos.
  Ele lava a louça com um método diferente: em vez de formar uma pilha instável no escorredor, coloca tudo sobre panos de prato que estende sobre o balcão.
  No café da manhã, toma apenas uma xícara de café em vez das duas habituais e o prepara mais fraco que de costume, tão fraco, aliás, que nos últimos

dias Daniela tem tentado chegar primeiro à cozinha para ela própria fazer o café.

Ultimamente, as conversas dos três à mesa do jantar têm girado ao redor de ideias, livros e artigos que ele esteja lendo e de como andam os estudos de Charlie, em vez de se limitarem à narração detalhada dos banais acontecimentos do dia.

Por falar em Charlie, Jason também está diferente com o filho.

Com um tom mais condescendente, menos paternal.

Como se tivesse esquecido como é criar um adolescente.

Ele nunca mais ficou até as duas da manhã vendo Netflix no iPad.

Nunca mais a chamou de Dani.

Ele a deseja constantemente, e sempre parece a primeira vez.

Ele a olha com uma intensidade latente como a de namorados recém-comprometidos, quando ainda há muito mistério e um território novo a ser desbravado.

Tais pensamentos, todas essas pequenas percepções, vão se acumulando no fundo da mente de Daniela enquanto ela se olha no espelho, ao lado de Jason.

É de manhã, e eles estão se preparando para o dia.

Ela está escovando os dentes, ele também, e quando ele a pega olhando para ele no espelho, abre um sorriso com a boca cheia de espuma de pasta e dá uma piscadela.

Ela se pergunta:

Será que ele está com câncer e não quer que eu saiba?

Será que começou a tomar um antidepressivo e não me contou?

Será que perdeu o emprego e não me disse nada?

Uma ideia repulsiva irrompe na boca do seu estômago: será que ele está tendo um caso com uma aluna e é por causa da garota que ele está se sentindo um novo homem e agindo de forma diferente?

Não. Nada disso se encaixa.

O problema é que não há nada desencaixado de forma gritante.

Na verdade, as coisas estão até melhores. Ele tem sido mais atencioso que nunca. Os dois não conversavam assim nem riam tanto desde o início do relacionamento.

Ele só está... diferente.

Mil diferenças muito pequenas que podem não significar nada e podem significar tudo.

Jason cospe na pia.

Ele fecha a torneira, se coloca atrás de Daniela, pousa as mãos na cintura dela e cola o corpo de leve.

Ela observa o reflexo dele no espelho.

Pensando: *Qual é o segredo que você está escondendo de mim?*

Ela quer perguntar isso.

Essas palavras exatas.

Mas ela apenas continua escovando os dentes, porque a resposta para isso pode ter um preço, o preço de esse momento incrível do relacionamento deles acabar.

— Eu podia ficar vendo você fazer isso o dia inteiro — diz ele.

— Escovar os dentes?

Com a escova de dentes ainda na boca, as palavras de Daniela saem truncadas.

— Aham.

Ele lhe dá um beijo na nuca. Um arrepio desce pela coluna dela até os joelhos, e por uma fração de segundo tudo desaparece: o medo, as perguntas, a dúvida.

— Ryan Holder vai dar uma palestra hoje, às seis — diz ele. — Quer ir comigo?

Daniela se inclina, cospe e enxágua a boca.

— Seria ótimo, mas tenho que dar uma aula às cinco e meia.

— Então podemos jantar fora quando eu voltar?

— Ótima ideia.

Ela se vira e o beija.

Até o beijo dele está diferente.

Como se fosse um evento, todas as vezes.

— Ei — chama ela, quando ele começa a se afastar.

— Sim?

Ela sabe que deveria perguntar.

Que deveria conversar sobre tudo isso que tem percebido.

Abrir o jogo, acabar logo com isso.
Ela quer muito saber.
Ela não quer saber nunca.
Assim, enquanto acerta o colarinho da camisa de Jason, ajeita o cabelo dele e se despede com um último beijo, ela diz para si mesma que não é uma boa hora.

REZ
DEZ

AMPOLAS RESTANTES: 44

Amanda ergue os olhos da caderneta.

— Tem certeza de que escrever é a melhor solução?

— Quando você escreve, concentra toda a sua atenção naquilo. É quase impossível escrever uma coisa pensando em outra. O ato de escrever mantém as intenções e os pensamentos organizados.

— Quanto eu devo escrever? — pergunta ela.

— De repente, é bom apostar na simplicidade para começar. Um parágrafo curto, pode ser?

Ela termina a frase que estava escrevendo, fecha a caderneta e se levanta.

— Está com a ideia no primeiro plano da sua cabeça? — pergunto.

— Acho que sim.

Coloco a mochila no ombro. Amanda baixa a alavanca e abre a porta. A luz da manhã penetra no corredor, tão ofuscante que por um segundo não enxergo nada lá fora.

Conforme meus olhos se adaptam ao brilho, a paisagem vai entrando em foco.

Estamos à porta da caixa, no alto de uma colina com vista para um parque.

A leste, centenas de metros de encostas cobertas de grama verde-esmeralda, até as margens do lago Michigan. E, ao longe, a silhueta de uma cidade como jamais vi: edifícios finos, construções de vidro e aço tão reflexivas que chegam ao limite do invisível, criando um efeito semelhante ao de uma miragem no deserto.

O céu está repleto de objetos em movimento, a maioria cruzando o espaço aéreo acima do que presumo ser Chicago, alguns em aceleração vertical rumo diretamente ao azul profundo, sem sinal de que vão parar.

Amanda olha para mim e sorri, dando um tapinha na caderneta.

Abro na primeira página.

Ela escreveu:

Quero ir para um lugar bom, para uma época boa de se viver. Um mundo em que eu gostaria de morar. Que não seja o futuro, mas que pareça ser...

— Nada mau — digo.

— Esse lugar é real? — pergunta Amanda.

— É. E você nos trouxe até aqui.

— Vamos explorar. A gente tem mesmo que esperar um pouco para tomar a droga de novo.

Ela começa a descer a encosta gramada. Passamos por uma área de recreação infantil e descemos um passeio que atravessa o parque.

A manhã está fria e impecável. Exalo nuvens de vapor.

As áreas de grama que a luz do sol ainda não tocou estão embranquecidas pelo gelo, e as folhas das árvores na extremidade do parque estão mudando de cor.

O lago está paralisado como vidro.

Quinhentos metros mais à frente, uma série de elegantes estruturas em forma de Y atravessam o parque, de cinquenta em cinquenta metros.

Só percebo o que são quando nos aproximamos.

Pegamos um elevador até a plataforma e esperamos o trem sob a marquise aquecida, agora dez metros acima da área gramada. Um mapa digital interativo com o símbolo do departamento de trânsito de Chicago identifica aquela rota como a Linha Vermelha Expressa, que liga os bairros do sul da cidade ao centro.

Uma voz feminina alerta em altos brados, por um alto-falante acima da nossa cabeça: *Mantenham-se afastados. Trem se aproximando. Mantenham-se afastados. Trem chegando em cinco... quatro... três...*

Olho para os dois lados, mas não vejo trem nenhum se aproximando.

Dois...

Um borrão de movimento irrompe pela fileira de árvores.

Um.

Um trem aerodinâmico de três carros desacelera na estação, e, quando as portas se abrem, a voz feminina computadorizada diz: *Atenção: aguardem a luz verde para embarcar.*

Alguns passageiros que passam por nós enquanto desembarcamos vestem roupas de ginástica. A luz vermelha acima de cada uma das portas abertas fica verde.

Liberado embarque para a Estação Central.

Amanda e eu trocamos um olhar, damos de ombros e entramos no primeiro carro. Está quase lotado.

Este não é o metrô que eu conheço. É grátis. Ninguém de pé. Todos estão presos com travas de segurança a poltronas que parecem mais adequadas a um foguete.

A palavra VAGO paira diligentemente acima de cada assento vazio.

Amanda e eu estamos andando pelo corredor quando ouvimos a voz automática dizer:

Atenção: encontrem um assento. O trem só pode partir quando todos estiverem sentados com segurança.

Ocupamos dois lugares na frente do vagão. Quando me recosto, travas de segurança almofadadas são acionadas sobre meus ombros e na minha cintura.

Mantenham a cabeça no apoio do assento. O trem partirá em três... dois... um.

A aceleração é fluida, apesar de intensa, dois segundos em que sou pressionado contra a poltrona, até que nos vemos flutuando ao longo de um monotrilho, a uma velocidade inconcebível mas sem a menor sensação de atrito, a paisagem urbana passando pela janela como um borrão, tão rápido que mal consigo processar o que vejo.

O fascinante perfil da cidade se aproxima. Os edifícios não fazem sentido. À luz nítida da manhã, o efeito é como se tivessem quebrado um espelho e posicionado todos os cacos em fila, de pé. São, de um modo bonito, aleatórios e irregulares demais para terem sido feitos pelo homem. Perfeitos em sua imperfeição e assimetria, como uma cordilheira. Ou como as curvas de um rio.

Os trilhos descem.

Meu estômago dá um salto.

Somos lançados num túnel — o efeito da escuridão intercalada com explosões de luz só intensifica a sensação de desorientação e vertigem.

Ao emergirmos da escuridão, agarro os braços da poltrona, sendo lançado para a frente contra as travas de segurança quando o trem para.

A voz anuncia: *Estação Central*.

Este é seu destino?, pergunta um holograma que aparece a uns quinze centímetros do meu rosto. Abaixo, as opções: *S* e *N*.

— Vamos saltar aqui — diz Amanda.

Passo o dedo pelo *S*. Ela faz o mesmo.

As travas se abrem e são tragadas de volta para os compartimentos internos das poltronas. Amanda e eu nos levantamos e saímos do vagão, junto com outros passageiros, na plataforma de uma estação majestosa que ofusca a Grand Central de Nova York. É um terminal de teto muito alto, feito de algo que parece vidro chanfrado, a julgar pela forma como a luz solar o atravessa e se difunde num brilho disperso, projetando zigue-zagues tremeluzentes nas paredes de mármore.

O espaço fervilha de gente.

As notas longas e roucas de um saxofone ondulam no ar.

Vamos até o outro lado do saguão e subimos uma assustadora cachoeira de degraus.

Todos em volta falam sozinhos: ao celular, obviamente, embora eu não veja aparelho nenhum.

No alto da escada, passamos por uma catraca entre dezenas de outras.

Na rua, um mar de pedestres — nada de carros ou semáforos. Estamos em frente ao edifício mais alto que já vi na vida. Mesmo daqui de perto, não parece real. Sem nada que demarque os andares, é como um bloco único de gelo ou cristal.

Atraídos pela pura curiosidade, atravessamos a rua, entramos no saguão da torre e, seguindo as placas, entramos na fila para o mirante.

O elevador é espantosamente rápido.

Engulo saliva diversas vezes para aliviar a pressão nos ouvidos causada pela constante mudança de pressão.

Dois minutos depois, o elevador para.

A voz eletrônica informa que temos dez minutos para admirar a paisagem.

Quando as portas se abrem, somos recebidos por uma lufada de vento gelado. Saindo do elevador, passamos por um holograma em que se lê: *Você está 2.158 metros acima do nível do solo.*

O vão do elevador ocupa o centro da pequena plataforma de observação, e o pináculo da torre ergue-se apenas quinze metros acima de nós, a ponta da estrutura de vidro retorcida em forma de labareda.

Outro holograma se materializa enquanto caminhamos em direção à borda: *A Torre de Vidro é o edifício mais alto do Meio-Oeste e o terceiro mais alto dos Estados Unidos.*

Está congelante aqui em cima, uma brisa constante soprando do lago. O ar que penetra em meus pulmões é mais rarefeito. Sinto uma pontada de tontura, embora não saiba dizer ao certo se é pela redução de oxigênio ou pela vertigem.

Chegamos ao guarda-corpo.

Tudo roda. Meu estômago se revira.

É demais para assimilar: a fulgurante extensão da cidade, a profusão de torres vizinhas e a vasta extensão límpida do lago se estendendo até o sul do estado de Michigan.

A oeste e ao sul, mais além dos subúrbios, a pradaria brilha à luz da manhã por uns duzentos quilômetros.

A torre oscila.

Num dia claro, é possível ver quatro estados: Illinois, Indiana, Michigan e Wisconsin.

Aqui nesta obra de arte e prodígio da imaginação humana, me sinto pequeno no melhor sentido possível.

É fascinante inspirar o ar de um mundo capaz de construir algo belo como esta torre.

Amanda e eu, lado a lado, admiramos, abaixo, a curva esplendidamente feminina do edifício. Há uma serenidade aqui em cima, um silêncio quase absoluto.

O único som é o sussurro solitário do vento.

O ruído das ruas não chega até nós.

— Tudo isso estava na sua cabeça? — pergunto.

— Não de maneira consciente, mas tudo parece se encaixar. Como um sonho que a gente lembra vagamente.

Olho para o norte, onde estaria o bairro de Logan Square.

Não lembra em nada meu bairro.

Vejo, a poucos passos de nós, um idoso atrás da esposa, as mãos nodosas nos ombros da mulher, que observa, por um telescópio apontado para baixo, a roda-gigante mais extraordinária que já vi. Com trezentos metros de altura, o brinquedo se eleva nas margens do lago, exatamente onde deveria estar o Navy Pier.

Penso em Daniela.

No que o outro Jason — o Jason2 — estará fazendo neste momento.

O que estará fazendo com minha esposa.

Raiva, medo e saudade se infiltram em mim como uma doença.

Este mundo, por mais grandioso que seja, não é o mundo que eu chamo de lar.

Nem perto disso.

AMPOLAS RESTANTES: 42

Mais uma vez pelo interlúdio que é este corredor escuro, o eco de nossos passos alcançando o infinito.

Estou com a lanterna na mão, pensando sobre o que escrever na caderneta, quando Amanda para.

— Que foi? — pergunto.

— Ouve só.

Tudo fica tão silencioso que ouço as batidas cada vez mais rápidas do meu coração.

Então, algo impossível.

Um som.

Longe, muito longe.

Amanda olha para mim.

— Que merda é essa? — sussurra.

Olho para a escuridão.

Não há nada a ver além da luz da lanterna se refratando nas paredes repetidas.

O som fica mais alto a cada instante.

Passos.

— Tem alguém vindo — digo.

— Como isso é possível?

Um movimento alcança a luz da lanterna.

Uma pessoa vindo na nossa direção.

Recuo um passo. A pessoa se aproxima. Meu instinto é sair correndo — mas para onde?

Talvez o melhor seja enfrentá-la.

É um homem.

Está nu.

A pele coberta de lama, ou talvez seja terra, ou…

Sangue.

Sangue, sem dúvida.

E o cheiro terrível que o acompanha.

Como se ele tivesse rolado numa poça de sangue.

O homem tem o cabelo todo grudado, o rosto imundo e sob uma crosta tão espessa que ressalta o branco dos olhos.

As mãos estão trêmulas, fechadas com força, como se antes estivessem agarrando alguma coisa com desespero.

Apenas quando ele chega a poucos metros de mim é que me dou conta de que o homem sou eu.

Saio do caminho, as costas contra a parede mais próxima, para abrir o máximo de espaço possível.

Quando ele passa, cambaleando, seus olhos se fixam nos meus.

Nem sei se ele me vê.

Parece em estado de choque.

Oco.

Como se recém-saído do inferno.

Pedaços de carne foram arrancados de suas costas e seus ombros.

— O que aconteceu com você? — pergunto.

Ele para, olha para mim, abre a boca e emite o som mais terrível que já ouvi na vida: um grito de ferir a garganta.

Enquanto o eco de sua voz se propaga, Amanda me pega pelo braço e me puxa dali.

Ele não nos segue.

Apenas nos observa ir embora e segue seu caminho.

Pela escuridão infinita.

Meia hora depois, estou sentado diante de uma porta idêntica a todas as demais, tentando afastar da mente e do meu estado emocional o que acabei de ver.

Pego uma das cadernetas e a abro, a caneta a postos.

Nem preciso pensar.

Escrevo: *Quero ir para casa.*

Será que é assim que Deus se sente? A exultação em literalmente ditar o surgimento de um mundo? Sim, este mundo já existia, mas eu o conectei a nós. De todos os mundos possíveis, encontrei este, que, ao menos pelo que vejo daqui da porta da caixa, é exatamente aonde eu queria chegar.

Cruzo a porta, esmagando cacos de vidro no piso de concreto. A luz vespertina entra pelas janelas lá no alto, revelando uma fileira de geradores de ferro de uma outra era.

Embora não tenha visto este lugar durante o dia, eu o reconheço.

Na última vez que estive aqui, uma lua cheia se erguia sobre o lago Michigan e eu me encontrava caído de costas, recostado numa dessas gerigonças, completamente drogado, olhando para um homem com uma máscara que me forçara a penetrar nas profundezas desta usina abandonada sob a mira de uma arma.

Olhando (embora não fizesse ideia disso naquele momento) para mim mesmo.

Eu jamais teria imaginado a jornada que tinha pela frente.

O inferno que me esperava.

A caixa está num canto distante do galpão do gerador, atrás da escada.

— E aí? — pergunta Amanda.

— Acho que consegui. Esse foi o último lugar que eu vi antes de acordar no seu mundo.

Saímos da usina abandonada.

Lá fora, o sol brilha.

Está se pondo.

É fim de tarde. O único som em volta é o grito solitário das gaivotas sobrevoando o lago.

Seguimos pelos bairros do sul de Chicago, caminhando ao longo do acostamento como dois andarilhos.

A silhueta da cidade, ao longe, é familiar.

A única que conheço e amo.

O sol encerra sua descida. Só depois de uns vinte minutos andando é que me dou conta de que até agora não vimos um único carro passar na estrada.

— Tudo muito deserto, não? — comento.

O silêncio não era tão gritante nos terrenos baldios perto do lago.

Aqui, é alarmante.

Não há carros.

Nem pessoas.

É um silêncio tão absoluto que chego a ouvir a corrente elétrica atravessando os cabos de energia acima de nós.

A estação de metrô da 87th Street está fechada. Nem ônibus nem trens funcionam.

O único sinal de vida é um gato preto com o rabo quebrado, esgueirando-se do outro lado da estrada com um rato na boca.

— Será que a gente não devia voltar?

— Eu quero ver minha casa.

— Tem alguma coisa estranha aqui, Jason. Você não está sentindo?

— Nunca vamos aprender a operar a caixa se não explorarmos os lugares para onde ela nos leva.

— Onde fica a sua casa?

— Logan Square.

— Não é assim tão perto que dê para ir a pé.

— Então a gente pega um carro emprestado.

Atravessamos a 87th e saímos num quarteirão residencial de casas geminadas deterioradas. Nenhum gari passou por aqui nas últimas semanas. Há lixo por toda parte. Enormes pilhas de repugnantes sacos rasgados.

Em muitas das janelas há tábuas pregadas por cima.

Outras estão cobertas com placas de plástico.

Há roupas penduradas na maioria delas.

Algumas vermelhas.

Outras pretas.

O rumor de rádios e televisores emana de algumas casas.

O choro de uma criança.

Fora isso, o silêncio é sombrio.

— Achei um! — grita Amanda lá na frente, quando já andamos por cinco quarteirões.

Atravesso a rua em direção a um Oldsmobile Cutlass Ciera de meados dos anos 1990.

Branco. Enferrujado nas bordas. Sem calotas nas rodas.

Através do vidro sujo, vejo as chaves na ignição.

Abro a porta e me sento ao volante.

— Então a gente vai mesmo fazer isso? — pergunta Amanda.

Ligo o motor enquanto ela entra.

Há um quarto de tanque de gasolina.

Deve bastar.

O para-brisa está tão sujo que leva uns dez segundos para o limpador remover a sujeira e as folhas grudadas.

A interestadual está deserta.

Nunca vi nada parecido.

Vazia, até onde a vista alcança.

É fim de tarde agora, o sol se refletindo na Willis Tower.

Acelero rumo ao norte. A cada quilômetro que passa, o nó no meu estômago fica mais apertado.

— Vamos voltar — diz Amanda. — É sério. Tem alguma coisa nitidamente muito errada nesse mundo.

— Se a minha família está aqui, meu lugar é com eles.

— Como você sabe que esta é a sua Chicago?

Ela liga o rádio e percorre a estática na faixa de FM até ouvirmos os familiares bipes do Sistema de Alerta de Emergência.

> *Esta mensagem é transmitida a pedido do Departamento de Polícia de Illinois. O toque de recolher obrigatório por vinte e quatro horas permanece em vigor para o Condado de Cook. Todos os moradores devem permanecer em casa até segunda ordem. A Guarda Nacional continua a monitorar a segurança de todos os bairros, entregando alimentos e fornecendo transporte para zonas de quarentena do Centro de Controle e Prevenção de Doenças.*

Nas pistas para o sul, passa um comboio de quatro Humvees camuflados.

> *O risco de contágio continua elevado. Os sintomas iniciais incluem febre, forte dor de cabeça e dor muscular. Em caso de suspeita de infecção em alguém em sua casa, coloque um pano vermelho na janela voltada para a rua. Se alguém em sua casa tiver falecido, coloque um pano preto na janela voltada para a rua.*
>
> *Uma equipe do CCPD irá em seu socorro assim que possível.*
>
> *Fiquem atentos para mais detalhes.*

Amanda olha para mim.

— Por que você não está voltando?

Não tem lugar para estacionar no meu quarteirão, por isso deixo o carro no meio da rua, com o motor ligado.

— Você ficou maluco — reclama Amanda.

Aponto para a casa com uma saia vermelha e um suéter preto pendurados na janela do quarto.

— Essa é a minha casa, Amanda.

— Então seja rápido. E tome cuidado, por favor.

Saio do carro.

Está tudo muito calmo, as ruas azuladas pelo anoitecer.

No quarteirão seguinte, pessoas muito pálidas se arrastam pelo meio da rua.

Chego ao meio-fio.

Os cabos de energia estão silenciosos e a luz que emana de dentro das casas é mais fraca que o normal.

Luz de velas.

Meu bairro está sem eletricidade.

Subindo os degraus da frente, olho através da grande janela da sala de jantar.

Lá dentro, apenas trevas e escuridão.

Bato à porta.

Depois de uma longa espera, uma sombra surge da cozinha, devagar, caminhando com dificuldade. A pessoa passa pela mesa de jantar em direção à porta.

Sinto a boca seca.

Eu não deveria estar aqui.

Esta nem é a minha casa.

Não tenho esse lustre.

Nem essa reprodução de Van Gogh em cima da lareira.

Ouço três trancas se retraindo.

A porta se abre numa fresta de menos de três centímetros. A lufada de ar que vem lá de dentro não cheira nem um pouco como a minha casa.

Apenas doença e morte.

Daniela segura uma vela com a mão trêmula.

Mesmo à luz fraca, vejo protuberâncias em cada centímetro de sua pele.

Seus olhos parecem inteiramente negros.

Estão com hemorragia.

O branco se reduziu a pequenas lascas.

— Jason? — Sua voz soa macia e úmida. Lágrimas escorrem pelo seu rosto. — Ai, meu Deus, é você?

Daniela abre a porta e cambaleia na minha direção, instável sobre os próprios pés.

É de partir o coração sentir repulsa pela pessoa que você ama.

Recuo um passo.

Notando que estou horrorizado, Daniela se detém.

— Como é possível? — sussurra ela. — Você morreu.

— Do que você está falando?

— Semana passada, levaram você daqui dentro de um saco preto cheio de sangue.

— Onde está Charlie? — pergunto.

Ela apenas balança a cabeça. Tosse entre as lágrimas, cuspindo sangue no braço.

— Ele morreu? — pergunto.

— Ninguém veio buscar o corpo. Ainda está no quarto. Ele está apodrecendo lá em cima, Jason.

Ela perde o equilíbrio, se apoia no batente da porta.

— Você é real? — pergunta.

Se sou real?

Que pergunta.

Não consigo falar.

Minha garganta dói de tristeza.

Meus olhos começam a se encher de lágrimas.

Por mais que eu sinta pena, a verdade terrível é que estou com medo dela, recuando horrorizado por instinto de autopreservação.

— Tem alguém vindo! — grita Amanda do carro.

Olho para a rua e vejo, adiante, um par de faróis atravessando a escuridão.

— Jason, eu vou deixar você aí! — grita Amanda.

— Quem é essa? — pergunta Daniela.

Pelo ronco que o motor produz, o veículo que se aproxima parece movido a diesel.

Amanda estava certa. Eu deveria ter voltado no momento em que percebi como este lugar é perigoso.

Este não é o meu mundo.

Mesmo assim, meu coração se sente preso ao segundo andar desta casa, a um quarto em que há uma versão morta de meu filho.

Meu impulso é subir e tirá-lo de lá, mas seria minha morte.

Desço os degraus da entrada quando um Humvee para na rua, a poucos metros do carro que roubamos.

Está coberto de insígnias: Cruz Vermelha, Guarda Nacional, CCPD.

Amanda se debruça para fora da janela.

— Porra, Jason!

Enxugo os olhos.

— Meu filho está morto lá dentro. Daniela está morrendo.

A porta do lado do passageiro do Humvee se abre e uma pessoa em traje de risco biológico preto e máscara antigases sai, apontando um fuzil para mim.

A voz projetada através da máscara é feminina.

— Parado aí.

Instintivamente, levanto as mãos.

Em seguida, ela volta o fuzil para o para-brisa do Cutlass Ciera e vai até o carro.

— Desligue o carro — ordena a Amanda.

Amanda obedece enquanto o motorista do Humvee sai do veículo.

Aponto para Daniela, que está parada na entrada de casa, cambaleante.

— Minha esposa está muito doente. Meu filho está morto no segundo andar.

O motorista olha pela máscara para a fachada da casa.

— Vocês estão exibindo as cores certas. Alguém vai chegar para...

— Ela precisa de atendimento médico agora.

— Este carro é seu?

— É.

— Aonde você estava planejando ir?

— Eu só queria levar minha esposa para encontrar ajuda. Não tem nenhum hospital ou...?

— Espere aqui.

— Por favor.

— Espere — repete ele, com rispidez.

O motorista sai do carro e vai até Daniela, agora sentada e apoiada no guarda-corpo.

Ele se ajoelha diante dela. Apesar de ouvir sua voz, não entendo o que diz.

A mulher com o fuzil vigia a mim e Amanda.

Do outro lado da rua, vejo fogo cintilar através de uma janela enquanto um vizinho observa o que está acontecendo em frente à minha casa.

O motorista retorna.

— Olha, os acampamentos do CCPD estão lotados já tem duas semanas — diz ele. — E nem adiantaria levá-la. Quando a hemorragia atinge os olhos, o fim já está muito próximo. Não sei quanto a você, mas eu ia preferir morrer na minha própria cama do que numa maca dentro de uma tenda da Fema, cheia de mortos e moribundos. — Ele olha para trás. — Nadia, pode pegar algumas doses para este senhor? E uma máscara.

— Mike...

— Pegue as malditas doses.

A mulher vai até o veículo e abre a porta traseira.

— Então ela vai morrer?

— Eu sinto muito.

— Em quanto tempo?

— Eu ficaria surpreso se ela resistisse mais vinte e quatro horas.

Daniela geme na escuridão atrás.

Nadia retorna, me entrega cinco canetas injetoras e uma máscara.

— Use a máscara o tempo todo — diz o motorista. — E eu sei que é difícil, mas tente não tocar na sua esposa.

— O que são essas coisas? — pergunto.

— Morfina. Se você der as cinco doses de uma vez só, ela vai partir tranquilamente. Eu não esperaria. As últimas oito horas são horríveis.

— Ela não tem nenhuma chance?

— Não.

— E quanto à cura?

— Não vai ter uma cura a tempo de salvar a cidade.

— Eles estão simplesmente deixando as pessoas morrerem dentro de casa?

Ele me observa através da máscara.

O visor é escurecido.

Não consigo sequer ver seus olhos.

— Se você tentar sair por aí de carro e topar com o bloqueio de estrada errado, vão matar você. Principalmente depois que anoitecer.

Ele me dá as costas.

Os dois voltam ao Humvee, ligam o motor e vão embora.

O sol já afundou no horizonte.

A rua está escurecendo.

— Temos que ir agora mesmo — diz Amanda.

— Só um segundo.

— Ela está com uma doença contagiosa.

— Eu sei.

— Jason...

— Aquela é minha esposa.

— Não, é uma *versão* da sua esposa, e se você se contaminar, nunca mais vai ver sua esposa de verdade.

Coloco a máscara e subo os degraus da entrada.

Daniela ergue o olhar quando me aproximo.

Seu rosto destruído me deixa arrasado.

Ela vomitou sangue e bile negra em si mesma.

— Eles não vão me levar? — pergunta.

Balanço a cabeça em negativa.

Quero abraçá-la, reconfortá-la.

Quero fugir dela.

— Tudo bem. Não precisa fingir que vai dar tudo certo. Estou pronta.

— Eles me deram isso — digo, colocando os injetores no chão.

— O que é?

— Um jeito de acabar logo com isso.

— Eu vi você morrer na nossa cama — diz ela. — Vi meu filho morrer na dele. Não quero nunca mais entrar nessa casa. De tudo que já imaginei para minha vida, nunca me passou pela cabeça algo assim.

— Isso não é a sua vida. Isso é só o fim. Sua vida foi linda.

A vela cai de sua mão e se apaga no chão, o pavio fumegando.

— Se eu injetar em você essas cinco doses de uma vez, podemos acabar logo com isso. É o que você quer?

Ela assente. Lágrimas e sangue escorrem pelo seu rosto.

Tiro a tampa roxa de um dos injetores, posiciono a ponta na coxa de Daniela e aperto o botão.

Daniela mal estremece quando a dose de morfina é lançada em seu organismo.

Preparo as outras quatro e as administro em rápida sucessão.

O efeito é quase imediato.

Ela tomba contra o parapeito de ferro forjado. Seus olhos negros ficam vidrados quando a droga começa a fazer efeito.

— Melhor? — pergunto.

Ela quase sorri.

— Eu sei que isso é só uma alucinação, mas você é o meu anjo — diz, com a língua pesada. — Você voltou para mim. Eu estava com tanto medo de morrer sozinha naquela casa.

A noite já se instalou.

As primeiras estrelas aparecem no céu sinistramente negro desta Chicago.

— Estou tão... tonta.

Penso em todas as noites em que nos sentamos nesta varanda. Bebendo. Rindo. Jogando conversa fora com os vizinhos que passavam enquanto os postes de luz do quarteirão se acendiam.

Neste momento, meu mundo parece muito seguro e perfeito. Agora eu vejo: nunca dei o valor devido a todo aquele conforto. Era tão bom, e havia tantas maneiras de desmoronar...

— Queria tanto que você pudesse me tocar — diz Daniela.

Sua voz sai rouca e frágil, pouco mais que um sussurro.

Seus olhos se fecham.

Cada respiração sua se prolonga mais um ou dois segundos que a anterior. Até que ela para de respirar.

Não quero deixá-la aqui, mas sei que não posso tocá-la.

Eu me levanto, vou até a porta e entro. A casa está silenciosa e escura. A presença da morte impregna minha pele.

Passo pela sala de jantar iluminada por velas, cruzo-a, entro no escritório. O piso de madeira range sob meus passos: o único som aqui dentro.

Ao pé da escada, paro e encaro a escuridão do segundo andar, onde meu filho apodrece na cama.

Sinto o impulso de subir, e é como a gravidade irresistível de um buraco negro. Mas resisto.

Pego o cobertor dobrado sobre o sofá, levo-o para fora e cubro o corpo de Daniela.

Fecho a porta da casa, desço os degraus e me afasto desse horror.

Entro no carro, ligo o motor.

Olho para Amanda.

— Obrigado por não me deixar aqui.

— Eu bem que devia.

Dirijo para longe dali.

Algumas partes da cidade têm energia elétrica.

Outras estão às escuras.

Meus olhos se enchem de lágrimas.

Mal consigo enxergar o suficiente para continuar dirigindo.

— Jason, este não é seu mundo. Aquela não era sua esposa. Você ainda pode voltar para casa e encontrá-los.

Racionalmente, sei que ela tem razão, mas aquilo me destruiu.

Fui programado para amar e proteger aquela mulher.

Estamos passando por Bucktown.

Ao longe, um quarteirão inteiro projeta labaredas imensas para o céu.

A estrada está escura e deserta.

Amanda tira a máscara do meu rosto.

O cheiro de morte que havia na casa persiste em minhas narinas.

Não consigo expulsá-lo.

Continuo pensando em Daniela, morta debaixo de um cobertor na porta de casa.

Estamos na região oeste do centro da cidade. Dou uma olhada pela janela.

O brilho das estrelas apenas delineia o perfil das torres.

Estão às escuras, sem vida.

— Jason?

— Diga.

— Tem um carro seguindo a gente.

Olho pelo retrovisor.

Todo apagado, o carro parece um fantasma grudado ao nosso para-choque.

Faróis altos ofuscantes e luzes giroscópicas azuis e vermelhas são acionados, jorrando estilhaços de luz no interior do veículo.

Uma voz ecoa por um megafone:

Pare no acostamento.

O pânico brota.

Não temos nada com que nos defender.

Não conseguiríamos fugir com este carro de merda.

Tiro o pé do acelerador, observando a agulha do velocímetro baixar no sentido anti-horário.

— Você está parando? — pergunta Amanda.

— Sim.

— Por quê?

Piso no freio e, enquanto a velocidade reduz, desvio para o acostamento e paro o carro.

— Jason. — Amanda agarra meu braço. — O que você está fazendo?

Pelo espelho lateral, vejo um SUV preto parar atrás de nós.

Desligue o veículo e jogue as chaves pela janela.

— Jason!

— Confie em mim.

Este é o último aviso. Desligue o carro e jogue as chaves pela janela. Qualquer tentativa de fuga será recebida com força letal.

Uns dois quilômetros atrás surgem outros faróis.

Ponho o carro em ponto morto e desligo o farol. Então, baixo o vidro da janela alguns centímetros, estico o braço para fora e finjo soltar um chaveiro.

A porta do SUV se abre e um homem com máscara antigases sai com a arma em punho.

Volto a engrenar o carro, acendo o farol e piso fundo no acelerador.

Ouço um tiro acima do rugido do motor.

Um buraco de bala se espraia no para-brisa.

Depois, mais um.

Um terceiro destrói o toca-fitas.

Olhando para trás, vejo o SUV, agora a centenas de metros, ainda parado no acostamento.

Nosso velocímetro marca cem quilômetros e continua subindo.

— Estamos longe da nossa saída? — pergunta Amanda.

— Dois ou três quilômetros.

— Eles são muitos.

— Estou vendo.

— Jason, se pegarem a gente...

— Eu sei.

Estou a pouco mais de cento e quarenta agora, o motor lutando para manter a velocidade, o conta-giros avançando para o vermelho.

Passamos por uma placa avisando que em quinhentos metros estará nossa saída, à direita.

A essa velocidade, é uma questão de segundos.

Chego à saída a cento e vinte por hora. Dou uma freada forte.

Estamos sem cinto de segurança.

A inércia projeta Amanda contra o porta-luvas e me empurra contra o volante.

Ao fim da subida, dobro radicalmente à esquerda, ultrapassando uma placa de parada obrigatória — pneus cantando, borracha queimando no asfalto. A guinada arremessa Amanda contra a porta e quase me arranca do banco.

Quando passo por baixo do viaduto, conto cinco grupos de luzes piscando na interestadual, o SUV mais próximo acelerando em direção à rampa de saída com dois Humvees atrás.

Atravessamos as ruas abandonadas do sul de Chicago.

Amanda se inclina para a frente, olhando através do para-brisa para alguma coisa no alto.

— O que foi? — pergunto.

Ela está olhando para o céu.

— Estou vendo luzes lá em cima.

— De helicóptero?

— Exato.

Atravessamos cruzamentos desertos, passamos por estações fechadas do metrô e saímos do gueto, acelerando ao largo de armazéns abandonados e pátios ferroviários.

Na mais remota periferia de Chicago.

— Eles estão alcançando a gente — avisa Amanda.

Ouvimos um baque surdo no porta-malas do carro, seguido por mais três em rápida sucessão, como martelo golpeando metal.

— Isso foi uma metralhadora — diz ela.

— Deita no piso.

Ouço a liturgia das sirenes se aproximando.

Este sedã velho não é páreo para o que vem por aí.

Mais dois tiros perfuram a janela traseira e o para-brisa.

Um deles atravessa o banco do passageiro bem no meio.

Através do vidro crivado de balas, vejo o lago bem à frente.

— Aguenta firme — digo. — Estamos quase chegando.

Com uma curva brusca, pego a direita, entrando na Pulaski Drive. Quando três balas perfuram uma das portas traseiras, desligo os faróis.

Os primeiros segundos dirigindo sem luz são como pilotar um avião na escuridão total.

Então meus olhos começam a se adaptar.

Vejo o asfalto logo adiante, as silhuetas negras das construções ao redor.

Lá fora está tão escuro que parece a zona rural.

Tiro o pé do acelerador, mas não toco no freio.

Olhando para trás, vejo dois SUVs fazendo curvas radicais para entrar na Pulaski.

À frente, distingo apenas duas chaminés familiares contra o céu estrelado.

Estamos a menos de cinquenta por hora, e, embora os SUVs estejam se aproximando rapidamente, não acredito que os faróis altos deles já tenham nos descoberto.

Vejo a cerca.

Nossa velocidade continua a cair.

Faço uma curva, e a grade do carro atinge o portão com força, abrindo-o.

Entramos devagar no estacionamento. Enquanto desvio dos postes de luz tombados, olho para a estrada atrás.

O som das sirenes está mais alto.

Três SUVs passam pelo portão, seguidos por dois Humvees com torres de metralhadoras no teto.

Desligo o motor.

No silêncio que se segue, ouço as sirenes desaparecerem ao longe.

Amanda se levanta do piso enquanto pego a mochila no banco traseiro.

O som das portas batendo ecoa no edifício à nossa frente.

Corremos em direção à estrutura em ruínas e aos resquícios da placa original: ...AGO POWER.

Um helicóptero ruge no céu, um poderoso holofote vasculhando o estacionamento.

Agora ouço um motor acelerando.

Um SUV preto entra derrapando na Pulaski.

Faróis nos cegam.

Enquanto corremos em direção ao edifício, uma voz masculina ordena, por um megafone, que paremos.

Atravesso o buraco na fachada de tijolos e ajudo Amanda a entrar.

Está escuro como breu.

Abro a mochila e pego a lanterna.

A luz ilumina o escritório arruinado, e a visão deste lugar no escuro me leva de volta àquela noite com Jason2, quando ele me obrigou a entrar nu em outra versão deste antigo edifício.

Saímos do escritório, a luz da lanterna perfurando a escuridão.

Atravessamos um corredor.

Cada vez mais rápido.

Nossos passos batendo no chão apodrecido.

O suor escorrendo pelo meu rosto, fazendo meus olhos arderem.

Meu coração batendo tão forte que faz meu peito vibrar.

Estou ofegante.

Vozes nos chamam.

Olho para trás, vejo lasers cortando a escuridão e borrões verdes que suponho serem de óculos de visão noturna.

Ouço o ruído de rádios, vozes sussurradas e os rotores do helicóptero acima.

Uma rajada de tiros explode no corredor. Amanda e eu nos jogamos no chão até acabarem.

Então nos levantamos e corremos com desespero ainda maior.

Viro num outro corredor, quase certo de que é o caminho certo a seguir, embora seja impossível ter certeza no escuro.

Finalmente, emergimos na plataforma de metal, no alto da escadaria aberta que leva ao galpão do gerador.

Descemos.

Nossos perseguidores estão tão perto que já distingo três vozes diferentes ecoando pelo último corredor.

Dois homens, uma mulher.

Desço o último degrau, Amanda logo atrás de mim, quando passos pesados ecoam no alto da escada.

Dois pontos vermelhos atravessam meu caminho.

Desvio deles e continuo a correr, direto para a escuridão mais à frente, onde sei que a caixa tem que estar.

Tiros passam raspando sobre nossa cabeça enquanto duas pessoas em trajes completos de risco biológico acabam de descer a escada e vêm correndo em nossa direção.

A caixa está a uns quinze metros, a porta aberta e a superfície metálica refletindo de leve a luz de nossa lanterna.

Um tiro.

Sinto algo passar muito próximo da minha orelha direita, como uma vespa.

Uma bala atinge a porta da caixa, produzindo uma fagulha.

Minha orelha arde.

Um homem grita:

— Vocês não têm para onde ir!

Amanda é a primeira a entrar.

Eu entro logo depois, me viro e forço a porta com o ombro.

Os soldados estão a poucos metros, tão perto que ouço o ofegar deles por trás das máscaras de gás.

Eles abrem fogo. O brilho ofuscante do cano das armas e o som das balas retinindo no metal da caixa são as últimas coisas que vejo e ouço deste mundo abominável.

Injetamos a droga imediatamente. Começamos a caminhar pelo corredor.
    Após algum tempo, Amanda pede que eu pare, mas não consigo.
    Preciso continuar em movimento.
    Ando por uma hora inteira.
    Um ciclo completo da droga.
    Minha orelha sangra, sujando minhas roupas.
    Até que o corredor volta a ser uma única caixa.
    Deixo a mochila cair.
    Faz frio.
    Estou coberto de suor seco.
    Amanda está de pé no centro da caixa, a saia suja e rasgada, o suéter em farrapos por conta de nossa corrida pela usina abandonada.
    Quando ela pousa a lanterna no chão, algo dentro de mim é liberado.
    Força, tensão, raiva, medo.
    Tudo extravasando de uma só vez num fluxo de lágrimas e soluços incontroláveis.
    Amanda desliga a lanterna.
    Eu me agacho junto à parede fria, e ela me puxa para seu colo.
    Passa os dedos pelo meu cabelo.

AMPOLAS RESTANTES: 40
Quando desperto, me vejo mais uma vez na escuridão completa, deitado de lado no piso da caixa, de costas para a parede. Amanda está deitada junto de mim, nossos corpos enlaçados, a cabeça dela apoiada no meu braço.
    Sinto fome e sede.
    Tento calcular por quanto tempo dormi.
    Ao menos minha orelha parou de sangrar.
    É impossível negar a realidade de nossa impotência.

Além de um ao outro, esta caixa é a única constante que temos.

Um barco muito pequeno no meio de um oceano imenso.

É nosso abrigo.

Nossa prisão.

Nosso lar.

Com cuidado, me solto dela.

Tiro o casaco, dobro-o e o acomodo como um travesseiro sob a cabeça de Amanda.

Ela se mexe, mas não acorda.

Tateio até alcançar a porta. Sei que não devo correr o risco de romper o lacre, mas preciso saber o que há lá fora e a claustrofobia está me matando.

Girando a alavanca, abro a porta devagar.

Primeira sensação: o cheiro de sempre-vivas.

Raios de sol descem oblíquos por uma densa floresta de pinheiros.

Não muito longe de onde estou, há um cervo imóvel, olhando para a caixa com seus olhos escuros e úmidos.

Quando saio, o cervo desaparece, silencioso, por entre as árvores.

A floresta é surpreendentemente tranquila.

A névoa paira sobre o chão coberto de agulhas de pinheiro.

Eu me afasto um pouco da caixa e me sento no chão sob o sol da manhã, que sinto quente e brilhante no rosto.

Uma brisa sopra através da copa das árvores.

O vento traz um vestígio de madeira queimada.

Uma lareira?

Chaminé?

Quem será que vive aqui?

Que tipo de mundo é este?

Ouço passos.

Olhando para trás, vejo Amanda vindo por entre as árvores. Sinto uma pontada de culpa: quase a matei naquele último mundo. Ela se envolveu nisso por mim. Porque me salvou. Porque teve a coragem de se arriscar.

Ela se senta ao meu lado e ergue o rosto para o sol.

— Dormiu bem? — pergunta.

— Não. Estou com um torcicolo horrível. E você?

— Toda doída.

Ela examina minha orelha.

— Está muito ruim? — pergunto.

— Não, a bala só arrancou um pedaço do lobo. Vou limpar para você.

Ela me dá um litro da água que pegamos na Chicago futurista. Tomo um longo gole que torço para nunca terminar.

— Você está bem? — pergunta Amanda.

— Não consigo parar de pensar nela. Morta na porta da nossa casa. E em Charlie lá em cima, no quarto. Estamos totalmente perdidos.

— Eu sei que é difícil, mas a pergunta que você devia estar fazendo, que nós dois devíamos estar fazendo, é: por que fomos parar naquele mundo?

— Eu só escrevi "Quero ir para casa".

— Exatamente. Foi isso o que você escreveu, mas você carregou uma bagagem emocional ao cruzar aquela porta.

— Como assim?

— Não é óbvio?

— Óbvio que não.

— Seu maior medo.

— Aquele cenário não seria assustador para qualquer um?

— Pode ser. Mas é tão a sua cara que não sei como você não percebeu.

— Como assim é tão a minha cara?

— Não só perder sua família, mas perder os dois para uma doença. Do mesmo jeito que você perdeu sua mãe, aos oito anos.

— Como você sabe disso?

— O que acha?

Claro. Amanda era terapeuta de Jason2.

— Testemunhar a morte da mãe foi o evento que definiu o rumo da vida dele — conta ela. — Foi crucial para ele nunca ter se casado nem tido filhos. O que o fez mergulhar totalmente no trabalho.

Faz sentido.

Houve momentos, logo no início do nosso relacionamento, em que pensei em fugir de Daniela.

Não porque eu não fosse louco por ela, mas porque, em algum nível, tinha medo de perdê-la. E senti o mesmo medo quando soube da gravidez.

— Por que eu iria querer estar num mundo como aquele?

— Por que as pessoas se casam com versões das mães controladoras? Ou dos pais ausentes? Para ter uma chance de corrigir erros antigos. Para, quando adultos, consertarem o que as magoou quando eram crianças. Pode ser que não faça sentido num nível superficial, mas o inconsciente funciona de seu próprio jeito. Estou começando a achar que aquele mundo nos ensinou muito sobre como a caixa opera.

Passo para ela a garrafa de água.

— Quarenta — digo.

— Quarenta o quê?

— Ampolas. Restam quarenta. Metade é sua, então temos vinte chances de acertar. O que quer fazer agora?

— Não sei. A essa altura, a única coisa que eu sei é que não vou voltar para o meu mundo.

— Quer ficar comigo, ou isso é uma despedida?

— Não sei quanto a você, mas eu acho que a gente ainda precisa um do outro. Acho que talvez eu consiga ajudar você a voltar para casa.

Eu me apoio no tronco de um pinheiro, a caderneta descansando sobre os joelhos, os pensamentos a mil.

Que coisa estranha imaginar um mundo contando apenas com palavras, intenções e desejo.

É um paradoxo preocupante: tenho o controle total, mas desde que eu tenha o controle sobre mim mesmo.

Minhas emoções.

Minha tempestade interior.

Os mecanismos secretos que operam dentro de mim.

Se existem mundos infinitos, como faço para encontrar aquele que é singularmente, especificamente, o meu?

Fico olhando para a página e começo a anotar cada detalhe da minha Chicago que me vem à mente. Pinto minha vida em palavras.

Os sons das crianças do meu bairro caminhando juntas para a escola, suas vozes altas e borbulhantes como um rio correndo sobre pedras.

Um grafite no tijolo branco de um edifício a três quarteirões da minha casa, um desenho tão incrível que nunca cobriram com tinta.

Medito sobre os meandros da minha casa.

O quarto degrau da escada, que sempre range.

O banheiro do térreo, com a torneira sempre pingando.

O cheiro do café inundando a cozinha pela manhã.

Todos os pequenos detalhes, aparentemente insignificantes, nos quais se sustenta meu mundo.

ONZE

AMPOLAS RESTANTES: 32
Há uma teoria no campo da estética chamada Vale da Estranheza. Segundo essa teoria, algo que *é quase* igual a um ser humano — um manequim ou um robô humanoide — cria repulsa no observador, porque, apesar da aparência muito próxima, ainda tem imperfeição suficiente para evocar um sentimento de desconforto, de familiaridade e estranheza ao mesmo tempo.

É mais ou menos esse o efeito psicológico que me acomete enquanto caminho pelas ruas desta Chicago que é *quase* a minha. Escolha qualquer pesadelo apocalíptico; edifícios desmoronando e desertos cinzentos nem chegam perto da experiência de ficar parado numa esquina pela qual já passei uma centena de vezes e perceber que os nomes das ruas estão errados. Ou que o café onde sempre peço um espresso triplo com leite de soja é uma refinada loja de vinhos. Que minha casa, o número 44 da Eleanor Street, é habitada por estranhos.

Esta é a quarta Chicago que visitamos desde que escapamos daquele mundo de doença e morte. Todas parecidas: *quase* o meu mundo.

A noite cai. Já que tomamos quatro doses da droga sem nenhum intervalo para nos recuperarmos, pela primeira vez decidimos não voltar logo para a caixa.

É o mesmo estabelecimento de Logan Square onde me hospedei no mundo de Amanda.

O letreiro neon é vermelho em vez de verde, mas o nome é o mesmo, HOTEL ROYALE, e o lugar é tão peculiar, tão suspenso no tempo quanto o anterior, embora com mil diferenças insignificantes.

Nosso quarto tem duas camas de casal e, assim como o outro em que me hospedei, dá para a rua.

Coloco sobre a cômoda ao lado da TV as sacolas plásticas que trazemos, com produtos de higiene e roupas de segunda mão.

Em qualquer outra época, eu teria ficado frustrado com este quarto velho com cheiro de desinfetante mas não forte o suficiente para encobrir o fedor de mofo ou de coisa pior.

Esta noite, porém, o lugar me parece suntuoso.

— Estou tão nojento que nem posso emitir uma opinião sobre este quarto — digo, tirando o casaco e a camisa.

Jogo no lixo as duas peças de roupa.

Amanda ri.

— Você não vai querer competir comigo nesse quesito.

— Não sei como nos deixaram alugar um quarto.

— Isso diz muito sobre a qualidade do lugar.

Vou até a janela e abro a cortina.

É início de noite.

Chove.

O letreiro lá fora projeta a luz neon vermelha para dentro do quarto.

Não faço ideia de que data é hoje.

— O banheiro é todo seu — digo.

Amanda pega suas coisas na sacola.

Alguns minutos depois, o som de água corrente ecoa nas paredes ladrilhadas do banheiro.

— Que maravilha, meu Deus! — exclama Amanda. — Você tem que tomar um banho, Jason, sério!

Estou muito sujo para me deitar na cama, então me sento no tapete, ao lado do aquecedor, deixando as ondas de calor passarem sobre mim e acompanhando o céu escurecer lá fora.

———

Sigo o conselho de Amanda e tomo um banho.

A condensação escorre pelas paredes.

O calor opera milagres em minha região lombar, que as tantas horas de sono dentro daquela caixa deixaram doloridas.

Enquanto faço a barba, as dúvidas sobre minha identidade continuam a me assombrar.

Não tem nenhum Jason Dessen que ensine física na Lakemont College nem em outra faculdade local, mas não posso deixar de me perguntar se existo em algum lugar por aí.

Outra cidade.

Outro país.

Talvez vivendo sob um nome diferente, com uma mulher diferente, fazendo um trabalho diferente.

Nesse caso, se passo meus dias numa oficina mecânica, debaixo de carros enguiçados, ou fazendo obturações num consultório de dentista em vez de dar aulas de física para universitários, será que ainda serei o mesmo homem, no nível mais fundamental?

E qual é esse nível?

Sem todos os acessórios de personalidade e estilo de vida, quais são os componentes fundamentais que me fazem ser quem sou?

Saio do banho uma hora depois, limpo pela primeira vez em dias, vestindo calça jeans e uma camisa social xadrez. O velho par de botas é um número maior que o meu, mas calcei duas meias de lã para compensar.

Amanda me observa atentamente, avaliadora.

— Dá para o gasto.

— Você também não está mal.

Ela comprou, no brechó, uma calça jeans preta, um par de botas, uma camiseta branca e um casaco de couro preto que ainda fede ao cigarro do proprietário anterior.

Amanda está deitada na cama, assistindo a um programa de TV que não reconheço.

Ela olha para mim.

— Sabe o que eu queria?

— O quê?

— Uma garrafa de vinho. Muita comida. Todas as sobremesas do cardápio. Desde a faculdade que eu não fico magra assim.

— A Dieta do Multiverso.

Ela ri, e é um riso bom de se ouvir.

Caminhamos na chuva durante vinte minutos, porque quero ver se um dos meus restaurantes preferidos existe neste mundo.

Existe, e é como topar com um velho amigo numa outra cidade.

É um bar descolado e acolhedor num hotelzinho simples de Chicago.

Há uma longa fila de espera por uma mesa, então rondamos o balcão até vagarem duas banquetas, na ponta, ao lado de uma janela riscada pela chuva.

Pedimos drinques.

Depois, vinho.

Mil entradas e petiscos que não param de chegar.

A bebida nos traz um bonito e forte tom corado ao rosto e nossa conversa se restringe ao momento imediato.

Se a comida está gostosa.

Sobre como é bom estar num lugar quente e seguro.

Não mencionamos a caixa.

Amanda diz que eu estou parecendo um lenhador.

E ela, a namorada de um motoqueiro, digo.

Ambos rimos muito e muito alto, mas precisamos disso.

— Você vai ficar aqui, não vai? — pergunta Amanda ao se levantar para ir ao banheiro.

— Não vou me mexer.

Mas ela continua a olhar para trás.

Vejo Amanda seguir ao longo do balcão e sumir de vista.

Aqui, sozinho à mesa, sinto tamanha normalidade neste momento que é quase insuportável. Dou uma olhada em volta, observando o rosto dos garçons, dos clientes. Dezenas de barulhentas conversas paralelas que formam uma espécie de rugido coletivo sem sentido.

Penso: e se as pessoas soubessem o que eu sei?

A caminhada de volta é mais fria e mais úmida.

Perto do hotel, vejo a placa do meu bar local, o Village Tap, piscando no outro lado da rua.

— Que tal uma saideira? — pergunto.

Está tarde. A maioria dos clientes já deve ter ido embora.

Pegamos dois lugares ao balcão e observo o barman atualizar a conta de alguém num monitor touchscreen.

Ele finalmente se vira para nós e se aproxima. Olha para Amanda, depois para mim.

É Matt. Ele já deve ter me servido uns mil drinques nesta vida. Serviu a mim e a Ryan Holder na última noite que passei em meu mundo.

Mas não dá o menor indício de reconhecimento.

Apenas cortesia impessoal.

— O que vão querer?

Amanda pede vinho.

Eu peço chope.

Enquanto ele puxa a válvula para servir a bebida, eu me inclino e sussurro para Amanda:

— Eu conheço o barman. Ele não me reconheceu.

— Conhece como?

— Este é o bar que eu frequento.

— Não. Não é. E é claro que ele não o reconheceu. O que você esperava?

— Estranho. Esse lugar está exatamente igual.

Matt traz nosso pedido.

O esquema de pagamento é a cada bebida que recebemos. Enquanto procuro o dinheiro, digo:

— A propósito, meu nome é Jason.

— Matt.

— Gostei desse lugar. Você é o proprietário?

— Sou.

Ele não parece dar a mínima para o que penso a respeito de seu bar, e isso me provoca uma tristeza, um vazio na boca do estômago. Amanda percebe. Quando Matt nos deixa, ela ergue a taça de vinho e brinda na minha caneca.

— Para uma boa refeição, nada melhor que uma cama quente — diz ela. — E ainda não estar morto.

De volta ao quarto de hotel, apagamos as luzes e nos despimos no escuro. Vejo que perdi todo senso crítico em relação às nossas acomodações, porque a cama me parece maravilhosa.

— Você trancou a porta? — pergunta Amanda, deitada do outro lado do quarto.

— Sim.

Fecho os olhos. Ouço a chuva batendo na janela. Um carro ocasional passando pela rua molhada lá embaixo.

— Foi uma noite legal — diz Amanda.

— É, foi. Eu não sinto falta da caixa, mas é estranho estar longe dela.

— Não sei quanto a você, mas meu antigo mundo me parece cada vez mais fantasmagórico. Como um sonho, que perde a cor, a intensidade e a lógica quanto mais a gente se distancia. A conexão emocional com aquilo vai desaparecendo.

— Você acha que vai conseguir esquecer completamente? — pergunto. — Seu mundo?

— Sei lá. Mas acho que pode chegar um ponto em que ele não pareça mais real. Porque não é. A única coisa real neste momento é esta cidade. Este quarto. Esta cama. Você e eu.

No meio da noite, acordo com Amanda ao meu lado.

Isso não é nenhuma novidade. Dormimos assim muitas vezes na caixa. Abraçados um ao outro na escuridão, mais perdidos do que duas pessoas jamais estiveram.

A única diferença agora é que estamos apenas de roupa íntima e sinto sua pele macia, me distraindo.

Fragmentos de luz neon atravessam as cortinas.

Estendendo o braço no escuro, ela pega minha mão e a leva para seu corpo. Então se vira para mim.

— Você é um homem melhor que ele.

— Ele quem?

— O Jason que eu conhecia.

— Meu Deus, espero que sim.

E sorrio para sinalizar a piada. Ela apenas olha para mim com esses olhos de meia-noite. Temos nos olhado muito ultimamente, mas há algo diferente na maneira como ela está me olhando agora.

A conexão entre nós fica mais forte a cada dia.

Se eu me aproximasse mais três centímetros, nos beijaríamos.

Não tenho a menor dúvida.

E se eu a beijasse, se dormíssemos juntos, talvez eu me sentisse culpado e arrependido, ou talvez percebesse que ela poderia me fazer feliz.

Alguma versão de mim certamente a beijou neste momento.

Alguma versão sabe a resposta.

Mas não eu.

— Se quiser que eu volte para a minha cama, é só falar — diz ela.

— Eu não quero. Mas preciso que você volte.

AMPOLAS RESTANTES: 24

Ontem, vi a mim mesmo no campus da Lakemont College, num mundo onde, de acordo com um obituário que encontrei on-line na biblioteca pública, Daniela morreu aos trinta e três anos, de um tumor no cérebro.

Hoje, é uma tarde linda numa Chicago onde Jason Dessen morreu há dois anos, num acidente de carro.

Entro numa galeria de arte em Bucktown, tentando não olhar para a mulher que, atrás do balcão, está com o nariz enfiado num livro. Em vez disso, me concentro nas paredes, que estão cobertas de pinturas a óleo cujo tema parece ser exclusivamente o lago Michigan.

Em cada estação do ano.

Cada cor.

Cada hora do dia.

Sem tirar os olhos da leitura, a mulher diz:
— Se precisar de ajuda, é só falar.
— É você, a artista?

Ela pousa o livro, sai de trás do balcão e se aproxima.

É o mais próximo que estive de Daniela desde a noite em que a ajudei a morrer. Ela está deslumbrante: calça jeans justa e uma camiseta preta salpicada de gotas de tinta acrílica.

— Sou a artista, sim. Daniela Vargas.

Ela claramente não me conhece. Acho que, neste mundo, nunca chegamos a nos encontrar.

— Jason Dessen.

Ela me estende a mão. É exatamente igual à mão da minha Daniela: áspera, forte e hábil, a mão de uma artista. Há tinta sob suas unhas. Ainda as sinto correndo pelas minhas costas.

— São incríveis — digo.
— Obrigada.
— Adorei o foco num único tema.
— Comecei a pintar o lago há três anos. O lugar fica muito diferente de uma estação para outra. — Ela aponta para o quadro à nossa frente. — Esta foi uma das minhas primeiras tentativas. Um panorama da Juneway Beach em agosto. No fim do verão, quando o dia está claro, a água fica com esse tom azul-esverdeado luminescente. Quase tropical. — Ela avança ao longo da parede. — Então, você pega um dia como esse, em outubro, todo nublado, e pinta a água de cinza. Adoro esses dias, porque quase não dá para ver diferença entre a água e o céu.
— E qual é a sua estação favorita? — pergunto.
— O inverno.
— Sério?
— É a mais variada e com um nascer do sol espetacular. Fiz algumas das minhas melhores pinturas quando o lago congelou no ano passado.
— Como é que você trabalha? *En plein air*, ou…
— Principalmente a partir de fotografias. Às vezes eu monto meu cavalete no litoral durante o verão, mas adoro meu estúdio e é muito raro eu pintar em outro lugar.

A conversa termina.

Ela olha para o balcão.

Provavelmente, querendo voltar para o livro.

Possivelmente, tendo avaliado a calça jeans desbotada e a camisa de segunda mão que estou usando e tendo achado pouco provável que eu compre alguma coisa.

— Essa galeria é sua? — pergunto, embora eu já saiba a resposta.

Só quero ouvi-la falar.

Fazer este momento durar o máximo possível.

— Na verdade, é uma cooperativa, mas já que é o meu trabalho que está em exposição este mês, eu é que fico no convés para segurar as pontas.

Ela sorri.

Apenas por educação.

Começa a se afastar.

— Se tiver mais alguma coisa que eu possa...

— Você é muito talentosa.

— Ah, que gentileza da sua parte. Obrigada.

— Minha esposa também é artista.

— Local?

— É.

— Qual o nome dela?

— É, bem, provavelmente você não a conhece, e a gente não está mais junto de verdade, então...

— Sinto muito.

Toco o pedaço de linha desgastada que, por mais improvável que seja, ainda está amarrada no meu dedo anelar.

— Não é que a gente não esteja junto. É só que...

Não termino o pensamento porque quero que ela *peça* que eu termine. Que mostre um pingo de interesse e pare de olhar para mim como se eu fosse um estranho, porque não somos estranhos.

Construímos uma vida juntos.

Tivemos um filho.

Beijei cada centímetro do seu corpo.

Chorei e ri com você.

Como pode um sentimento tão poderoso não vazar para outro mundo?

Olho no fundo dos olhos de Daniela, mas não recebo em troca amor, reconhecimento nem familiaridade.

Ela parece apenas ligeiramente incomodada.

Como se estivesse esperando que eu vá embora.

— Você gostaria de tomar um café? — pergunto.

Ela sorri.

Bastante incomodada, agora.

— Quer dizer, depois que você sair daqui, seja qual for a hora.

Se ela aceitar, Amanda vai me matar. Já estou atrasado para encontrá-la no hotel. Devemos voltar para a caixa esta tarde.

Mas Daniela não vai aceitar.

Ela está mordendo o lábio inferior como sempre faz quando está nervosa; sem dúvida está tentando inventar alguma desculpa além de um simples "não" destruidor de egos, mas dá para ver que não está conseguindo, que está criando coragem para me mandar para o inferno.

— Quer saber? — digo. — Deixa pra lá. Desculpe. Estou deixando você sem graça.

Merda.

Quero morrer.

Uma coisa é ser desprezado por uma completa estranha.

Outra, completamente diferente, é levar um fora da mãe do seu filho.

— Estou indo embora.

Eu me encaminho para a porta.

Ela não tenta me impedir.

AMPOLAS RESTANTES: 16

Em cada uma das Chicagos em que estive na última semana, as árvores estão cada vez mais esqueléticas, folhas arrancadas e coladas na calçada pela chuva. Eu me sento no banco do outro lado da rua, em frente à minha casa, agasalhado contra o cruel frio matinal num casaco de doze dólares que comprei ontem num brechó, usando dinheiro de outro mundo. Cheira a armário de velha — naftalina e creme analgésico.

Deixei Amanda no hotel, rabiscando na caderneta.

Menti; falei que sairia para dar uma volta, para espairecer um pouco e comprar um café.

Observo a mim mesmo sair do prédio e descer rapidamente a escada até a calçada, em direção à estação do metrô, onde pegarei a Linha Roxa até o campus da Lakemont College, em Evanston. Estou usando fones de ouvido com cancelamento de ruído, provavelmente ouvindo um podcast — uma palestra científica ou um episódio de *This American Life*.

É dia 30 de outubro, de acordo com a primeira página do *Tribune*, pouco menos de um mês desde a noite em que fui sequestrado e arrancado do meu mundo.

Parece que estou viajando na caixa há anos.

Não sei quantas Chicagos já visitamos.

Estão todas começando a se misturar.

Esta é a mais próxima até o momento, mas ainda não é a minha. Charlie frequenta uma escola pública e Daniela trabalha fora, num escritório de design.

Sentado aqui, percebo que sempre encarei o nascimento de Charlie e minha escolha por construir uma vida com Daniela como o evento que marcou o início da trajetória de nossas vidas em que nos afastamos do pleno sucesso profissional.

Mas isso é uma simplificação exagerada.

Sim, Jason2 se afastou de Daniela e Charlie e, posteriormente, fez a descoberta. Mas há um milhão de Jasons que se afastaram e não inventaram a caixa.

Mundos nos quais deixei Daniela e mesmo assim nossas carreiras não valiam nada.

Ou onde fiquei com ela e nós dois tivemos algum sucesso, mas nada capaz de deixar o mundo em polvorosa.

E, reciprocamente, mundos nos quais ficamos juntos e tivemos Charlie e que se ramificaram em cronologias nada perfeitas.

Onde nosso relacionamento se deteriorou.

Onde decidi me separar.

Ou Daniela decidiu.

Ou onde lutamos e sofremos numa relação doentia e sem amor, seguindo adiante somente por causa do nosso filho.

Se eu represento o auge do sucesso familiar de todos os Jasons Dessens, Jason2 representa o ápice profissional e criativo. Somos polos opostos de um mesmo homem, e suponho que não seja uma coincidência o fato de ele ter procurado minha vida entre as infinitas possibilidades disponíveis.

Embora ele tenha experimentado completo sucesso profissional, a realização plena como homem de família era algo tão estranho para ele quanto sua vida era para mim.

Tudo leva a crer que minha identidade não é binária.

É multifacetada.

E talvez eu possa abrir mão da dor e do ressentimento do caminho não trilhado, porque o caminho não trilhado não é apenas o inverso do que sou. É um sistema infinitamente ramificado que representa todas as permutações da minha vida entre os extremos que são Jason2 e eu.

Enfio a mão no bolso e pego o celular pré-pago que me custou cinquenta dólares, dinheiro que poderia nos garantir alimentação por um dia inteiro ou hospedagem num hotel barato por mais uma noite.

Com minhas luvas sem dedos, desamasso uma folha de papel amarelo rasgada da seção D do catálogo de telefone da região metropolitana de Chicago e disco o número que circulei.

É de uma solidão terrível estar num lugar que é *quase* seu lar.

De onde estou sentado, consigo ver o quarto no segundo andar que suponho servir de escritório para Daniela. As cortinas estão abertas e ela está sentada de costas para mim, voltada para um monitor enorme.

Vejo-a erguer um aparelho sem fio e olhar para o visor.

Ela não reconhece o número.

Por favor, atenda.

Ela deixa o telefone de lado.

Ouço minha voz: "Você ligou para os Dessen. Não podemos atender agora, mas se você..."

Desligo antes do bipe.

Ligo outra vez.

Agora, ela atende antes do segundo toque.

— Alô?

Não digo nada.

Perdi a voz.

— Alô?

— Oi.

— Jason?

— É.

— Que número é esse?

Eu suspeitava que ela faria essa pergunta logo de primeira.

— Fiquei sem bateria, então pedi emprestado o telefone de uma mulher aqui no metrô.

— Está tudo bem?

— Como está sendo seu dia? — pergunto.

— Bom. Mas a gente se viu agora há pouco, seu bobo.

— Eu sei. — Ela roda na cadeira giratória em frente à escrivaninha. — Então, você queria tanto falar comigo que pediu emprestado o telefone de uma estranha?

— Foi.

— Você é um amor.

Apenas fico sentado, absorvendo sua voz.

— Daniela?

— Oi?

— Eu sinto tanto sua falta...

— Aconteceu alguma coisa, Jason?

— Nada.

— Você está estranho. Fale comigo.

— Eu estava indo para o metrô e me dei conta de uma coisa.

— O quê?

— Que não tenho dado valor ao tempo que a gente passa juntos. Saio pela porta e já estou pensando no meu dia, na aula que eu vou dar ou no que quer que seja, e eu só... Quando entrei no metrô, tive um momento de lucidez sobre o quanto eu te amo. O quanto você significa para mim. Porque a gente nunca sabe.

— Nunca sabe o quê?

— Quando tudo isso pode acabar. Enfim, eu tentei ligar para você, mas meu celular estava sem bateria.
Por um longo instante há apenas silêncio do outro lado da linha.
— Daniela?
— Estou aqui. E sinto o mesmo por você. Você sabe disso, não sabe?
Fecho os olhos, emocionado.
Pensando: eu poderia atravessar a rua agora, entrar e contar tudo a ela.
Estou tão perdido, meu amor...
Daniela se levanta e vai até a janela. Ela está usando um longo suéter cor de creme sobre uma legging. Seu cabelo está amarrado no alto e ela segura uma caneca do que suponho ser chá de uma loja local.
Ela embala a barriga, avolumada por um bebê que cresce ali dentro.
Charlie ganhará um irmãozinho.
Sorrio sob as lágrimas, imaginando o que ele estará achando disso.
Isso meu Charlie não teve.
— Jason, tem certeza de que está tudo bem?
— Claro.
— Bem, olha, eu tenho um prazo para esse cliente, então...
— Você tem que ir.
— Tenho.
Não quero que ela desligue. Preciso continuar ouvindo sua voz.
— Jason?
— Oi.
— Eu te amo muito.
— Eu também te amo. Você não faz ideia.
— Vejo você de noite.
Não, você verá uma versão de mim que não imagina a sorte que tem.
Ela desliga.
Volta para a escrivaninha.
Guardo o celular no bolso, trêmulo, meu pensamento indo nas direções mais loucas, rumo a fantasias obscuras.
Vejo o trem em que estou indo para o trabalho descarrilar.
Meu corpo mutilado, irreconhecível.
Ou jamais encontrado.

E me vejo entrando nesta vida.

Não é exatamente a minha, mas talvez seja próxima o suficiente.

À noite, ainda estou sentado no banco em frente à casa que não é a minha, vendo nossos vizinhos voltarem do trabalho e da escola.

Que milagre é ter pessoas para as quais voltar para casa todos os dias.

Ser amado.

Ser esperado.

Pensei que apreciasse cada momento, mas sentado aqui, no frio, sei que não dava o devido valor. E como poderia ser diferente? Até tudo desabar, não fazemos ideia do que realmente temos, de como tudo se encaixa de maneira tão precária e tão perfeita.

O céu escurece.

As casas se iluminam.

Jason volta para casa.

Estou mal.

Não comi nada o dia inteiro.

Não bebo água desde cedo.

Amanda deve estar desesperada, se perguntando onde estou, mas não consigo me afastar daqui.

Minha vida, ou pelo menos uma devastadora aproximação da minha vida, se desenrola do outro lado da rua.

Já passa bastante da meia-noite quando volto ao hotel.

As luzes estão acesas, a TV aos berros.

Amanda pula da cama. Usa camiseta e uma calça de pijama.

Fecho a porta silenciosamente ao entrar.

— Desculpe — digo.

— Seu imbecil.

— Eu tive um dia ruim.

— *Você* teve um dia ruim.

— Amanda…

Avançando sobre mim, ela me empurra com as duas mãos o mais forte que consegue, me jogando de costas na porta.

— Achei que você tivesse ido embora sem mim — diz ela. — Depois, achei que tivesse acontecido alguma coisa com você. Eu não tinha como entrar em contato. Comecei a ligar para os hospitais, dando a sua descrição física.

— Eu nunca iria embora sem você.

— Como é que eu ia saber? Você me assustou!

— Desculpe, Amanda.

— Onde é que você estava?

Ela me mantém imprensado contra a porta.

— Fiquei o dia inteiro sentado num banco em frente à minha casa.

— O dia inteiro? Por quê?

— Não sei.

— Aquela não é a sua casa, Jason. Aquela não é a sua família.

— Eu sei disso.

— Sabe?

— Também segui Daniela e Jason quando eles saíram.

— Como assim?

— Fiquei do lado de fora do restaurante onde eles foram comer.

Fico envergonhado em dizer isso.

Empurro Amanda para entrar no quarto e me sento ao pé da minha cama. Ela se aproxima e para na minha frente.

— Depois, eles foram ao cinema. Segui os dois até lá dentro. Sentei atrás deles.

— Ai, Jason...

— Também fiz mais uma coisa idiota.

— O quê?

— Usei um pouco do nosso dinheiro para comprar um celular.

— Por que você precisou de um celular?

— Para poder ligar para Daniela e fingir ser o Jason dela.

Eu me preparo, achando que Amanda vai ficar furiosa de novo, mas, em vez disso, ela se aproxima, segura meu pescoço e beija o topo da minha cabeça.

— Levanta — diz ela.

— Por quê?

— Anda logo.

Eu me levanto.

Ela abre o zíper do meu casaco e me ajuda a tirar os braços das mangas. Então, me empurra de volta na cama e se ajoelha.

Ela desamarra o cadarço das minhas botas, arrancando-as dos meus pés e jogando-as num canto.

— Pela primeira vez, acho que entendo por que o Jason que você conhece fez o que fez comigo. Tenho tido umas ideias terríveis.

— Nossa mente não é feita para lidar com isso. Ver todas essas diferentes versões da sua esposa... não consigo nem imaginar.

— Ele deve ter me seguido durante semanas. No trabalho. Quando saí à noite com Daniela. Devia estar sentado naquele mesmo banco, observando a gente dentro de casa, imaginando como seria comigo fora de cena. Sabe o que quase fiz hoje?

— O quê?

Ela parece ter medo de saber.

— Imaginei que eles guardassem a chave reserva no mesmo lugar que a gente. Por isso, saí do cinema antes. Eu estava disposto a encontrar a chave e entrar na casa. Queria me esconder num armário e observar a vida deles. Ver os dois dormindo. É doentio, eu sei. E sei que provavelmente o seu Jason esteve na minha casa várias vezes antes da noite em que finalmente reuniu coragem para roubar a minha vida.

— Mas você não fez isso.

— Não.

— Porque é um homem decente.

— Não me sinto muito decente agora.

Caio de costas no colchão e olho para o teto deste quarto de hotel que, apesar de todas as suas alterações insignificantes, se tornou a nossa casa fora da caixa.

Amanda se deita na cama ao meu lado.

— Isso não está funcionando, Jason.

— Como assim?

— A gente não está saindo do lugar.

— Não concordo. Pense em onde a gente começou. Você não se lembra do primeiro mundo em que entramos, aquele com os edifícios desabando em volta da gente?

— Perdi a conta de quantas Chicagos já visitamos.

— Estamos chegando mais perto da minha...

— Nós *não* estamos chegando mais perto, Jason. O mundo que você está procurando é um grão de areia numa praia infinita.

— Isso não é verdade.

— Você viu sua esposa ser assassinada. Morrer de uma doença horrível. Não reconhecer você. Viu sua mulher casada com outros homens. Casada com muitas versões de você mesmo. Até quando você acha que vai aguentar antes de sofrer um surto psicótico? Seu estado mental atual não está muito longe disso.

— Não é uma questão de aguentar ou não. Eu preciso encontrar minha Daniela.

— Sério? Era isso que você estava fazendo sentado lá o dia inteiro? Procurando sua esposa? Olhe para mim. Temos só mais dezesseis ampolas. Estamos ficando sem alternativas.

Minha cabeça está latejando.

Rodando.

— Jason. — Sinto as mãos dela no meu rosto. — Você sabe qual é a definição de insanidade?

— Qual?

— Fazer a mesma coisa várias vezes e esperar resultados diferentes.

— Da próxima vez...

— O quê? Da próxima vez você vai encontrar sua casa? Como? Vai escrever na caderneta de novo hoje? Isso faria alguma diferença? — Ela pousa a mão no meu peito. — Seu coração está disparado. Você precisa se acalmar.

Ela rola para o lado e desliga o abajur que há sobre a mesa entre as camas. Deita-se ao meu lado, mas não há nada de sexual em seu toque.

Minha cabeça melhora com as luzes apagadas.

A única iluminação no quarto é a luz neon azul do letreiro do lado de fora da janela, e já é tarde o bastante para que os carros na rua lá embaixo passem a intervalos cada vez mais longos.

Felizmente, o sono me domina.

Fecho os olhos, pensando nas cinco cadernetas empilhadas na mesa de cabeceira. Quase todas as páginas estão preenchidas com minha caligrafia, que fica cada vez mais bizarra. Continuo pensando que, se escrever o suficiente, se for específico o bastante, talvez consiga compor uma imagem completa do meu mundo, que finalmente me leve para casa.

Mas isso não está acontecendo.

Amanda tem razão.

Estou à procura de um grão de areia numa praia infinita.

DOZE

Pela manhã, Amanda já não está ao meu lado. Eu me deito de lado, observando a luz do sol que atravessa as venezianas, ouvindo o murmúrio do tráfego através das paredes. O relógio está atrás de mim, na mesa de cabeceira. Não consigo ver a hora, mas parece ser tarde. Dormimos demais.

Eu me sento, afasto as cobertas e olho para a cama ao lado.

Está vazia.

— Amanda?

Eu me encaminho rapidamente ao banheiro para checar se ela está lá, mas o que vejo sobre a cômoda me detém.

Algumas notas de dinheiro.

Umas poucas moedas.

Oito ampolas.

E uma folha arrancada da caderneta. A letra de Amanda.

Jason,

Depois de ontem, ficou claro para mim que você já tomou a decisão de ir por um caminho em que não posso acompanhá-lo. Lutei contra isso a noite inteira. Como sua amiga e como terapeuta, eu quero ajudá-lo. Quero tratá-lo. Mas não posso. E não posso continuar vendo você desmoronar. Ainda mais se sou parte do que leva você a continuar fazendo isso. Até que ponto o inconsciente de nós dois juntos não está direcionando nossas conexões com esses mundos? Não é que eu não queira que você volte para sua esposa. Não há nada que eu queira mais. Mas já estamos juntos há semanas. É difícil não se apegar, sobretudo nessas circunstâncias, quando você é tudo o que tenho.

Ontem, quando estava me perguntando se você me abandonaria, li suas anotações, e, querido, você está perdendo o foco. Está escrevendo todas essas coisas sobre a sua Chicago, mas não está escrevendo o que sente.

Deixei para você a mochila, metade das ampolas e metade do dinheiro que conseguimos (incríveis cento e sessenta e um dólares e alguns trocados). Não sei onde vou parar. Estou curiosa e com medo, mas também muito animada. Existe uma parte de mim que realmente quer ficar, mas você precisa escolher qual será a próxima porta a abrir. E eu também.

Jason, desejo a você muita felicidade. Se cuida.

Amanda

AMPOLAS RESTANTES: 7

Sem Amanda, absorvo o horror do corredor em sua total magnitude.

Nunca me senti tão sozinho.

Não existe nenhuma Daniela neste mundo.

Chicago parece errada sem ela.

Odeio tudo desta cidade.

A cor do céu parece improvável.

Os edifícios familiares zombam de mim.

Até mesmo o ar cheira a mentira.

Porque não é a minha cidade.

É a nossa.

AMPOLAS RESTANTES: 6

Estou por conta própria.

Ando sozinho pelas ruas a noite inteira.

Tonto.

Amedrontado.

Deixando meu organismo purgar a droga.

Como num restaurante vinte e quatro horas e pego o trem de volta ao amanhecer.

Estou andando a caminho da usina abandonada quando três adolescentes me veem.

Estão do outro lado da rua, mas, a esta hora, as ruas estão vazias.

Eles me chamam.

Provocações e insultos.

Eu os ignoro.

Acelero o passo.

Mas sei que estou em perigo quando eles começam a atravessar a rua, vindo deliberadamente na minha direção.

Por um instante penso em correr, mas eles são jovens e, sem dúvida, mais rápidos. Além disso, enquanto minha boca seca e a indecisão entre fugir ou lutar lança uma primeira descarga de adrenalina em meu organismo, penso que pode ser que eu precise da minha força.

Em um ponto onde terminam as casas geminadas e começa um pátio de trens, eles me alcançam.

Não há mais ninguém na rua a esta hora.

Nenhuma ajuda à vista.

São ainda mais jovens do que eu pensava e exalam, como uma colônia maligna, um bafo de cerveja de alto teor alcoólico. A energia exausta que trazem nos olhos sugere que passaram a noite inteira na rua, talvez buscando exatamente esta oportunidade.

O espancamento começa pra valer.

Nem se dão ao trabalho de falar.

Estou muito cansado, muito fraco para reagir.

Antes mesmo de entender o que está acontecendo, estou no chão, levando chutes na barriga, nas costas, no rosto.

Desmaio por alguns segundos. Quando recupero a consciência, sinto mãos percorrendo meu corpo, procurando, suponho, uma carteira que não possuo.

Por fim, levam minha mochila. Enquanto sangro na calçada, saem correndo e rindo pela rua.

Fico ali por um bom tempo, ouvindo o ruído do tráfego aumentar de maneira contínua.

O dia clareia.

As pessoas passam direto por mim.

Cada respiração provoca uma pontada de dor entre minhas costelas feridas e meu olho esquerdo mal se abre, de tão inchado.

Depois de algum tempo, consigo me sentar.

Merda.

As ampolas.

Apoiando-me num alambrado, eu me levanto.

Por favor, não.

Enfio a mão na camisa, os dedos roçando o pedaço de *silver tape* fixado na lateral do meu tórax.

Dói pra cacete arrancá-lo, mas, pensando bem, tudo dói pra cacete.

As ampolas ainda estão ali.

Três esmagadas.

Três intactas.

Vou cambaleando até a caixa e me fecho ali dentro.

Estou sem dinheiro.

Sem as cadernetas.

Sem as seringas e agulhas.

Não tenho nada, apenas meu corpo alquebrado e mais três chances para conseguir acertar.

AMPOLAS RESTANTES: 2

Passo a primeira metade do dia mendigando numa esquina do South Side até ter dinheiro suficiente para pegar um metrô até o centro.

Passo o resto do dia a quatro quarteirões da minha casa, sentado na calçada atrás de um pedaço de papelão em que escrevi:

SEM-TETO. DESESPERADO. ACEITO QUALQUER AJUDA.

Meu rosto deve estar machucado a ponto de despertar piedade, porque, quando o sol se põe, tem vinte e oito dólares e quinze centavos.

Estou com fome, com sede e com dor.

Escolho uma lanchonete que pareça decadente o bastante para me servir. Ao pagar a refeição, o cansaço me toma.

Não tenho para onde ir.

Não tenho dinheiro para um quarto de hotel.

Lá fora, a noite se tornou fria e chuvosa.

Vou até minha casa e dou a volta no quarteirão até o beco, pensando em um lugar onde eu possa dormir sossegado, sem ser percebido.

Entre a minha garagem e a do vizinho há um espaço estreito escondido atrás da lixeira e da lata de reciclagem. Eu rastejo entre elas, trazendo comigo uma caixa de papelão achatada, que encosto à parede da minha garagem.

Ali, ouço o tamborilar da chuva sobre o papelão em cima da minha cabeça, torcendo para que o abrigo improvisado dure a noite inteira.

De onde estou consigo ver, através de uma janela, o interior do segundo andar da minha casa.

É o quarto principal.

Jason passa pela janela.

Não é Jason2. Sei disso porque este não é o meu mundo. As lojas e os restaurantes do quarteirão da minha casa estão errados. Esses Dessen possuem carros diferentes. E ele é mais gordo do que eu jamais fui.

Daniela aparece por um instante à janela, para fechar as venezianas.

Boa noite, meu amor.

A chuva aumenta.

A caixa de papelão se verga.

Começo a tremer de frio.

―――

Em meu oitavo dia nas ruas de Logan Square, o próprio Jason Dessen joga uma nota de cinco dólares na minha caixa de pedinte.

Não há perigo.

Estou irreconhecível.

Queimado de sol, barbudo e fedendo a uma pobreza abjeta.

As pessoas do meu bairro são generosas. Todos os dias, consigo o bastante para fazer uma refeição barata e ainda economizar alguns dólares.

Todas as noites, durmo no beco atrás do número 44 da Eleanor Street.

Torna-se uma espécie de jogo. Quando as luzes no quarto principal se apagam, fecho os olhos e imagino que sou ele.

E que estou com ela.

Há dias em que sinto minha sanidade vacilar.

Amanda disse uma vez que seu mundo original começava a lhe parecer fantasmagórico, e acho que sei o que ela quis dizer. Associamos a realidade ao que é tangível — tudo o que podemos experimentar com os sentidos. E, embora eu continue dizendo a mim mesmo que existe uma caixa no South Side de Chicago que pode me levar até um mundo onde eu tenho tudo o que quero e de que preciso, já não acredito que tal lugar exista. A cada dia mais, minha realidade tem sido *este* mundo. Onde não tenho nada. Onde sou um sem-teto, uma criatura imunda cuja existência evoca unicamente compaixão, piedade e repugnância.

Aqui perto, vejo outro sem-teto em pé no meio da calçada, falando sozinho.

Penso: será que sou muito diferente dele? Não estamos nós dois perdidos em mundos que, por razões que fogem ao nosso controle, não mais se alinham com nossa identidade?

Os momentos mais assustadores são os que parecem estar ocorrendo com uma frequência cada vez maior.

Momentos em que a ideia de uma caixa mágica soa para mim como os delírios de um louco.

Certa noite, passo por uma loja de bebidas e percebo que tenho dinheiro suficiente para comprar alguma coisa.

Bebo quase meio litro de um uísque barato.

Então, me vejo de pé no quarto principal da casa número 44 da Eleanor Street, olhando para Jason e Daniela adormecidos na cama sob um emaranhado de cobertores.

O relógio na mesa de cabeceira marca 3h38, e, embora a casa esteja silenciosa, estou tão bêbado que sinto o pulsar do meu coração nos tímpanos.

Não consigo juntar as peças do processo mental que me trouxe até aqui.

Só consigo pensar que isto era meu.

Em outros tempos.

Este belo sonho de vida.

E, neste momento, com o quarto rodando e as lágrimas escorrendo sem parar pelo meu rosto, realmente não sei se aquela minha vida era real ou imaginária.

Dou um passo em direção ao lado que Jason ocupa na cama e meus olhos começam a se ajustar à escuridão.

Ele dorme tranquilamente.

Desejo o que ele tem com tanta intensidade que chego a sentir o gosto na boca.

Eu faria qualquer coisa para ter a vida que ele tem. Para ocupar seu lugar.

Imagino matá-lo. Asfixiá-lo ou meter uma bala em seu crânio.

Vejo-me tentando ser ele.

Tentando aceitar esta versão de Daniela como minha esposa. Este Charlie como meu filho.

Será que algum dia terei a sensação de que esta casa é minha?

Conseguirei dormir à noite?

Conseguirei algum dia encarar Daniela sem pensar no medo no rosto de seu verdadeiro marido dois segundos antes de ser morto?

Não.

Não.

A clareza retorna num estrondo — dolorosa, vergonhosa, mas no momento exato em que é desesperadamente necessária.

A culpa e todas as pequenas diferenças transformariam minha vida aqui num inferno. Seriam um lembrete não apenas daquilo que eu fiz, como também do que ainda não fiz.

Este jamais seria meu mundo.

Não sou capaz disso.

Não *quero* isso.

Não sou este homem.

Eu não deveria estar aqui.

Enquanto cambaleio para fora do quarto e atravesso o corredor, percebo que até mesmo considerar a ideia seria o mesmo que desistir de encontrar minha Daniela.

O mesmo que dizer que a estou deixando ir embora.

Assumir que ela não é alcançável.

E talvez isso seja verdade. Talvez eu não tenha a menor chance de encontrar meu caminho de volta para ela, para Charlie e para meu mundo perfeito. Para aquele único grão de areia numa praia infinita.

Mas ainda tenho duas ampolas e não vou desisitir até que elas se acabem.

Vou a um brechó e compro roupas: calça jeans, camisa de flanela, um casaco preto estilo marinheiro.

Depois, artigos de higiene numa farmácia, além de um bloco de anotações, um pacote de canetas e uma lanterna.

Eu me hospedo num hotel, jogo fora minhas roupas velhas e tomo o banho mais longo da minha vida.

Uma água cinzenta escorre do meu corpo.

De pé diante do espelho, quase me pareço comigo outra vez, apesar do rosto encovado pela desnutrição.

Durmo durante a tarde. Depois, pego o trem para o South Side.

A usina está tranquila, a luz do sol poente entrando obliquamente através das janelas do galpão do gerador.

Sentado no vão da porta da caixa, pego o bloco.

Desde que acordei, estou pensando no que Amanda me disse em seu bilhete de despedida, que eu não tenho escrito sobre o que sinto.

Então, aí vai:

Tenho vinte e sete anos. Trabalhei a manhã inteira no laboratório e as coisas estão indo tão bem que quase deixo pra lá a festa. Ultimamente, tenho feito muito isso: negligencio amigos e compromissos sociais para ficar apenas mais algumas horas empenhado na pesquisa.

Eu reparo em você pela primeira vez no canto mais distante do pequeno quintal, enquanto estou no deque, tomando uma Corona com limão, meus pensamentos ainda no laboratório. Acho que é sua postura que chama minha atenção: encurralada por um sujeito alto e magro de calça jeans preta e justa, que reconheço deste círculo de amigos. Ele é um artista ou qualquer coisa assim. Nem sei seu nome, só sei que meu amigo Kyle me disse recentemente: Ah, aquele cara come todo mundo.

Até hoje não consigo explicar, mas ver o tal sujeito conversando com aquela mulher de cabelo e olhos escuros num vestido azul--cobalto — você — faz uma onda de ciúme arder dentro de mim. Inexplicavelmente, loucamente, tenho vontade de ir lá e dar um soco naquele cara. Algo na sua linguagem corporal sugere desconforto. Você não está sorrindo, seus braços estão cruzados e, como noto agora, você está presa numa conversa chata. Por algum motivo, eu me importo com isso. Você empunha uma taça vazia, com resíduos de vinho tinto. Parte de mim ordena: Vá lá falar com ela, salve esta mulher. *Mas a outra metade grita:* Você não sabe nada sobre ela, nem o nome. Você não é aquele cara.

Quando me dou conta, estou andando pela grama, levando uma nova taça de vinho, e, quando seus olhos encontram os meus, parece que algum mecanismo acabou de emperrar dentro do meu peito. Como dois mundos colidindo. À medida que me aproximo, você pega a taça da minha mão como se tivesse me pedido para ir buscá-la e sorri com uma agradável familiaridade, como se nos conhecêssemos desde a infância. Você tenta me apresentar a Dillon, mas o artista de calça apertadinha, agora efetivamente neutralizado, dá uma desculpa e vai embora.

Então, somos apenas nós dois em pé à sombra da sebe, e meu coração está disparado. Digo: "Desculpe interromper, mas parecia que você estava precisando de um resgate", e você responde: "Boa intuição. Ele é bonitinho, mas insuportável." Eu me apresento. Você me diz seu nome. Daniela. Daniela.

Só me lembro de trechos do que foi dito naqueles nossos primeiros momentos juntos. Lembro, principalmente, como você ri quando conto que sou físico nuclear, mas percebo que não é um riso de desdém. É como se tal revelação realmente a encantasse. Eu me lembro do vinho manchando seus lábios. Num nível puramente intelectual, sempre soube que nossa separação e nosso isolamento são ilusórios. Todos somos feitos do mesmo material — pedaços explodidos da matéria que se formou no calor de estrelas mortas. Só que eu nunca senti isso em meus ossos até aquele momento, ali, com você. E por sua causa.

Sim, talvez eu só queira transar, mas também me pergunto se essa sensação de entrelaçamento não será evidência de algo mais profundo. Sabiamente, guardo tal linha de raciocínio para mim mesmo. Eu me lembro da agradável tontura causada pela cerveja e pelo calor do sol e, quando este começa a se pôr, percebo como desejo sair desta festa com você, embora não tenha coragem de fazer essa proposta. É quando você diz: "Hoje à noite vai ter a inauguração da galeria de um amigo. Quer ir?"

E eu penso: Vou a qualquer lugar com você.

AMPOLAS RESTANTES: 1

Caminho pelo corredor infinito, o feixe da lanterna resvalando nas paredes.

Depois de um tempo, paro diante de uma porta igual a todas as demais.

Uma entre trilhões, trilhões e trilhões.

Meu coração está acelerado, as palmas das mãos, suadas.

Não desejo mais nada.

Apenas minha Daniela.

Eu a desejo de um jeito que não sei explicar.

E que jamais quero ser capaz de explicar, porque o mistério é algo perfeito.

Quero a mulher que vi naquela festa há tantos anos.

A que escolhi para que construíssemos uma vida juntos, mesmo que isso significasse desistir de algumas outras coisas que eu amava.

Eu a desejo.

Nada mais.

Inspiro.

Expiro.

E abro a porta.

TREZE

A neve de uma tempestade recente salpicou o concreto e cobriu os geradores que ficam logo embaixo daquelas janelas no alto e sem vidro.

Flocos de neve ainda sopram do lago, caindo no interior da usina como confete gelado.

Eu me afasto da caixa tentando moderar a esperança.

Esta poderia ser uma usina abandonada no sul de Chicago numa infinidade de mundos.

Enquanto passo devagar pela fileira de geradores, um brilho no chão atrai minha atenção.

Vou até lá.

Repousando sobre uma fenda no concreto, a uns trinta centímetros da base do gerador, vejo uma ampola vazia com o gargalo quebrado. Em todas as usinas abandonadas pelas quais passei no último mês, nunca vi algo assim.

Talvez seja a ampola que continha a droga que Jason2 injetou em si mesmo segundos antes de eu perder a consciência, na noite em que roubou minha vida.

Saio da fantasmagórica cidade industrial.

Faminto, com sede, exausto.

A silhueta da cidade ergue-se ao norte e, mesmo decapitada pelas nuvens baixas de inverno, é, sem sombra de dúvidas, a que conheço.

Ao pôr do sol, vou até a estação da 87th e embarco na Linha Vermelha rumo ao norte.

Nenhuma trava de segurança, nenhum holograma neste trem.

Apenas um trajeto lento e chacoalhante pelo sul de Chicago.

Então, a extensão urbana do centro.

Faço baldeação.

A Linha Azul do metrô me transporta até os bairros residenciais do norte da cidade.

Ao longo do último mês, estive em Chicagos semelhantes à minha, mas há algo a mais aqui. Não é só aquela ampola vazia. É algo mais profundo que não sei explicar de outra maneira a não ser dizendo que este parece o lugar ao qual pertenço.

Parece o meu lugar.

Conforme cruzamos o engarrafamento da hora do rush na via expressa, a neve aumenta de intensidade.

Eu me pergunto...

Será que Daniela, a *minha* Daniela, está viva e bem sob essas nuvens carregadas?

Será que meu Charlie está respirando o ar deste mundo?

Desembarco na plataforma da estação de Logan Square e enfio as mãos bem fundo nos bolsos do casaco. A neve se acumula sobre as ruas familiares do meu bairro. Sobre as calçadas. Sobre os carros estacionados ao longo do meio-fio. A luz projetada pelos faróis da hora do rush cortam a profusão de flocos de neve.

No meu quarteirão, as casas se encontram iluminadas e acolhedoras em meio à tempestade.

Frágeis dois centímetros já se acumularam sobre os degraus da minha entrada. Noto uma trilha de pegadas iguais levando até a porta.

Através da janela da frente, vejo as luzes acesas lá dentro. De onde estou, na calçada, esta parece ser exatamente minha casa.

Continuo esperando descobrir algum pequeno detalhe fora de lugar: a porta errada, o número errado, algum móvel qualquer na varanda que eu não reconheça.

Mas a porta está certa.

O número está certo.

Tem até um lustre em forma de hipercubo acima da mesa de jantar e a grande fotografia no mármore da lareira: Daniela, Charlie e eu no Inspiration Point, no Parque Nacional de Yellowstone.

Através da porta que leva da sala de jantar à cozinha, vislumbro Jason de pé junto à ilha, segurando uma garrafa de vinho. Ele estica o braço e enche a taça de alguém.

O entusiasmo toma conta de mim, mas não por muito tempo.

De onde estou, só vejo uma bela mão segurando a haste da taça, e, mais uma vez, volta a pesar sobre mim tudo que esse homem me fez.

Tudo que ele me tomou.

Ele me roubou tudo.

Não consigo ouvir nada aqui fora, na neve, mas vejo que ele ri e toma um gole de vinho.

Do que estarão falando?

Quando terá sido a última vez que transaram?

Daniela é mais feliz agora do que era há um mês, comigo?

Serei capaz de suportar a resposta para esta pergunta?

Uma voz tranquila e sã dentro da minha cabeça sugere que eu me afaste da casa agora mesmo.

Não estou pronto para isso. Não tenho plano algum.

Apenas raiva e ciúme.

E não posso me precipitar. Ainda preciso de mais uma confirmação de que este é meu mundo.

Um pouco mais adiante no quarteirão, vejo a familiar traseira de nosso Suburban.

Vou até lá e limpo a neve agarrada à placa de Illinois.

O número da placa é o meu.

A pintura é a do meu carro.

Limpo o para-brisa traseiro.

O decalque roxo do Lakemont Lions parece o mesmo, uma vez que está meio rasgado. Eu me arrependi de ter colado o adesivo logo depois de fazê-lo. Tentei arrancá-lo, mas só consegui remover a metade superior do rosto do leão, de modo que restou apenas uma boca rosnando.

Mas isso foi há três anos.

Preciso de algo mais recente, mais definitivo.

Algumas semanas antes de eu ser sequestrado, bati de ré acidentalmente num parquímetro perto da universidade em que dou aula. A pancada provocou apenas uma rachadura na lanterna traseira direita e uma mossa no para-choque traseiro.

Limpo a neve do plástico vermelho da lanterna traseira e, em seguida, do para-choque.

Toco a rachadura.

Toco a mossa.

Nenhum outro Suburban nas incontáveis Chicagos que visitei exibia tais marcas.

Meu olhar se dirige para o outro lado da rua, para aquele banco no qual, certa vez, passei um dia inteiro assistindo a uma outra versão da minha vida. Não há ninguém ali no momento, a neve se acumulando em silêncio sobre o assento vazio.

Merda.

Alguns passos atrás do banco, alguém me observa em meio à escuridão nevada.

Começo a andar rápido pela calçada, pensando que deve ter parecido que eu estava roubando a placa do Suburban.

Preciso tomar mais cuidado.

A placa de neon azul do Village Tap pisca em meio à tempestade, como um farol no mar, me avisando que estou perto de casa.

Não há um Hotel Royale neste mundo, então me hospedo no triste Days Inn em frente ao meu bar local.

Só tenho dinheiro para duas noites, o que baixa minhas economias para cento e vinte dólares e alguns trocados.

No fim do corredor do primeiro andar há uma salinha com um computador beirando o obsoletismo, um aparelho de fax e uma impressora.

Confirmo três informações na internet.

Jason Dessen é professor de física na Lakemont College.

Ryan Holder acaba de ganhar o prêmio Pavia, por suas pesquisas no campo da neurociência.

Daniela Vargas Dessen não é uma renomada artista de Chicago e não tem uma empresa de design gráfico. Seu site, encantadoramente amador, exibe alguns de seus melhores trabalhos e anuncia seus serviços como professora de artes.

Ao subir de escada até meu quarto, no terceiro andar, finalmente começo a me permitir acreditar.

Este é o meu mundo.

Eu me sento junto à janela do quarto, olhando para o letreiro piscante de luz neon do Village Tap.

Não sou uma pessoa violenta.

Nunca bati em ninguém.

Nunca sequer tentei.

Mas, se quero ter minha família de volta, simplesmente não há como evitar isso.

Preciso fazer algo terrível.

Preciso fazer o que Jason2 fez comigo, só que sem a opção que me deixaria de consciência limpa, de simplesmente colocá-lo de volta na caixa. Apesar de eu ainda ter uma ampola, não repetiria o erro que ele cometeu.

Ele deveria ter me matado quando teve a oportunidade.

Sinto a porção físico nuclear em meu cérebro interferindo, tentando assumir o controle.

Afinal de contas, sou um cientista. Um pensador que leva em conta o processo.

Então, encaro isso como uma experiência de laboratório.

Existe um resultado que desejo alcançar.

Quais são os passos necessários para que eu chegue a esse resultado?

Em primeiro lugar, preciso definir o resultado desejado.

Matar o Jason Dessen que está vivendo em minha casa e colocá-lo num lugar onde ninguém nunca o encontre.

De quais ferramentas preciso?

Um carro.

Uma arma.

Algo para imobilizá-lo.

Uma pá.

Um lugar seguro onde desovar o cadáver.

Odeio tais pensamentos.

Sim, ele roubou minha esposa, meu filho, minha vida, mas a ideia de fazer toda a preparação e de cometer um ato de violência é horrenda.

Existe uma reserva florestal uma hora ao sul de Chicago. Kankakee River State Park. Já estive lá algumas vezes com Charlie e Daniela, geralmente no outono, quando as folhas estão mudando de cor e estamos ansiosos por natureza, solidão e um dia fora da cidade.

Eu poderia levar Jason2 até lá durante a noite, ou *obrigá-lo* a dirigir até lá, como ele fez comigo.

Levá-lo por uma das trilhas que conheço na margem norte do rio.

Eu terei estado ali um ou dois dias antes, para deixar seu túmulo já escavado em algum lugar tranquilo e isolado. Terei pesquisado a profundidade que a cova deve ter para que os animais não sintam cheiro de carniça. Farei com que ele pense que vai cavar a própria cova, pois assim vai achar que tem mais tempo para descobrir um meio de fugir ou de me convencer a não matá-lo. Quando estivermos a uns cinco metros do buraco, jogarei a pá no chão e direi que é hora de começar a cavar.

Quando Jason2 se abaixar para pegar a pá, vou fazer aquilo que não consigo me imaginar fazendo.

Dar um tiro em sua nuca.

Depois, arrastá-lo até o buraco e cobrir seu corpo de terra.

A boa notícia é que ninguém vai procurá-lo.

Entrarei sorrateiro em sua vida da mesma forma como ele entrou na minha.

Talvez eu conte a verdade a Daniela daqui a alguns anos.

Talvez eu nunca diga nada.

A loja de artigos esportivos e de caça fica a três quarteirões e ainda falta uma hora para fechar. Antigamente eu ia até lá uma vez por ano para comprar chuteiras e bolas, na época em que Charlie praticava futebol, no ensino fundamental.

Mesmo naquela época, a seção de armas sempre me fascinou.

Uma atmosfera mística.

Nunca entendi o que leva alguém a querer possuir uma arma.

Só disparei uma arma de fogo duas ou três vezes na vida, quando ainda estava no colégio, em Iowa. Ainda assim, eu não sentia a mesma emoção que os outros enquanto atirávamos naqueles tambores de óleo enferrujados na fazenda do meu melhor amigo. Aquilo me assustava demais. De frente para o alvo, fazendo a mira com a pesada pistola, eu não conseguia afastar a ideia de que estava empunhando a morte.

A loja se chama Field & Glove e sou um dos três clientes que estão aqui tão tarde assim.

Passeando por entre as araras de casacos esportivos e uma parede de tênis de corrida, vou até o balcão nos fundos da loja.

Há espingardas e rifles pendurados nas paredes, acima de caixas de munição.

Revólveres brilham sob o vidro no balcão.

Pretos.

Cromados.

Com tambores.

Sem tambores.

Outros que parecem que só deveriam ser usados por vigilantes de filmes de ação da década de 1970.

Uma mulher de camiseta preta e calça jeans desbotada se aproxima. Ela me lembra Annie Oakley, com seu cabelo crespo e ruivo e uma tatuagem em torno do sardento braço direito: "... *o direito dos povos de manter e portar armas não será violado*".

— Posso ajudar? — pergunta ela.

— Pode. Estou querendo comprar uma arma portátil, mas, para ser sincero, não entendo nada dessas coisas.

— Para qual uso seria?

— Segurança doméstica.

Ela puxa um chaveiro do bolso e abre o gabinete. Fico parado à sua frente, esperando. A mulher enfia o braço sob o vidro e pega uma pistola preta.

— Então: esta é uma Glock 23. Calibre quarenta. Austríaca. Grande poder de fogo. Também dá para conseguir uma versão subcompacta, se você estiver procurando uma coisa menor e tiver uma licença para portar armas ocultas.

— Isso consegue parar um intruso?

— Ah, e como. Isso dá para derrubar um intruso e ele nunca mais vai se levantar.

Ela puxa o ferrolho, verifica se a câmara está vazia, baixa a trava e ejeta o pente de balas.

— Quantas balas comporta?

— Treze.

Ela me oferece a arma.

Não sei o que fazer com isso. Apontar? Sentir o peso?

Eu a seguro sem jeito e, mesmo sabendo que não está carregada, registro o mesmo desconforto de *estar empunhando a morte*.

A etiqueta de preço na guarda do gatilho indica: US$599,99.

Preciso descobrir como está minha situação financeira. Provavelmente eu poderia ir ao banco e sacar da poupança de Charlie. O saldo era de cerca de quatro mil dólares na última vez que verifiquei. Charlie nunca acessa essa conta. Ninguém nunca faz isso. Se eu retirar uns mil dólares, duvido que dê falta. Ao menos não imediatamente. Claro que primeiro vou precisar dar um jeito de conseguir uma carteira de motorista.

— O que achou? — pergunta a vendedora.

— É. Quer dizer, parece uma boa arma.

— Eu posso lhe mostrar outras. Tenho um Smith e Wesson .357 muito bom, se você estiver pensando em alguma coisa mais na linha de um revólver.

— Não, essa pistola está boa. Só tenho que juntar um dinheiro. Como é o processo de verificação de antecedentes?

— Você tem o cartão?

— Que cartão?

— O cartão de identificação de proprietários de armas de fogo, emitido pela polícia estadual. Você precisa fazer o requerimento.

— Quanto tempo leva para sair?

Ela não responde.

Apenas olha para mim de maneira estranha. Então, tira a Glock da minha mão e a devolve a seu lugar sob o vidro.

— Eu disse alguma coisa errada?

— Jason, certo?

— Como você sabe meu nome?

— Eu estou aqui tentando entender, só para ter certeza de que não estou louca. Você não sabe o *meu* nome?

— Não.

— Olha, eu acho que você está de sacanagem comigo, e isso não é uma coisa muito inteligente de...

— Eu nunca falei com você. Na verdade, tem uns quatro anos que eu não entro nesta loja.

Ela tranca o gabinete e guarda o chaveiro no bolso.

— Acho que você devia ir embora agora mesmo, Jason.

— Eu não estou entendendo...

— Se isso não é uma brincadeira, você deve ter batido a cabeça, está com mal de Alzheimer ou é simplesmente maluco.

— Do que você está falando?

— Você realmente não sabe?

— Não.

Ela apoia os cotovelos no balcão.

— Dois dias atrás, você entrou aqui dizendo que queria comprar uma arma portátil. Eu mostrei a mesma Glock. Você disse que era para segurança doméstica.

O que isso significa? Será que Jason2 está se preparando para a eventualidade de eu voltar, ou está de fato me esperando?

— Você me vendeu uma arma? — pergunto.

— Não, porque você não tinha o cartão. E disse ainda que precisava arranjar o dinheiro. Sabe, Jason, eu acho que você não tem nem uma carteira de motorista.

Agora, um calafrio percorre minha espinha.

Meus joelhos fraquejam.

— E isso não foi só dois dias atrás. Eu tive uma sensação estranha ao seu respeito, então ontem perguntei ao Gary, que também trabalha no balcão de armas, se ele já tinha visto você aqui antes. E ele tinha. Outras três vezes na semana passada. E agora aqui está você de novo.

Eu me apoio no balcão para não perder o equilíbrio.

— Então, Jason, eu não quero nunca mais ver você nesta loja. Nem mesmo para comprar uma caneta. Se você voltar, eu vou chamar a polícia. Está me entendendo?

Ela parece assustada e decidida, e eu não gostaria de cruzar com essa mulher num beco escuro onde ela me visse como uma ameaça.

— Sim — respondo.

— Vá embora da minha loja.

Saio em meio à neve que cai, os flocos gelados atingindo meu rosto, minha cabeça rodando.

Olho para a rua e vejo um táxi se aproximando. Quando ergo o braço, ele desvia na minha direção e para junto ao meio-fio. Abro a porta traseira e entro.

— Vai para onde? — pergunta o motorista.

Para onde?

Ótima pergunta.

— Um hotel, por favor.

— Qual?

— Não sei. Algum num raio de dez quarteirões. Barato. Escolha você.

Ele olha para trás através da barreira de acrílico.

— Você quer que *eu* escolha?

— É.

Por um instante, acho que ele não vai concordar. Talvez seja um pedido muito estranho. Talvez ele me mande sair do carro. Mas não; o homem liga o taxímetro e volta ao tráfego.

Olho através da janela para a neve que cai diante dos faróis, lanternas traseiras, postes de luz, semáforos.

Sinto meu coração batendo disparado dentro do peito, e meus pensamentos estão a mil.

Preciso me acalmar.

Resolver isso de forma lógica e racional.

O táxi para diante de um hotel de aparência bem decadente, chamado End o' Days.

— Isso está bom para você? — pergunta o motorista, se virando.

Pago a corrida e vou até a recepção.

O rádio transmite um jogo dos Bulls enquanto, atrás do balcão, um funcionário de hotel gordo come comida chinesa, servindo-se de uma profusão de caixinhas de papelão brancas.

Batendo a neve dos ombros, eu me registro sob o nome do meu avô materno: Jess McCrae.

Pago por uma única noite.

Restam catorze dólares e setenta e seis centavos.

Subo até o quarto andar e me tranco dentro do quarto, atrás do ferrolho e da correntinha.

O quarto é totalmente sem vida.

Uma cama com uma colcha de estampado floral deprimente.

Uma mesa de fórmica.

Cômodas de compensado.

Ao menos o aquecimento funciona.

Abro as cortinas e espio lá fora.

Com a neve que cai, as ruas estão vazias e o asfalto está começando a ficar coberto de gelo, exibindo as marcas deixadas pelos pneus dos carros que passam.

Tiro a roupa e escondo minha última ampola dentro da Bíblia que encontro na gaveta da mesa de cabeceira.

Em seguida, entro no banho.

Preciso pensar.

Pego o elevador até o andar onde fica a sala de computadores para os hóspedes e uso o cartão magnético para entrar.

Abrindo o serviço de e-mail gratuito que utilizo neste mundo, digito, no login, a primeira ideia que me vem à mente para um nome de usuário.

Meu nome ao contrário: nosaj_nessed.

Não fico surpreso ao ver que já existe.

A senha é óbvia.

A que uso para quase tudo nos últimos vinte anos: marca, modelo e ano do meu primeiro carro: *jeepwrangler89*.

Clico em ENTRAR.

Funciona.

Eu me encontro, então, numa conta de e-mail recém-criada cuja caixa de entrada contém vários e-mails do provedor e um e-mail recente de "Jason", já aberto.

Título: Bem-vindo ao lar, Jason Dessen.

Abro esse e-mail.

Não há nada escrito.

Apenas um link.

Clico no link. Um alerta é exibido na tela:

> Bem-vindo ao UberChat!
> No momento, há três participantes on-line.
> Você é um novo usuário?

Clico em SIM.

> Seu nome de usuário é Jason9.

Preciso criar uma senha para iniciar a sessão.

Uma janela grande se abre na tela, exibindo o histórico completo de uma conversa.

Uma seleção de emoticons.

Um pequeno campo no qual digitar e enviar mensagens públicas para o grupo e mensagens privadas.

Vou até o início da conversa, que começou aproximadamente há dezoito horas. A mensagem mais recente foi há quarenta minutos.

JasonADMIN: Vi um de vocês perto da casa. Eu sei que tem outros por aí.

Jason3: Isso está mesmo acontecendo?

Jason4: Isso está mesmo acontecendo?

Jason6: Incrível.

Jason3: Então, quantos de vocês foram à Field & Glove?

JasonADMIN: Três dias atrás.

Jason4: Dois.

Jason6: Comprei uma arma no sul de Chicago.

Jason5: Você tem uma arma?

Jason6: Tenho.

JasonADMIN: E quanto ao parque de Kankakee?

Jason3: Pensei nisso.

Jason4: Pensei nisso.

Jason6: Cheguei a ir lá e cavar um buraco, ontem de noite. Estava tudo pronto. Tinha um carro preparado. Pá. Corda. Tudo planejado perfeitamente. Hoje à noite, fui até a casa para esperar o Jason que fez isso com a gente. Mas então vi a mim mesmo atrás do Suburban.

Jason8: Por que você desistiu, jason6?

Jason6: Qual o sentido de ir em frente com isso? Se eu me livrasse dele, algum outro simplesmente ia aparecer e fazer o mesmo comigo.

Jason3: Todo mundo já pensou nos cenários da teoria dos jogos?

Jason4: Já.

Jason6: Já.

Jason8: Já.

JasonADMIN: Já.

Jason3: Então, todos sabemos que não tem como isso acabar bem.

Jason4: Vocês podiam simplesmente se matar e me deixar ficar com eles.

JasonADMIN: Abri esta sala de chat e tenho poderes de administrador. Tem mais cinco jasons à espreita agora mesmo, só para vocês saberem.

Jason3: Por que a gente não une forças e conquista o mundo? Dá para imaginar o que ia acontecer se essas muitas versões de nós mesmos trabalhassem juntas de verdade? (Brincadeira. Ou não.)

Jason6: Se dá para imaginar o que ia acontecer? Claro que dá. O governo enfiaria a gente num laboratório e faria experiências até o fim dos tempos.

Jason4: Posso só falar o que estamos todos pensando? Isso é estranho pra caralho.

Jason5: Eu também tenho uma arma. Nenhum de vocês lutou tanto quanto eu para chegar aqui. Nenhum de vocês viu o que eu vi.

Jason7: Você não tem ideia do que a gente enfrentou.

Jason5: Eu vi o inferno. Literalmente. O inferno. Onde você está agora, Jason7? Já matei dois.

Outro alerta pisca na tela:

Você tem uma mensagem privada de Jason7.

Abro a mensagem, minha cabeça pulsando, quase explodindo.

Eu sei que essa situação é totalmente maluca, mas você quer fazer parceria comigo? Duas mentes é mais forte que uma. A gente podia trabalhar junto para se livrar dos outros e, quando a poeira baixar, tenho certeza de que a gente vai pensar em alguma coisa. O tempo urge. O que me diz?

O que eu digo?
Mal consigo respirar.
Saio da sala de computadores.
O suor escorre pelas laterais do meu corpo, mas ao mesmo tempo me sinto gelado.
O corredor está vazio e silencioso.
Corro para o elevador e subo até o quarto andar.
Chegando lá, saio para o carpete bege, atravesso rapidamente o corredor do hotel e me tranco de novo no quarto.
A cabeça rodando.
Como não previ isso?
Agora eu vejo que era inevitável.
Embora eu não estivesse me multiplicando no corredor, criando outras realidades alternativas, isso certamente aconteceu em todos os mundos nos

quais entrei. O que significa que outras versões de mim foram disseminadas naqueles mundos (de cinzas, de gelo, de peste).

Dada a natureza infinita do corredor, era altamente improvável que eu topasse com mais versões de mim mesmo, mas cheguei a ver uma delas: o Jason com as costas esfoladas.

Sem dúvida, a maioria daqueles Jasons morreu ou se perdeu para sempre em outros mundos, mas alguns, como eu, fizeram as escolhas certas. Ou deram sorte. Eles podem ter tomado caminhos diferentes dos meus, aberto portas diferentes, entrado em mundos diferentes, mas acabaram por encontrar um jeito de voltar para esta Chicago.

Todos queremos a mesma coisa: recuperar nossa vida.

Meu Deus.

Nossa vida.

Nossa família.

E se a maioria desses outros Jasons for exatamente como eu? Homens decentes que apenas querem de volta o que lhes foi tirado? E, se for esse o caso, o direito que tenho sobre Daniela e Charlie é o mesmo que o restante deles também tem, não?

Isto não é apenas um jogo de xadrez. É um jogo de xadrez contra mim mesmo.

Não quero ver isso dessa maneira, mas não tem como evitar. Os outros Jasons querem a coisa mais preciosa do mundo para mim: minha família. Isso os torna meus inimigos. O que eu estaria disposto a fazer para reaver minha vida? Será que eu mataria outra versão de mim mesmo caso isso me permitisse passar o resto dos meus dias com Daniela? Será que *eles* matariam?

Imagino essas outras versões de mim sentadas em seus solitários quartos de hotel, andando pelas ruas nevadas, vigiando minha casa e lutando com esta mesma linha de raciocínio.

Fazendo a si mesmos as mesmas perguntas.

Tentando prever os próximos movimentos de suas outras versões.

Não pode haver partilha. Isso é algo estritamente competitivo, um jogo de soma zero em que apenas um de nós pode vencer.

Se alguém der um passo em falso, se as coisas saírem de controle e Daniela ou Charlie acabar ferido ou morto, então ninguém ganha. Deve ser por isso que as coisas pareciam normais quando olhei pela janela da minha casa há algumas horas.

Ninguém sabe o que fazer, portanto ninguém tomou uma iniciativa contra Jason2.

É uma configuração clássica, pura teoria dos jogos.

Uma aterrorizante variação do Dilema do Prisioneiro, que dessa vez questiona: é possível ser mais esperto do que você mesmo?

Eu corro perigo.

Minha família corre perigo.

Mas o que eu posso fazer?

Se cada movimento que imagino está condenado a ser antecipado ou executado antes mesmo de eu ter uma chance, o que me resta?

Sinto como se estivesse rastejando para fora da minha pele.

Nem os piores dias na caixa — cinza vulcânica chovendo no meu rosto, quase morrendo congelado ou vendo Daniela num mundo onde ela jamais pronunciou meu nome — se comparam à tempestade que está se agitando dentro de mim neste instante.

Nunca me senti mais longe de casa.

O telefone toca, me trazendo de volta ao presente.

Vou até a mesa e ergo o fone do gancho no terceiro toque.

— Alô?

Sem resposta, apenas uma respiração suave.

Desligo.

Vou até a janela.

Abro a cortina.

Quatro andares abaixo, a rua está vazia e a neve ainda cai.

O telefone toca de novo, mas apenas uma vez.

Estranho.

Quando volto a me acomodar na cama, o telefonema continua a me perturbar.

E se for uma outra versão de mim mesmo tentando confirmar se estou no quarto?

Em primeiro lugar, como ele me encontraria neste hotel?

A resposta vem rápido, e é aterrorizante.

Neste exato momento, deve haver várias versões de mim mesmo em Logan Square, fazendo exatamente o que esse cara está fazendo: ligando para todos os hotéis do meu bairro para encontrar outros Jasons. Ele só não me encontrou ainda por um golpe de sorte. Uma questão de probabilidade estatística. Alguns poucos Jasons, fazendo uma dúzia de telefonemas cada um, conseguiriam cobrir todos os hotéis existentes num raio de alguns quilômetros da minha casa.

Mas será que o funcionário forneceria o número do meu quarto?

Talvez não intencionalmente, mas é possível que o homem que está lá embaixo ouvindo o jogo do Bulls e enchendo a cara de comida chinesa seja enganado.

Como *eu* o enganaria?

Se fosse qualquer outra pessoa que estivesse me procurando, o nome com o qual me registrei provavelmente não chamaria atenção, mas todas essas outras versões sabem o nome do meu avô. Péssima escolha. Se meu primeiro impulso foi usar esse nome, também seria o primeiro impulso de outro Jason. Assim, supondo que eu soubesse o nome com o qual me hospedei, o que eu faria em seguida?

A recepção não forneceria tão fácil o número do meu quarto.

Eu precisaria fingir saber que estou hospedado aqui.

Ligaria para o hotel e pediria que transferissem a ligação para o quarto de Jess McCrae.

Quando ouvisse minha voz atendendo, eu saberia que de fato estou hospedado aqui e desligaria na mesma hora.

Então, ligaria outra vez, uns trinta segundos depois, e diria ao recepcionista: "Desculpe incomodar você de novo, mas estava falando agora há pouco e caiu a ligação. Poderia, por favor, voltar a me passar para o... Ai, merda, qual era mesmo o número do quarto?"

E, caso eu tivesse sorte e o recepcionista fosse um idiota distraído, teria uma boa chance de ele deixar escapar o número do meu quarto antes de transferir a ligação.

Assim, a primeira chamada foi para confirmar que era eu quem atenderia.

Na segunda, a pessoa que estava ligando desligou logo que descobriu em que quarto estou hospedado.

Eu me levanto da cama.

O pensamento é absurdo, mas não posso ignorá-lo.

Estarei vindo para cá agora mesmo para me matar?

Enfio os braços nas mangas do casaco de lã e me encaminho até a porta.

Sinto-me tonto de medo, assim como duvido de mim mesmo, pensando que talvez eu esteja louco, que talvez esteja inventando uma explicação mirabolante para algo banal: o telefone tocar duas vezes no quarto.

Talvez.

Mas, depois daquela sala de bate-papo, nada mais me surpreende.

E se eu estiver certo e não der ouvidos aos meus instintos?

Vá embora.

Agora mesmo.

Abro a porta devagar.

Saio para o corredor.

Vazio.

Silencioso, a não ser pelo baixo rumor das luzes fluorescentes no teto.

Escada ou elevador?

Na outra extremidade do corredor, soa a campainha do elevador.

Ouço as portas se abrirem. Um homem trajando um casaco molhado sai para o corredor.

Por um instante, não consigo me mexer.

Não consigo deixar de olhar.

Sou eu, andando na minha direção.

Nossos olhares se cruzam.

Ele não sorri.

Não há emoção alguma em seu rosto, exceto uma fria intensidade.

Ele ergue uma arma. Subitamente, me vejo correndo no sentido oposto, disparando pelo corredor em direção à porta do outro lado, rezando para que não esteja trancada.

Passo correndo debaixo da placa luminosa de SAÍDA, olhando para trás ao entrar na escada.

Meu duplo corre na minha direção.

Desço os degraus com a mão deslizando pelo corrimão para garantir o equilíbrio, pensando: *não caia, não caia, não caia.*

Ao chegar ao terceiro andar, ouço o estrondo de uma porta se abrindo acima, o eco de passos preenchendo a escadaria.

Continuo a descer.

Chego ao segundo andar.

E, por fim, ao primeiro, no qual uma porta com uma janela no centro leva ao saguão e uma outra, sem janela, leva a algum outro lugar.

Escolho a porta para algum outro lugar, me espremendo para passar...

E atinjo uma parede de ar gelado, repleto de neve.

Desço aos tropeços alguns degraus cobertos com vários centímetros de neve fresca, meus sapatos escorregando na calçada congelada.

Assim que me endireito, uma figura emerge das sombras do beco, entre duas lixeiras.

Veste um casaco como o meu.

O cabelo salpicado de neve.

Sou eu.

A lâmina em sua mão reflete a luz de um poste ali perto. Ele avança contra mim, uma faca apontada para meu abdome — a faca padrão que vem na mochila da Velocity.

Eu me desvio no último instante possível, agarrando-lhe o braço e arremessando-o com toda a força nos degraus que levam ao hotel.

Ele cai na escada no momento em que a porta mais acima se abre de supetão. Dois segundos antes de eu sair correndo para salvar minha própria vida, vejo a cena mais impossível: uma versão de mim mesmo saindo da escada com uma arma de fogo, enquanto uma outra versão de mim se levantando na escada, as mãos procurando freneticamente a faca que desapareceu em meio à neve.

Será que estão agindo em dupla?

Unidos para matar todos os Jasons que encontrarem?

Corro entre os edifícios, a neve grudando no rosto, os pulmões ardendo.

Subindo a calçada ao virar na rua seguinte, olho para trás no beco e vejo duas sombras se movendo em minha direção.

Corro contra a neve que o vento sopra.

Ninguém à vista.

Ruas vazias.

Várias portas adiante, ouço uma barulheira repentina: gente torcendo.

Corro em direção a esse som, atravesso uma porta de madeira surrada e entro num pé-sujo sem mesas ou cadeiras disponíveis, com todos os frequentadores voltados para a fileira de televisores de tela plana acima do balcão do bar, onde o Bulls joga o último quarto de uma partida de vida ou morte contra um time visitante.

Abro caminho em meio aos empolgados torcedores, me deixando engolir pela multidão.

Não há onde sentar, quase não sobra lugar em pé, mas finalmente consigo um espaço estreito sob um alvo de dardos.

Todos estão vidrados no jogo, mas estou olhando para a porta.

O armador do Bulls faz um arremesso de três pontos e o salão irrompe num rugido de pura alegria, estranhos se congratulando e se abraçando.

A porta se abre.

Vejo a mim mesmo no limiar, coberto de neve.

Ele entra no bar.

Eu o perco por um instante, mas volto a vê-lo logo em seguida, enquanto a multidão ondula.

O que esta versão de Jason Dessen viveu? Quais mundos visitou? Quais infernos atravessou para conseguir voltar a esta Chicago?

Ele vasculha a multidão.

Atrás dele, vejo a neve caindo lá fora.

Seus olhos são duros e frios, mas me pergunto se eu não diria o mesmo a meu respeito.

Quando seu olhar localiza os fundos do salão, onde estou, eu me agacho sob o alvo, oculto por uma floresta de pernas.

Deixo passar um minuto.

Quando a multidão volta a urrar, eu me levanto lentamente.

A porta do bar está fechada agora.

Meu duplo se foi.

O Bulls vence a partida.

As pessoas se demoram no local, felizes e bêbadas.

Levo uma hora para conseguir uma vaga no balcão e, já que não tenho para onde ir, me sento numa banqueta e peço uma cerveja que reduz minhas economias para menos de dez dólares.

Estou morrendo de fome, mas este lugar não serve comida, de modo que devoro diversas tigelas de salgadinhos Chex Mix enquanto tomo minha cerveja devagar.

Um bêbado tenta me envolver numa conversa sobre as chances pós-temporada do Bulls, mas eu simplesmente fico olhando para a cerveja até ele me xingar e começar a incomodar duas mulheres que estão de pé atrás de nós.

Ele é barulhento, agressivo.

Um segurança aparece e o arrasta para fora.

A multidão diminui.

Sentado no bar, tentando abstrair do barulho, chego sempre à mesma conclusão principal: preciso tirar Daniela e Charlie da nossa casa na Eleanor Street. Enquanto eles estiverem lá, persiste a ameaça de esses outros Jasons fazerem alguma loucura.

Mas como?

Jason2 está com eles agora, provavelmente.

É madrugada.

Ir a qualquer lugar que fique perto da minha casa seria muito arriscado.

Preciso que Daniela saia, que venha até mim.

Mas para cada ideia que tenho, outro Jason está tendo a mesma, ou já a teve, ou a terá em breve.

Não há saída.

Quando a porta do bar se abre, ergo a cabeça.

Uma versão de mim — mochila, casaco estilo marinheiro, botas — entra. Quando nossos olhares se cruzam, ele parece surpreso e ergue os braços numa demonstração de respeito.

Que bom. Talvez não esteja aqui atrás de mim.

Se há tantos Jasons em Logan Square quanto suspeito, é possível que ele tenha entrado aqui simplesmente para fugir do frio, em busca de abrigo. Assim como eu.

Ele atravessa o bar e se senta no banco vazio ao meu lado, as mãos nuas trêmulas de frio.

Ou de medo.

A atendente se aproxima e olha para nós dois com curiosidade, como se *quisesse* perguntar, mas tudo o que diz para o recém-chegado é:

— O que vai beber?

— O que ele estiver bebendo.

Nós dois observamos enquanto ela enche uma caneca de chope e traz a bebida com o colarinho escorrendo pelos lados.

Jason ergue sua caneca.

Eu ergo a minha.

Olhamos um para o outro.

Ele tem um ferimento no lado direito do rosto, como se alguém o tivesse atacado com uma faca.

A linha amarrada em seu dedo anelar é idêntica à minha.

Bebemos.

— Quando foi que você chegou...?

— Quando foi que você chegou...?

Não podemos deixar de rir.

— Hoje à tarde — respondo. — E você?

— Ontem.

— Tenho a impressão de que vai ser meio difícil...

— ... não terminar a frase do outro?

— Você sabe o que eu estou pensando agora?

— Não posso ler sua mente.

É estranho. Estou falando comigo mesmo, mas a voz dele não soa como eu acho que soa a minha.

— Fico me perguntando quando foi que a gente se ramificou — digo. — Você viu aquele mundo com a chuva de cinzas?

— Vi. E, depois, o de gelo. Escapei desse por pouco.

— E Amanda? — pergunto.

— A gente se separou durante a tempestade.

Sinto uma pontada de perda, como uma pequena detonação em meu peito.

— Já a gente conseguiu ficar junto ali — digo. — Conseguimos abrigo numa casa.

— A que estava enterrada na neve até as janelas do sótão?
— Exatamente.
— Também achei essa casa. Com a família morta lá dentro.
— Então, onde...?
— Então, onde...?
— Fala você — diz ele.

Enquanto ele bebe, pergunto:
— Para onde você foi depois do mundo de gelo?
— Saí da caixa no porão de um sujeito. Ele entrou em pânico. Tinha uma arma, me amarrou. Provavelmente teria me matado, só que ele tomou uma das ampolas e decidiu dar uma olhada no corredor por conta própria.
— Então ele entrou na caixa e nunca mais saiu de lá.
— Isso mesmo.
— E aí?

Seus olhos perdem o foco por alguns segundos.

Ele toma mais um longo gole do chope.
— Depois disso eu vi alguns mundos ruins, muito ruins. Sombrios. Lugares destroçados. E você?

Conto minha história. Embora seja bom desabafar, não tem como negar que é estranho desabafar justamente com ele.

Este homem e eu éramos a mesma pessoa até um mês atrás. O que significa que nossa história é 99,9 por cento igual.

Dissemos as mesmas coisas. Fizemos as mesmas escolhas. Sentimos os mesmos medos.

O mesmo amor.

Enquanto meu duplo paga uma segunda rodada, não consigo deixar de encará-lo.

Estou sentado ao meu lado.

Mas algo nele não me parece muito real.

Talvez porque eu o esteja olhando a partir de um ponto de vista impossível: olhando para mim de fora de mim mesmo.

Ele parece forte, mas também cansado, ferido e amedrontado.

É como falar com um amigo que sabe tudo sobre você, mas com uma camada adicional de familiaridade excruciante. Exceto pelo último mês, não há segredos entre nós. Ele sabe cada ato ruim que cometi. Cada pensamento que tive. Minhas fraquezas. Meus medos secretos.

— Nós o chamamos de Jason2 — digo. — Isso quer dizer que nos vemos como o Jason1. Como o original. Mas nós dois não podemos ser ao mesmo tempo o Jason1. E tem outros lá fora que acham que são o Jason original.

— Nenhum de nós é.

— Não. Somos partes de uma multiplicidade.

— Facetas — diz ele. — Algumas muito perto de serem o mesmo homem, como eu suponho que você e eu sejamos. Outras muito diferentes.

— Faz a gente pensar de um jeito diferente sobre nós mesmos, não é?

— Me faz pensar: quem é o Jason ideal? Será que ele existe, aliás?

— Tudo que a gente pode fazer é viver nossa melhor versão, certo?

— Tirou as palavras da minha boca.

A atendente anuncia a última rodada antes de o bar fechar.

— Não deve ter muita gente por aí que possa dizer que já fez algo assim — comento.

— O quê? Beber uma cerveja consigo mesmo?

— Isso.

Ele termina a caneca.

Eu termino a minha.

— Eu vou sair primeiro — diz ele, descendo da banqueta.

— Para onde você vai?

Ele hesita.

— Para o norte.

— Eu não vou seguir você. Posso esperar a mesma coisa da sua parte?

— Pode.

— Não dá para nós dois ficarmos com eles.

— A pergunta é: quem merece? E pode ser que não haja uma resposta para isso. Mas, no que diz respeito a nós dois, eu não vou deixar que você me impeça de ficar com Daniela e Charlie. Eu mato você se for preciso, mesmo que não seja nada agradável de se fazer.

— Obrigado pela cerveja, Jason.

Eu o vejo partir.

Espero cinco minutos.

Sou o último a sair.

Ainda está nevando.

Há uns quinze centímetros de neve fresca nas ruas e os limpadores já estão em ação.

Na calçada, espero um pouco, absorvendo tudo que me rodeia.

Vários clientes do bar cambaleiam para longe, mas não vejo ninguém mais nas ruas.

Não sei para onde ir.

Não *tenho* para onde ir.

Tenho dois cartões magnéticos de hotel no bolso, mas não seria seguro usar nenhum deles. Outros Jasons podem ter obtido cópias facilmente. Podem estar dentro do meu quarto neste instante, esperando que eu volte.

Eu me dou conta: minha última ampola está no segundo hotel.

Agora já era.

Sigo pela calçada.

São duas da manhã e estou exausto.

Quantos outros Jasons estarão vagando por estas ruas neste exato momento, enfrentando os mesmos medos, as mesmas perguntas?

Quantos foram mortos?

Quantos estarão nas ruas, caçando?

Não consigo evitar sentir que não estou seguro em Logan Square, nem mesmo no meio da noite. Por cada beco que eu passe, cada porta mergulhada em sombras, estarei de olho no movimento, atento se tem alguém vindo atrás de mim.

Chego ao Humboldt Park.

Caminho em meio à neve.

Num campo silencioso.

Estou além do cansaço.

Minhas pernas doem.

Meu estômago ronca.

Não consigo seguir adiante.

Um enorme pinheiro ergue-se ao longe, os galhos vergados pela neve.

Os galhos mais baixos se encontram a um metro do solo, mas oferecem um vago abrigo da tempestade.

Junto ao tronco há apenas uma fina camada de neve, que eu afasto, e então me sento no chão, de costas para a árvore, na esperança de me proteger do vento.

Está tudo tão silencioso...

Chego a ouvir o murmúrio distante dos limpadores de neve se deslocando pela cidade.

As luzes da cidade refletidas na baixa camada de nuvens deixa o céu num tom de rosa neon.

Aperto o casaco contra o corpo e fecho as mãos com força, tentando preservar um pouco do calor interno.

De onde estou, vejo um campo aberto, intercalado por árvores.

A neve cai sobre os postes de luz ao longo de um passeio distante, produzindo auréolas de flocos brilhantes ao redor das lâmpadas.

Nada se move.

Está frio, mas não tanto quanto se o céu estivesse calmo e limpo.

Não acho que vou morrer congelado aqui.

Mas também não creio que vá conseguir dormir.

Quando fecho os olhos, uma ideia me ocorre.

Aleatoriedade.

Como derrotar um adversário que é capaz de prever qualquer movimento que você venha a fazer?

Fazendo algo completamente aleatório.

Não planejado.

Você faz um movimento que normalmente não faria, para o qual dedicou pouco ou nenhum pensamento prévio.

Talvez seja uma jogada ruim e o tiro saia pela culatra.

Mas talvez seja uma jogada que o outro não previu, o que lhe daria uma vantagem estratégica imprevista.

Então, como aplicar tal linha de raciocínio à minha situação?

Como fazer algo totalmente aleatório que escape à antecipação?

Não sei como, adormeço.

Acordo tremendo, num mundo branco e cinzento.

A neve e o vento pararam. Através das árvores desfolhadas, vejo fragmentos da silhueta da cidade ao longe, os edifícios mais altos roçando a camada de nuvens que paira sobre eles.

O campo aberto está branco e calmo.

Amanhece.

Os postes de luz se apagam.

Eu me sento, inacreditavelmente rijo.

Há uma finíssima camada de neve sobre meu casaco.

Minha respiração produz baforadas de vapor.

De todas as versões de Chicago que conheci, nenhuma chega perto da serenidade desta manhã.

Em que as ruas vazias mantêm tudo em silêncio.

Em que o céu é branco, o chão é branco e os edifícios e as árvores se destacam nitidamente.

Penso nos sete milhões de pessoas ainda na cama, sob as cobertas, ou já despertas, à janela, olhando por entre as cortinas para ver o que a tempestade deixou para trás.

Sinto uma grande segurança e conforto ao pensar nisso.

Eu me levanto com dificuldade.

Despertei com uma ideia maluca.

Algo que aconteceu no bar ontem à noite, logo antes de o outro Jason aparecer, me inspirou.

É algo que eu jamais teria pensado por conta própria, o que me deixa quase confiante.

Voltando a atravessar o parque, caminho para o norte, em direção a Logan Square.

Em direção à minha casa.

Entro na primeira loja de conveniência que encontro e compro um charuto barato e um isqueiro.

Agora me restam oito dólares e vinte e um centavos.

Meu casaco está úmido de neve.

Eu o penduro no cabide junto à entrada e vou até o balcão.

Este lugar parece gloriosamente autêntico, como se sempre tivesse existido. O estilo típico dos anos 1950 não vem do estofamento de vinil vermelho dos bancos nem das fotografias de clientes penduradas nas paredes ao longo de décadas. Vem, creio eu, do fato de nunca ter mudado. O lugar cheira a gordura de bacon, a café e aos restos indeléveis de um tempo em que eu andaria entre nuvens de fumaça de cigarro a caminho de uma mesa.

Além de alguns clientes ao balcão, vejo dois policiais a uma mesa dos fundos, três enfermeiras de folga em outra e um velho num terno preto olhando com entediada intensidade para sua xícara de café.

Sento-me ao balcão, apenas para ficar perto do calor que irradia da chapa.

Uma garçonete idosa se aproxima.

Sei que devo estar parecendo um mendigo drogado, mas ela não deixa transparecer repulsa, não julga, apenas anota o pedido com uma desgastada cortesia do Meio-Oeste.

É bom estar debaixo de um teto.

As janelas estão ficando embaçadas.

O frio aos poucos abandona meus ossos.

Esta lanchonete vinte e quatro horas fica a apenas oito quarteirões da minha casa, mas nunca comi aqui.

Quando chega o café, envolvo a caneca de cerâmica com os dedos imundos e aproveito o calor.

Preciso calcular quanto posso gastar.

Só tenho dinheiro para o café, dois ovos e pão.

Tento comer devagar, para que dure, mas estou faminto.

A garçonete fica com pena e me traz mais pão, por conta da casa.

Ela é boazinha.

Faz com que eu me sinta ainda pior pelo que vai acontecer.

Verifico a hora em meu celular com flip, do tipo de um traficante de drogas, que comprei para ligar para Daniela em outra Chicago. O aparelho não faz ligações neste mundo — creio que minutos de crédito não sejam transferíveis pelo multiverso.

Oito e quinze da manhã.

Jason2 provavelmente saiu para trabalhar há vinte minutos, para pegar o trem e chegar a tempo de dar uma aula às nove e meia.

Ou talvez não tenha ido. Talvez esteja doente e tenha ficado em casa por algum motivo que não previ. Isso seria um desastre, mas é muito arriscado chegar perto da minha casa para confirmar se ele está lá ou não.

Pego do bolso os oito dólares e vinte e um centavos e coloco tudo no balcão.

Mal dá para pagar a conta, e a gorjeta que deixo é ridícula.

Tomo um último gole de café.

Então, enfio a mão no bolso da camisa de flanela e pego o charuto e o isqueiro.

Olho ao redor.

Agora, a lanchonete está lotada.

Os dois policiais que vi quando cheguei já se foram, mas há outro sentado a uma mesa no canto, nos fundos do salão.

Minhas mãos tremem imperceptivelmente ao rasgar a embalagem.

A ponta do charuto tem um gosto levemente adocicado.

Faço três tentativas até conseguir acendê-lo.

Queimo o tabaco à ponta do charuto, puxo uma baforada de fumaça e a sopro na direção do cozinheiro, que está de costas para mim, virando panquecas na chapa.

Por dez segundos, ninguém percebe.

Então, uma senhora mais velha sentada ao meu lado e trajando um casaco cheio de pelo de gato diz:

— Você não pode fumar aqui.

E eu respondo dizendo algo que nunca sonharia dizer em um milhão de anos:

— Mas não tem nada melhor que um bom charuto depois de comer.

Ela olha para mim através de grossas lentes de vidro como se eu fosse maluco.

A garçonete se aproxima com um bule de café fumegante. Ela parece profundamente decepcionada.

Balançando a cabeça, ela diz, em tom de mãe repreendendo o filho:

— Você sabe que não pode fumar aqui.

— Mas é uma delícia.

— Vou ter que chamar o gerente?

Trago mais uma vez.

Sopro a fumaça.

O cozinheiro (um sujeito grande, musculoso e com braços tatuados) se vira e olha feio para mim.

— É uma ótima ideia — digo à garçonete. — Você devia chamar o gerente agora mesmo, porque eu não vou apagar esse negócio.

A garçonete se afasta.

— Que jovem mal-educado — resmunga a velha ao meu lado, cuja refeição arruinei.

Ela larga o garfo, desce do banco e se dirige à porta.

Alguns outros clientes por perto começam a se dar conta.

Mas eu continuo a fumar, até que um homem alto e magro emerge dos fundos do restaurante com a garçonete a reboque. Ele veste uma calça jeans preta e uma camisa social branca com manchas de suor nas laterais e uma gravata afrouxada.

Pelo desalinho geral de sua aparência, imagino que tenha passado a noite inteira trabalhando.

Ele para atrás de mim.

— Sou Nick, o gerente de plantão. Você não pode fumar aqui. Está perturbando os clientes.

Eu me viro ligeiramente e o encaro. Ele parece cansado, irritado, e me sinto um idiota por obrigá-lo a passar por isso, mas não posso voltar atrás agora.

Dou uma olhada ao redor. Todos estão prestando atenção em mim. Uma panqueca queima no fogo.

— Vocês estão incomodados com meu charuto delicioso? — digo.

Recebo um monte de *Sim*.

Alguém me chama de babaca.

Um movimento nos fundos da lanchonete atrai minha atenção.

Finalmente.

O policial sai de uma mesa no canto e, enquanto se aproxima pelo corredor, ouço o crepitar de seu rádio.

Ele é jovem.

Pouco mais de vinte anos.

Baixo e atarracado.

Tem nos olhos a dureza e a inteligência de um fuzileiro.

O gerente dá um passo para trás, aliviado.

O policial para ao meu lado.

— Você está violando a lei que proíbe fumar em ambientes fechados.

Dou mais uma baforada.

— Olha, eu passei a noite inteira acordado — diz o policial. — Muitos desses outros clientes também. Por que você quer estragar o café da manhã de todo mundo?

— Por que você quer estragar o meu charuto?

Um lampejo de raiva brilha no rosto do policial.

Suas pupilas se dilatam.

— Apague esse charuto. Agora. É meu último aviso.

— E se eu não apagar?

Ele suspira.

— Essa não era a resposta que eu esperava ouvir. Levanta daí.

— Por quê?

— Porque você está sendo preso. Se esse charuto não for apagado em cinco segundos, vou concluir que você está resistindo à prisão e terei que ser bem menos gentil.

Largo o charuto na xícara de café. Quando desço do banco, o policial tira um par de algemas do cinto habilmente e prende meus pulsos.

— Está portando alguma arma ou agulha? Qualquer instrumento capaz de ferir ou que eu deva saber?

— Não, senhor.

— Está sob efeito de drogas ou medicamentos?

— Não, senhor.

Ele me revista e me conduz pelo braço.

Enquanto nos dirigimos à saída, os outros clientes aplaudem.

A viatura está estacionada em frente ao restaurante.

Ele abre a porta traseira e me avisa para tomar cuidado com a cabeça.

É quase impossível entrar com elegância na traseira de uma viatura policial com as mãos algemadas às costas. O rapaz assume o volante.

Colocando o cinto de segurança, ele liga o carro e segue pela rua coberta de neve.

O banco de trás parece ter sido projetado especialmente para provocar desconforto. Não há espaço para as pernas, meus joelhos estão esmagados dentro da gaiola e o banco em si é feito de um plástico duro como concreto.

Olhando através das grades das janelas, vejo passarem os edifícios familiares do meu bairro, me perguntando se meu plano tem alguma chance de dar certo.

Paramos na garagem da 14ª Delegacia.

O policial, Hammond, me puxa de dentro da viatura e me acompanha através de portas de aço duplas até uma sala de admissão.

Há uma fileira de mesas, com cadeiras para os prisioneiros de um lado e, do outro, uma divisória de acrílico que as separa das mesas de trabalho.

A sala fede a vômito e a desespero mal disfarçados com desinfetante.

A esta hora da manhã, há apenas outro prisioneiro além de mim: uma mulher, algemada a uma mesa no outro extremo da sala. Ela balança o corpo para a frente e para trás freneticamente, arranhando e beliscando a si mesma.

Hammond me revista outra vez e diz para eu me sentar.

Ele tira a algema do meu pulso esquerdo e a prende a uma argola na mesa.

— Preciso ver sua carteira de motorista.

— Eu perdi.

Ele faz uma anotação. Em seguida, vai até o outro lado da mesa e faz login no computador.

Pergunta meu nome.

Número de identidade.

Endereço.

Empregador.

— Qual é a acusação exatamente? — pergunto.

— Desordem e perturbação da paz.

Hammond começa a preencher o boletim de ocorrência.

Após alguns minutos, ele para de digitar e olha para mim através do acrílico arranhado.

— Você não me parece louco nem babaca. Não tem ficha criminal. Nunca se meteu em encrenca. Então, o que foi aquilo na lanchonete? É quase como se... como se estivesse *tentando* ser preso. Tem alguma coisa que você queira me contar?

— Não. Desculpe ter estragado seu café da manhã.

Ele dá de ombros.

— Outros virão.

Eles tiram minhas impressões digitais.

Sou fotografado.

Ordenam que eu tire os sapatos e me dão chinelos e um cobertor.

Quando terminam de me fichar, pergunto:

— Quando é que eu vou poder dar o meu telefonema?

— Agora mesmo. — Ele pega um telefone fixo. — Para quem você quer ligar?

— Para minha mulher.

Digo o número e o observo enquanto disca.

Quando começa a tocar, ele me passa o fone através da divisória.

Meu coração está disparado.

Atenda, querida. Vamos.

Secretária eletrônica.

Ouço minha voz, mas essa não é minha mensagem. Será que Jason2 fez uma nova gravação, numa sutil demarcação de território?

— Ela não está atendendo — digo. — Pode desligar, por favor?

Ele desliga um segundo antes do bipe de gravação.

— Daniela não deve ter reconhecido o número. Você se importa de tentar de novo?

Ele tenta.

O telefone volta a tocar.

Eu me pergunto: se ela não atender, será que devo correr o risco de deixar uma mensagem?

Não.

E se Jason2 ouvir? Se Daniela não atender desta vez, vou ter que descobrir alguma outra forma de...

— Alô.

— Daniela?

— Jason?

Meus olhos se enchem de lágrimas ao ouvir sua voz.

— É, sou eu.

— De onde você está ligando? O identificador de chamadas diz que é da polícia. Pensei que fosse uma daquelas ligações pedindo doações para caridade, então eu não...

— Eu só preciso que você me ouça por um minuto.

— Está tudo bem?

— Aconteceu um problema quando eu estava indo para o trabalho. Vou explicar tudo quando...

— Você está bem?

— Estou bem, mas estou preso.

Por um instante, o silêncio do outro lado da linha é tão grande que consigo ouvir, ao fundo, o programa de rádio que ela está ouvindo.

— Você foi preso? — pergunta ela, afinal.

— Sim.

— Por quê?

— Preciso que você venha pagar minha fiança.

— Meu Deus. O que você fez?

— Olha, agora eu não tenho todo o tempo do mundo para explicar. Esse é meu único telefonema.

— Devo chamar um advogado?

— Não, só venha o mais rápido possível. Estou na 14ª Delegacia, na...

Olho para Hammond.

— North California Avenue — completa ele.

— Na North California. E traga o talão de cheques. Charlie já está na escola?

— Já.

— Preciso que você pegue Charlie na escola e venha me buscar com ele. Isso é muito...

— Nem pensar.

— Daniela...

— Eu não vou levar meu filho para tirar o pai da cadeia. Porra, Jason, o que aconteceu?

Hammond bate no acrílico e passa um dedo sobre a garganta, como se a cortasse.

— Meu tempo acabou. Por favor, venham o mais rápido possível.

— Tudo bem.

— Querida...

— Que foi?

— Eu te amo muito.

Ela desliga.

Minha cela solitária consiste de um colchão fino como papel sobre uma base de concreto.

Vaso sanitário.

Pia.

Câmera acima da porta, me observando.

Eu me deito na cama sob o cobertor padrão de detento e olho para um trecho de teto que imagino ter sido estudado por todo tipo de gente em meio a espasmos de desespero, aflição e avaliação de suas escolhas equivocadas. O que passa pela minha cabeça agora são as inúmeras coisas que podem dar errado e que facilmente impediriam Daniela de me encontrar aqui.

Ela pode ligar para o celular de Jason2.

Ele pode ligar para Daniela entre uma aula e outra, só para dar um oi.

Um dos outros Jasons pode entrar em ação.

Se alguma dessas possibilidades se concretizar, todo o meu plano vai explodir espetacularmente na minha cara.

Meu estômago dói.

Meu coração está disparado.

Tento me acalmar, mas não consigo conter o medo.

Será que algum dos meus duplos terá antecipado essa jogada? Tento me reconfortar com a ideia de que isso não seria possível. Se eu não tivesse visto aquele bêbado agressivo no bar ontem à noite, importunando aquelas mulheres de maneira afrontosa e sendo colocado para fora pelo segurança, jamais teria tido a ideia de ser preso para fazer com que Daniela e Charlie viessem me encontrar num lugar seguro.

O que me levou a essa decisão foi uma experiência única, que é só minha.

Mas, é claro, posso estar errado.

Posso estar errado a respeito de tudo.

Eu me levanto e caminho de lá para cá entre o banheiro e a cama, mas não há muito terreno a cobrir nesta cela de dois metros por dois e meio, e quanto mais caminho, mais próximas as paredes parecem, até que sinto, de fato, a claustrofobia oprimir meu peito.

Está ficando mais difícil respirar.

Vou até a janelinha na porta, à altura dos olhos.

Um corredor branco e estéril.

O som de uma mulher chorando numa das celas vizinhas ecoa pelas paredes de blocos de concreto.

Um choro que transmite desesperança pura.

Será que é a mulher que vi quando cheguei aqui?

Um guarda passa, conduzindo outro preso pelo braço, segurando-o acima do cotovelo.

Volto para a cama, me encolho embaixo do cobertor, olho para a parede e tento não pensar, mas é impossível.

Sinto como se tivessem se passado horas.

Por que ela estaria demorando tanto?

Só consigo pensar em uma explicação.

Aconteceu alguma coisa.

Ela não vem.

A porta da cela é destrancada com um solavanco mecanizado que leva meu ritmo cardíaco às alturas.

Eu me sento na cama.

— Você está liberado — diz um guarda com cara de bebê, à porta. — Sua mulher acabou de pagar a fiança.

Ele me conduz de volta à sala de admissão, onde assino alguns papéis que nem me dou ao trabalho de ler.

Eles me devolvem meus sapatos e me escoltam através de uma série de corredores.

Quando cruzo as portas ao fim do último corredor, o ar fica preso na minha garganta e meus olhos se enchem de lágrimas.

De todos os lugares onde imaginei que finalmente aconteceria nosso reencontro, nenhum deles era o saguão da 14ª Delegacia de Polícia.

Daniela se levanta da cadeira.

Não uma Daniela que não me conhece, que está casada com outro homem ou com outra versão de mim.

A *minha* Daniela.

A primeira, a única.

Ela está vestindo uma camisa de botão que às vezes usa para pintar: azul e desbotada, suja de tinta a óleo e acrílica. Quando me vê, faz uma careta de confusão e incredulidade.

Corro até ela e a abraço, e ela diz meu nome como se houvesse algo errado, mas eu não a solto, porque não *consigo* soltá-la, pensando nos mundos pelos quais passei, em tudo que fiz, suportei e sofri para voltar para os braços desta mulher.

É incrível como é bom tocá-la.

Respirar o mesmo ar.

Cheirá-la.

Sentir a voltagem da minha pele na dela.

Seguro seu rosto entre as mãos.

Beijo sua boca.

Esses lábios — tão loucamente macios.

Mas ela se afasta.

Então, empurra meu peito com as duas mãos, a testa profundamente franzida.

— Eles me disseram que você foi preso por fumar um charuto num restaurante e que você não...

Seu raciocínio se perde. Ela observa meu rosto como se houvesse algo errado, correndo os dedos pela minha barba de duas semanas. É claro que tem alguma coisa errada: esse não é o rosto ao lado do qual ela despertou hoje cedo.

— Você não estava de barba hoje de manhã, Jason. — Ela me olha de cima a baixo. — E está muito magro. — Ela toca minha camisa imunda, esfarrapada. — Você não saiu de casa com essas roupas.

Posso vê-la tentando processar tudo isso sem conseguir chegar a uma conclusão que faça sentido.

— Você trouxe o Charlie? — pergunto.

— Não. Eu falei que não ia trazê-lo. Estou ficando maluca ou...

— Você não está ficando maluca.

Com delicadeza, eu a tomo pelo braço e a levo até duas poltronas de encosto reto numa pequena sala de espera.

— Vamos sentar aqui um pouco.

— Eu não quero sentar, eu quero que você...

— Por favor, Daniela.

Nós nos sentamos.

— Você confia em mim? — pergunto.

— Não sei. Isso tudo está... me assustando.

— Eu vou explicar tudo, mas, primeiro, preciso que você chame um táxi.

— Deixei meu carro a duas ruas daqui...

— Não vamos no seu carro.

— Por que não?

— Não é seguro lá fora.

— Do que você está falando?

— Daniela, por favor, será que por enquanto você pode simplesmente confiar em mim?

Acho que ela vai dizer que não, mas, em vez disso, ela pega o celular e chama um táxi por um aplicativo.

— Pronto — diz afinal, olhando para mim. — Chega em três minutos.

Olho ao redor.

O policial que me trouxe até aqui já foi embora. No momento, somos os únicos presentes além da mulher no guichê da recepção, mas ela está sentada atrás de uma grossa parede de vidro de proteção, de modo que tenho quase certeza de que não pode nos ouvir.

Olho para Daniela.

— O que eu vou contar agora vai parecer uma loucura — digo. — Você vai achar que fiquei maluco, mas eu não estou maluco. Você se lembra da noite em que fui encontrar Ryan no Village Tap? Para comemorar aquele prêmio?

— Lembro. Isso tem mais de um mês.

— Quando eu saí de casa naquela noite, foi a última vez que eu vi você, até cinco minutos atrás, quando atravessei aquelas portas.

— Jason, eu vejo você todos os dias desde aquela noite.

— Aquele homem não sou eu.

O rosto dela se torna sombrio.

— O que você está me dizendo?

— Ele é uma outra versão de mim.

Ela apenas me encara, confusa.

— Isso é algum tipo de brincadeira? Ou um jogo? Porque...

— Não é uma brincadeira. Não é um jogo.

Pego o celular de sua mão e verifico a hora.

— Meio-dia e dezoito. É a hora em que eu fico na minha sala na universidade para atender os alunos.

Digito o número que vai dar direto na minha mesa no campus e entrego o aparelho para Daniela.

Depois de dois toques, ouço minha voz:

— Oi, linda. Estava pensando em você.

Daniela abre a boca devagar.

Parece nauseada.

Ponho o aparelho em viva-voz e peço, apenas movendo os lábios: *Diga alguma coisa.*

— Oi — diz ela. — Como está sendo seu dia?

— Ótimo. Terminei minha primeira aula, agora estou atendendo alguns alunos na hora do almoço. Está tudo bem?

— Hum, sim. Eu só... queria ouvir sua voz.

Pego o celular da mão dela e aperto MUDO.

— Não consigo parar de pensar em você — diz Jason2.

Olho para Daniela.

— Diga que você andou pensando e que, já que a gente passou um Natal maravilhoso nas ilhas Keys no ano passado, você quer voltar lá.

— A gente não passou o último Natal nas Keys.

— Eu sei disso, mas ele não. Quero provar para você que ele não é o homem que você pensa que é.

— Daniela? — chama meu duplo ao telefone. — Está aí?

Ela reativa o microfone.

— Estou, estou. Bom, na verdade, estou ligando porque...

— Não foi só para ouvir o doce som da minha voz?

— Eu estava me lembrando de quando fomos às ilhas Keys no último Natal e de como foi divertido. Sei que o dinheiro anda curto, mas que tal a gente voltar lá este ano?

Jason não hesita um segundo:

— Com certeza. O que você quiser, meu amor.

Daniela me encara e continua:

— Você acha que a gente vai conseguir alugar a mesma casa? Aquela branca e cor-de-rosa, de frente para o mar? Era tão perfeita...

Sua voz vacila na última palavra, e acho que ela está a ponto de pôr tudo a perder, mas ela consegue se controlar.

— A gente dá um jeito — responde ele.

O aparelho começa a tremer na mão de Daniela.

Minha vontade é destroçar Jason2 bem devagar.

— Querida, tem uma pessoa me esperando no corredor, acho melhor eu ir — diz ele.

— Tudo bem.

— A gente se vê à noite.

Não, não vão se ver.

— A gente se vê à noite, Jason.

Daniela desliga.

Aperto a mão dela.

— Olhe para mim.

Ela tem o olhar perdido, confuso.

— Eu sei que a sua cabeça está a mil agora.

— Como você pode estar na universidade e também estar sentado aqui na minha frente, no mesmo instante?

O telefone dela emite um bipe.

Uma mensagem do aplicativo aparece na tela, um aviso de que o táxi está chegando.

— Eu vou explicar tudo, mas agora a gente tem que entrar naquele carro e pegar nosso filho na escola.

— Charlie corre perigo?

— Nós três.

Isso parece trazê-la de volta ao momento.

Fico de pé e estendo a mão para que ela se levante.

Atravessamos o saguão até a entrada da delegacia.

Um carro preto está parado em frente.

Ao sair, puxo Daniela pela calçada em direção ao nosso táxi.

Não há vestígios da tempestade de ontem. Não no céu, pelo menos. Um intenso vento norte limpou as nuvens e deixou um claro dia de inverno à sua passagem.

Abro a porta traseira e entro depois de Daniela, que passa o endereço da escola de Charlie ao motorista de preto.

— Por favor, o mais rápido possível — diz ela.

As janelas são escurecidas.

— Você tem que mandar uma mensagem para Charlie, para ele saber que estamos a caminho e poder se preparar — digo, enquanto nos afastamos da delegacia.

Ela pega o celular, mas suas mãos ainda estão trêmulas demais para conseguir digitar.

— Deixa comigo — digo.

Pego o aparelho, abro o aplicativo e encontro a última mensagem trocada entre ela e Charlie.

Digito:

> Seu pai e eu estamos indo buscar você na escola. Não vai dar tempo de pedir sua dispensa, então você vai ao banheiro e sai. Estaremos num Escalade preto. Chegamos em dez minutos.

O motorista pega uma rua em que a neve já foi retirada, onde o asfalto seca ao sol claro de inverno.

Dois quarteirões adiante, passamos, no táxi, pelo Honda azul-marinho de Daniela.

Dois carros à frente do dela, vejo um sujeito idêntico a mim sentado ao volante de uma van branca.

Olho pela janela traseira.

Há um carro atrás de nós, mas está muito longe para eu poder enxergar o motorista.

— O que foi? — pergunta Daniela.

— Quero ter certeza de que ninguém está seguindo a gente.

— Quem estaria seguindo a gente?

O celular vibra quando chega uma nova mensagem, me salvando de ter que responder.

> CHARLIE agora
> Tá tudo bem?

Respondo com:

> Tudo bem. Explico quando chegar.

Coloco o braço sobre os ombros de Daniela e a puxo para mim.

— A sensação que eu tenho é de que estou dentro de um pesadelo e que não consigo acordar. O que está acontecendo?

— Estamos indo para um lugar seguro — sussurro. — Onde a gente possa conversar em particular. Vou contar tudo para você e Charlie.

A escola de Charlie é um prédio atarracado e de tijolos aparentes que parece um misto de instituição para doentes mentais com castelo *steampunk*.

Quando chegamos, ele está sentado nos degraus da entrada, olhando para o celular.

Peço para Daniela esperar, saio do carro e vou até ele.

Ele se levanta, perplexo com minha aproximação.

Com minha aparência.

Eu o abraço forte.

— Meu Deus, como senti sua falta! — digo, sem pensar.

— O que você está fazendo aqui? — pergunta ele. — Cadê o carro?

— Venha. Temos que ir.

— Para onde?

Mas eu simplesmente o pego pelo braço e o puxo em direção à porta aberta do carro.

Ele embarca primeiro. Fecho a porta ao entrar.

O motorista olha para trás.

— Para onde agora? — pergunta, com um forte sotaque russo.

Pensei sobre isso no caminho: um lugar grande e movimentado onde, mesmo que um dos outros Jasons nos seguisse até lá, a multidão nos escondesse. Agora mudo de ideia. Penso em três alternativas: Lincoln Park Conservatory, o deque de observação da Willis Tower e o cemitério Rosehill. Este último parece a opção mais segura, mais inesperada, mas me sinto igualmente atraído pela Willis Tower e pelo Lincoln Park. Então, contrariando meus instintos, volto à primeira escolha, do shopping.

— Water Tower Place.

Atravessamos a cidade em silêncio.

Os edifícios do centro estão se aproximando quando o celular de Daniela vibra.

Ela olha para a tela e, em seguida, me entrega o aparelho para que eu possa ver a mensagem.

É um número local, mas que não reconheço.

> Daniela, é o Jason. Estou enviando esta mensagem de um número estranho, mas vou explicar tudo quando a gente se encontrar. Você corre perigo. Você e Charlie. Está onde? Por favor, me ligue o mais rápido possível. Te amo muito.

Daniela parece apavorada.

O ar dentro do carro fervilha de eletricidade.

Nosso motorista entra na Michigan Avenue, que está engarrafada, movimentada pelo horário de almoço.

O calcário amarelado da Chicago Water Tower se ergue ao longe, ofuscado pelos arranha-céus que se erguem ao longo da ampla avenida do Magnificent Mile.

O táxi para diante da entrada principal do shopping, na Chestnut Street, mas peço ao motorista que nos deixe no subsolo. Descemos até a escuridão de uma garagem subterrânea.

Quatro níveis abaixo, peço que ele pare perto dos elevadores.

Pelo que vejo, nenhum carro nos seguiu.

O barulho da porta do veículo sendo fechada ecoa pelas paredes e colunas de concreto. O táxi se afasta.

O Water Tower Place é um shopping vertical, com oito andares de butiques e lojas de luxo construídas ao redor de um átrio de vidro e cromo.

Subimos até o mezanino, onde ficam os restaurantes. Saímos do elevador de vidro.

O clima inconstante trouxe as multidões para os ambientes fechados.

Ao menos por enquanto, me sinto perfeitamente anônimo.

Encontramos um banco num canto tranquilo, longe do fluxo de gente.

Sentado entre Daniela e Charlie, penso que todos os outros Jasons que estão em Chicago neste momento fariam qualquer coisa, até matariam, apenas para estarem no meu lugar agora.

Respiro fundo.

Por onde começar?

Encaro Daniela e acaricio seu cabelo.

Olho no fundo dos olhos de Charlie.

Digo que os amo muito.

Que atravessei o inferno para estar sentado aqui com eles.

Começo pelo sequestro que sofri numa noite clara de outubro, quando fui forçado a dirigir até uma usina abandonada no sul de Chicago.

Falo sobre o medo que senti, o medo de ser morto. Conto que acordei no hangar de um laboratório misterioso onde pessoas que nunca tinha visto pareciam não apenas me conhecer, como também esperavam ansiosamente meu retorno.

Eles ouvem atentamente os detalhes da minha fuga da Velocity naquela primeira noite e do meu retorno à Eleanor Street, para uma casa que não era a minha, onde eu morava sozinho, como alguém que escolhera dedicar a vida à pesquisa.

Um mundo onde Daniela e eu nunca nos casamos e Charlie nunca nasceu.

Conto sobre meu encontro com o duplo dela na instalação em Bucktown.

Minha captura e prisão no laboratório.

Minha fuga com Amanda.

Descrevo o multiverso.

Cada porta que atravessei.

Cada mundo arruinado.

Cada Chicago que não era exatamente a certa, mas que me fez avançar mais um passo para perto de casa.

Há coisas que omito.

Coisas que ainda não consigo dizer.

As duas noites que passei com ela após a vernissage.

As duas vezes que a vi morrer.

Algum dia vou contar, quando for a hora certa.

Tento imaginar o que Daniela e Charlie estão sentindo ao ouvir tudo isso.

As lágrimas começam a escorrer pelo rosto de Daniela.

— Você acredita em mim? — pergunto.

— Claro que acredito.

— Charlie?

Meu filho assente, mas seu olhar está a quilômetros de distância. Ele está alheio, olhando a esmo para os clientes do shopping que passam por nós, e me pergunto até que ponto ele realmente assimilou tudo que ouviu.

Como se faz para sequer começar a processar uma coisa dessas?

Daniela enxuga os olhos.

— Deixa eu ver se entendi direito — diz ela. — Então, na noite em que você saiu para comemorar com Ryan, esse outro Jason roubou sua vida? Ele levou você até a tal caixa e o largou no mundo dele para poder viver aqui, no seu? Comigo?

— É o que estou dizendo.

— Isso significa que eu tenho vivido com um estranho.

— Não completamente. Acho que ele e eu éramos a mesma pessoa até uns quinze anos atrás.

— E o que aconteceu quinze anos atrás?

— Você me contou que estava grávida de Charlie. O multiverso existe porque cada escolha que a gente faz cria uma bifurcação na estrada, que leva a um mundo diferente. Naquela noite, quando você me contou que estava grávida, não aconteceu só do jeito que a gente lembra. Aquilo se desdobrou numa infinidade de permutações. Em um dos mundos, este em que estamos agora, você e eu decidimos construir uma vida juntos. Nos casamos. Tivemos Charlie. Construímos um lar. Em outro, decidi que me tornar pai aos vinte e tantos anos não era o que eu queria. Tive medo de meu trabalho se perder, de abandonar meus objetivos.

"Então, existe uma versão da nossa vida em que a gente não teve um filho. Charlie. Em que você seguiu em frente com a sua arte, eu segui com a minha ciência, e a gente acabou se separando. Essa versão de mim com quem você conviveu no último mês... foi *ele* quem desenvolveu a caixa."

— Que é uma versão maior daquela coisa em que você estava trabalhando quando a gente se conheceu? O cubo?

— Isso mesmo. E, em algum momento do caminho, ele se deu conta de tudo de que abriu mão quando deixou que o trabalho fosse a parte mais importante da vida dele. E se arrependeu da escolha que fez quinze anos atrás. A caixa não pode levar para o passado nem para o futuro, só consegue conectar todos os mundos possíveis, no mesmo momento, no presente. Então, ele ficou procurando até encontrar meu mundo. E trocou a minha vida pela dele.

A expressão de Daniela é de puro choque e nojo. Ela se levanta e corre até o banheiro.

Charlie faz menção de segui-la, mas pouso a mão em seu ombro e digo:

— Vamos dar um tempinho para ela.

— Eu sabia que tinha alguma coisa errada.

— Como assim? — pergunto.

— Você... quer dizer, não você... *ele*... ele tinha uma energia diferente. A gente conversava, principalmente no jantar. Ele era, não sei...

— O quê?

— Diferente.

São muitas coisas que quero perguntar para meu filho, mil perguntas que passam pela minha cabeça.

Ele era mais divertido?

Um pai melhor?

Um marido melhor?

A vida era mais emocionante com o impostor?

Mas temo que as respostas para tais perguntas me deixem arrasado.

Daniela volta.

Muito pálida.

— Você está bem? — pergunto quando ela se senta de novo.

— Tenho uma pergunta para você.

— O quê?

— Hoje de manhã, quando você foi preso... Aquilo foi para que eu fosse encontrar você?

— Foi.

— Por quê? Por que você simplesmente não foi para casa depois que... Meu Deus, eu nem sei como chamar aquele homem.

— Jason2.

— Depois que Jason2 saiu?

— É aqui que as coisas ficam realmente loucas.

— As coisas já não estão loucas? — diz Charlie.

— Eu não sou o único...

Parece loucura pronunciar tais palavras.

Mas preciso dizer.

— O quê? — pergunta Daniela.

— Não sou a única versão de mim mesmo a voltar para este mundo.

— Como assim?

— Outros Jasons também conseguiram voltar.

— Que outros Jasons?

— Versões de mim mesmo que fugiram daquele laboratório pela caixa, mas que tomaram caminhos diferentes dentro do multiverso.

— Quantos? — pergunta Charlie.

— Não sei. Muitos, talvez.

Explico o que aconteceu na loja de artigos esportivos e na sala de bate-papo. Conto sobre o Jason que me seguiu até o hotel e o que me atacou com uma faca.

Minha família passa da confusão ao medo total.

— Foi por isso que forcei minha prisão. Pelo que sei, muitos Jasons têm observado, seguido, acompanhado cada movimento seu enquanto planejam o que fazer. Eu precisava que você me encontrasse num lugar seguro. Foi por isso que pedi que chamasse um táxi. Sei que pelo menos uma versão de mim seguiu você até a delegacia. Eu vi esse Jason quando a gente passou pelo seu Honda. Foi por isso que eu queria que você levasse Charlie para a delegacia. Mas isso não importa. Estamos aqui juntos, a salvo, e vocês sabem a verdade agora.

Daniela leva um instante para recuperar a voz.

Ela murmura:

— Esses outros... Jasons... Como eles são?

— Como assim?

— Todos eles têm a mesma história que a sua? Basicamente, eles são você?

— São. Até o momento em que entrei no multiverso. A partir dali, cada um seguiu caminhos diferentes e teve experiências diferentes.

— Mas alguns são exatamente como você? Versões do meu marido que lutaram como loucos para voltar para este mundo? Que só querem ficar comigo de novo? Com Charlie?

— É.

Seus olhos se estreitam.

Como deve estar sendo para ela?

Vejo Daniela tentando conceber a impossibilidade de tudo isso.

— Dani, olhe para mim.

Encaro seus olhos brilhantes.

— Eu te amo.

— Eu também te amo. Mas os outros também me amam, certo? Tanto quanto você.

As palavras dela são um soco no estômago.

Não tenho resposta para isso.

Olho para as pessoas em torno e fico me perguntando se estamos sendo observados.

O mezanino ficou mais cheio desde que nos sentamos aqui.

Vejo uma mulher empurrando um carrinho de bebê.

Jovens namorados passeando lentamente pelo shopping, de mãos dadas, tomando sorvete em casquinha, imersos em sua felicidade.

Um velho mancando junto à esposa, com uma expressão que pede: *Me leve para casa, por favor.*

Não estamos seguros aqui.

Não estamos seguros em lugar nenhum desta cidade.

— Você está comigo? — pergunto.

Daniela hesita, olha para Charlie.

Volta a olhar para mim.

— Sim. Estou com você.

— Que bom.

— Então, o que a gente faz agora?

CATORZE

Saímos apenas com a roupa do corpo e um envelope de banco cheio de dinheiro, resultado do fechamento de nossas contas-correntes e da poupança. Daniela paga o carro alugado com cartão de crédito, mas cada transação daqui para a frente será feita em dinheiro, para ser mais difícil nos encontrarem.
    No meio da tarde, estamos atravessando o Wisconsin.
    Campos.
    Colinas baixas.
    Celeiros vermelhos.
    Silos formam uma silhueta rústica no horizonte.
    Fitas de fumaça sobem das chaminés das casas.
    Tudo brilhando sob um manto de neve e um claro céu azul de inverno.
    Apesar de ser mais demorado, evito as rodovias principais.
    Sigo pelas estradinhas rurais.
    Faço desvios aleatórios, voltas não planejadas, sem destino em mente.
    Quando paramos para abastecer, Daniela me mostra seu celular. Há diversas novas mensagens e chamadas não atendidas de números da área de Chicago, prefixos 773, 847 e 312.
    Abro o aplicativo de mensagens.

        Dani, é o Jason, por favor ligue para esse número. É urgente.

        Daniela, é o Jason. Antes de tudo, eu te amo. Tem mta coisa q preciso te contar. Por favor me liga assim que ler essa msg.

> Daniela, você será procurada por um monte de outros Jasons, se é que isso já não aconteceu. Sua cabeça deve estar a mil. Eu sou seu. Você é minha. Vou te amar para sempre. Por favor, ligue assim que ler isto.

> Daniela o Jason que está vivendo com você e Charlie é um impostor. Me ligue.

> Daniela você e Charlie estão em perigo. O Jason que está com você não é quem você pensa que é. Me ligue imediatamente.

> Nenhum deles te ama como eu te amo. Me liga. Por favor. Eu imploro. Te amo.

> Vou matar todos eles e dar um jeito nisso. É só me pedir. Faço qualquer coisa por você.

Paro de ler, bloqueio todos os números e apago as mensagens.
Mas uma delas chama minha atenção.
Não vem de um número desconhecido.
É de *Jason*.
O meu número. Ele estava com meu celular o tempo todo. Desde a noite em que me sequestrou.

> Você não está em casa e não atende o celular. Já deve saber. Tudo que posso dizer é que te amo. Foi por isso. O tempo que passamos juntos foi o melhor da minha vida. Por favor me ligue. Ouça o que eu tenho a dizer.

Desligo o celular de Daniela e oriento Charlie a desligar o dele também.
— Temos que deixar os dois desligados daqui para a frente. Senão, qualquer um vai conseguir nos encontrar.
À medida que a tarde dá lugar à noite e o sol começa a baixar, entramos nas Northwoods, as vastas florestas do norte.

A estrada está deserta.

Toda nossa.

Passamos várias férias de verão no Wisconsin, mas nunca nos aventuramos tão ao norte. E nunca no inverno. Atravessamos vários quilômetros sem ver sinal de civilização, e cada cidade nova parece menor que a anterior: encruzilhadas no meio do nada.

Um silêncio denso se instala no carro, e não sei como quebrá-lo.

Ou melhor, não sei se tenho coragem para isso.

A vida inteira, as pessoas lhe dizem que você é único. Um indivíduo. Que ninguém no planeta é igual a você.

Esse é o hino da humanidade.

Mas isso não é mais verdade para mim.

Como Daniela pode me amar mais do que aos outros Jasons?

Olho para ela, querendo saber o que está pensando ao meu respeito agora, o que sente por mim.

Droga, o que *eu* penso de mim já é motivo de debate.

Ela fica sentada em silêncio ao meu lado, apenas vendo a floresta passar lá fora.

Pego sua mão.

Ela olha para mim, depois volta a olhar pela janela.

Ao anoitecer, entro numa cidadezinha chamada Ice River, que parece ser bastante isolada.

Compramos comida de restaurante fast food e paramos numa mercearia para adquirir alimentos e artigos de necessidades básicas.

Chicago se estende para sempre.

Não há nenhum espaço livre, nem mesmo nos subúrbios.

Mas Ice River simplesmente termina.

Em um segundo, estamos na cidadezinha, passando por um shopping abandonado cujas vitrines se encontram cobertas com tábuas pregadas. No seguinte, os edifícios e as luzes diminuem no retrovisor e nos vemos viajando através da floresta e da escuridão, os faróis projetando um cone de luz por um corredor estreito com pinheiros altos em ambos os lados da estrada.

O asfalto corre sob a luz dos faróis.

Não cruzamos com nenhum carro.

Dobro na terceira entrada, dois quilômetros ao norte da cidade, e pego uma estrada de mão única coberta de neve que serpenteia em meio a abetos e bétulas na extremidade de uma pequena península.

Algumas centenas de metros adiante, os faróis iluminam uma casa de madeira que parece ser exatamente o que estou procurando.

Como a maioria das residências à beira do lago nesta parte do estado, está às escuras e parece desabitada.

Fechada para a estação.

Paro o Cherokee no acesso de veículos circular e desligo o motor.

Está muito escuro, muito tranquilo.

Olho para Daniela.

— Sei que você não gosta da ideia — digo —, mas arrombar e invadir é menos arriscado do que deixar o rastro que a gente deixaria caso se hospedasse em algum lugar.

Durante praticamente todo o trajeto de Chicago até aqui (seis horas), ela mal falou.

Parece em choque.

— Eu entendo — diz ela. — Além do mais, arrombar e invadir é o de menos a essa altura, não?

Ao descer do carro, piso numa camada de uns bons trinta centímetros de neve fresca.

O frio é intenso.

O ar está imóvel.

A janela de um dos quartos não está trancada, então nem preciso quebrar o vidro.

Levamos as sacolas de compras até a varanda coberta.

Está muito frio lá dentro.

Acendo as luzes.

Bem à nossa frente, uma escada sobe rumo à escuridão do segundo andar.

— Que lugar nojento — comenta Charlie.

Não é assim tão nojento. Está apenas impregnado de mofo e negligência. Uma casa de férias fora da estação.

Levamos as sacolas de compras até a cozinha, as largamos sobre o balcão e vagamos pela casa.

A decoração interior fica na fronteira entre o acolhedor e o datado.

Os eletrodomésticos são antigos, na cor branca.

O piso de linóleo da cozinha está rachando, e os pisos de madeira do restante da casa estão arranhados e rangem.

Na sala de estar, há um achigã pendurado sobre a lareira de tijolos e as paredes estão cobertas de iscas de pesca emolduradas: ao menos uma centena delas.

Há um quarto principal no térreo e dois quartos no segundo andar, um deles estreito e amontoado com um beliche triplo.

Comemos o lanche que compramos no caminho, embalados em sacos de papel gordurosos.

A luz no teto projeta um brilho desagradável e forte sobre a superfície da mesa da cozinha, mas o restante da casa está às escuras.

O aquecimento central se esforça para deixar o interior numa temperatura tolerável.

Charlie parece estar com frio.

Daniela continua calada e alheia.

Como se estivesse em lenta queda livre por algum lugar escuro.

Ela mal toca na comida. Após o jantar, Charlie e eu trazemos braçadas de madeira da varanda, e uso as embalagens de fast food e um jornal velho para acender o fogo.

A madeira é seca e cinzenta, cortada há várias estações, e pega fogo rapidamente.

As paredes da sala não demoram a se iluminar.

Sombras tremulam no teto.

Abrimos um sofá-cama para Charlie e o puxamos para perto da lareira.

Daniela vai arrumar nosso quarto.

Sento-me ao lado de Charlie na beirada do colchão, deixando o calor do fogo me aquecer.

— Se você acordar no meio da noite, jogue outro pedaço de lenha no fogo — digo a ele. — De repente a gente consegue manter esse fogo aceso até amanhã de manhã, para esquentar esse lugar.

Charlie arranca o tênis com o pé e tira o casaco de capuz. Enquanto ele se enfia debaixo das cobertas, eu me dou conta de que meu filho já tem quinze anos.

Seu aniversário foi no dia 21 de outubro.

— Ei. — Ele olha para mim. — Feliz aniversário.

— Do que você está falando?

— Eu perdi seu aniversário.

— Ah, é.

— Como foi?

— Sei lá, foi legal.

— O que você fez?

— Fomos ao cinema e saímos para jantar. Depois, eu saí com o Joel e a Angela.

— Quem é Angela?

— Uma amiga.

— Namorada? — Ele enrubesce à luz do fogo. — Então, estou louco para saber se você passou na prova de direção.

Ele sorri.

— Sou o orgulhoso proprietário de uma carteira provisória.

— Que ótimo. Ele levou você lá?

Charlie assente.

Merda. Essa doeu.

Puxo os lençóis e cobertores até os ombros de Charlie e dou um beijo em sua testa. Faz muito tempo desde a última vez que eu realmente pus meu filho para dormir, e tento saborear o momento, prolongá-lo. Mas, assim como todas as coisas boas, isso passa muito rápido.

Charlie me encara à luz do fogo.

— Você está bem, pai?

— Não. Não muito. Mas estou com vocês agora. Isso é tudo o que importa. Aquela outra versão de mim... Você gostava dele?

— Ele não é meu pai.

— Eu sei, mas você…?

— Ele não é meu pai.

Erguendo-me do sofá-cama, jogo mais lenha no fogo e atravesso a cozinha em direção à outra extremidade da casa, o piso de madeira rangendo sob meu peso.

Está tão frio neste quarto que quase seria impossível dormir, mas Daniela desfez as camas dos outros quartos e saqueou os armários em busca de mais cobertores.

As paredes são revestidas de painéis de madeira.

Um aquecedor portátil brilha em um dos cantos, enchendo o ar com o cheiro de poeira queimada.

Um som vem de dentro do banheiro.

Um soluçar.

Bato à porta de compensado.

— Daniela?

Eu a ouço recuperar o fôlego.

— Que foi?

— Posso entrar?

Ela fica em silêncio por um instante.

Então, a tranca se abre.

Encontro Daniela encolhida no canto, apoiada na banheira antiga, dessas com patas e garras, os joelhos dobrados junto ao peito, os olhos vermelhos e inchados.

Nunca a vi assim, tremendo, perdendo o controle bem na minha frente.

— Eu não consigo. Eu só… Não consigo.

— Não consegue o quê?

— Você está bem aqui na minha frente, e eu te amo muito, mas aí eu penso em todas as outras versões de você, e…

— Eles não estão aqui, Daniela.

— Eles querem estar.

— Mas não estão.

— Não sei o que pensar ou sentir. Então, será que…

Ela perde o pouco da compostura que lhe restava.

É como ver gelo se partindo.

— O que você está pensando? — pergunto.

— É que... você é você mesmo?

— Como assim?

— Como é que eu sei que você é o *meu* Jason? Você diz que saiu da nossa casa no começo de outubro e que não me viu mais até hoje de manhã, na delegacia. Mas como é que eu posso saber que você é o homem que amo?

Eu me sento no chão.

— Olhe nos meus olhos, Daniela.

Ela olha.

Em meio a lágrimas.

— Você não consegue ver que sou eu? Não percebe?

— Eu não consigo parar de pensar no meu último mês com ele. Isso me dá repulsa.

— Como foi?

— Jason, não faça isso comigo. Não faça isso consigo mesmo.

— Todos os dias que passei naquele corredor, na caixa, tentando encontrar meu caminho de volta para casa, eu pensei em vocês dois. Tentei evitar, mas se coloque no meu lugar.

Daniela abre as pernas e, quando me aninho entre elas, me aperta contra o peito e passa os dedos pelo meu cabelo.

— Você quer mesmo saber? — pergunta ela.

Não.

Mas preciso.

— Sempre vou ficar imaginando — digo.

Descanso a cabeça no colo dela.

Sinto o ofegar de seu peito.

— Para ser sincera, no começo foi incrível. O que faz com que eu me lembre tão bem daquela noite em que você foi à festa do Ryan é o jeito como você... como *ele* agiu quando chegou em casa. No começo, achei que você estivesse bêbado, mas não foi isso. Foi como... como se você estivesse olhando para mim de uma maneira diferente.

"Mesmo depois de todos esses anos, eu ainda me lembro da primeira vez que fizemos amor no meu loft. Eu estava deitada na cama, nua, esperando você. E você parou no pé da cama e ficou olhando para mim por um minuto.

Parecia a primeira vez que realmente me via. Talvez a primeira vez que alguém realmente me viu. Foi muito sensual.

"Esse outro Jason olhou para mim desse jeito, e tinha uma energia nova entre a gente. Tipo como quando você chega em casa após uma viagem, só que muito mais intenso."

— Então, com ele, é parecido com a primeira vez que a gente ficou junto? — pergunto.

Ela não responde imediatamente.

Apenas respira por um tempo.

— Sinto muito.

— Não é culpa sua.

— Depois de umas semanas, eu me dei conta de que aquilo não era coisa de uma noite ou de um fim de semana. Percebi que alguma coisa tinha mudado em você.

— O que estava diferente?

— Um milhão de detalhes. Seu jeito de se vestir. Seu jeito de se arrumar para o trabalho de manhã. As coisas que você falava durante o jantar.

— A forma como a gente transava?

— Jason...

— Por favor, não minta para mim. Eu não aguentaria.

— É. Era diferente.

— Melhor.

— Como se fosse a primeira vez de novo. Você fez coisas que nunca tinha feito antes comigo. Ou que não fazia há muito tempo. Era como se eu fosse não uma coisa que você queria, era como se você precisasse de mim. Como se eu fosse seu oxigênio.

— Você quer esse outro Jason?

— Não. Quero o homem com quem eu construí uma vida. O homem com quem tive Charlie. Mas eu preciso ter certeza de que você é realmente esse homem.

Eu me sento e olho para ela neste banheiro apertado e sem janelas cheirando levemente a mofo, perdido no meio do nada.

Ela olha para mim.

Tão cansada.

Eu me levanto e a ajudo a se levantar.

Vamos até o quarto.

Daniela se deita na cama. Eu apago as luzes e me deito ao seu lado sob os lençóis gelados.

O estrado range e o menor movimento faz a cabeceira da cama se chocar contra a parede, estremecendo as molduras dos quadros.

Ela está de calcinha e camiseta branca e cheira como se tivesse andado de carro o dia inteiro sem tomar banho — uma mistura de desodorante vencido com suor.

Adoro esse cheiro.

— Como é que a gente pode consertar isso, Jason? — sussurra ela, no escuro.

— Estou pensando.

— O que isso quer dizer?

— Quer dizer: me pergunte isso de novo amanhã de manhã.

Sua respiração em meu rosto é doce e quente.

A essência de tudo o que associo a um lar.

Ela logo adormece, respirando profundamente.

Acho que farei o mesmo, mas, quando fecho os olhos, meus pensamentos disparam, desenfreados. Vejo versões de mim saindo de elevadores. Em carros estacionados. Sentados no banco do outro lado da rua, em frente à nossa casa.

Eu me vejo em toda parte.

A escuridão no quarto é completa, exceto pelas molas do aquecedor brilhando no canto.

A casa está em silêncio.

Não consigo dormir.

Preciso dar um jeito nisso tudo.

Com cuidado, saio de sob as cobertas. À porta, paro e olho para trás. Daniela está bem, sob uma montanha de cobertores.

Atravesso o piso barulhento do corredor, a casa ficando mais quente à medida que me aproximo da sala.

O fogo já está baixo.

Jogo mais lenha.

Fico um bom tempo ali sentado, apenas olhando para as chamas, observando a madeira desmoronar lentamente no leito de brasas enquanto meu filho ressona suavemente atrás de mim.

A ideia me ocorreu hoje, no trajeto de carro até aqui, e tenho pensado nisso desde então.

A princípio, me pareceu uma loucura.

No entanto, quanto mais penso a respeito, mais vejo como a única opção.

Na sala de estar há uma mesa com um Mac bem antigo e uma impressora jurássica.

Ligo o computador. Se for necessária uma senha ou não houver conexão com a internet, isso vai ter que esperar até amanhã, se eu conseguir encontrar um cybercafé ou uma cafeteria na cidade.

Estou com sorte. Existe uma opção para acessar o computador como convidado.

Abro o navegador e entro no e-mail de nosaj_nessed.

O link ainda funciona.

Bem-vindo ao UberChat!
No momento, há setenta e dois participantes on-line.
Você é um novo usuário?

Clico em NÃO e faço login com meu nome de usuário e senha.

Bem-vindo de volta, Jason9!
Conectando ao UberChat agora!

A conversa está muito mais comprida e com tantos participantes que começo a suar frio.

Leio tudo, até a mensagem mais recente, que foi postada há menos de um minuto.

Jason42: Não tem ninguém na casa desde o meio da tarde.

Jason28: Então, qual de vocês fez isso?

Jason4: Eu a segui. Ela foi até a delegacia na North California.

Jason14: O que ela foi fazer lá?

Jason25: O que ela foi fazer lá?

Jason10: O que ela foi fazer lá?

Jason4: Não tenho ideia. Entrou e não saiu mais. O carro dela ainda está lá.

Jason66: Será que ela sabe? Ela ainda está na delegacia?

Jason4: Não sei. Tem alguma coisa acontecendo.

Jason49: Um de nós quase me matou ontem à noite. Ele tinha a chave do meu quarto de hotel e entrou no meio da noite com uma faca.

Começo...

Jason9: DANIELA E CHARLIE ESTÃO COMIGO.

Jason92: Eles estão bem?

Jason42: Eles estão bem?

Jason14: Como?

Jason28: Prove.

Jason4: Eles estão bem?

Jason25: Como?

Jason10: Seu filho da puta.

Jason9: Não importa como. Mas, sim, eles estão bem. Só com muito medo. Andei pensando bastante sobre isso. Acho que todo mundo tem o mesmo desejo básico, ou seja: não importa o que aconteça, não pode acontecer nada de mau a Daniela e Charlie.

Jason92: Sim.

Jason49: Sim.

Jason66: Sim.

Jason10: Sim.

Jason25: Sim.

Jason4: Sim.

Jason28: Sim.

Jason14: Sim.

Jason103: Sim.

Jason5: Sim.

Jason16: Sim.

Jason82: Sim.

Jason9: Eu preferiria morrer a ver alguma coisa acontecer com eles. Então, aqui vai minha proposta. Daqui a dois dias, à meia-noite, vamos todos nos encontrar na usina e fazer um sorteio. Quem ganhar vai viver neste mundo com Daniela e Charlie. Além disso, vamos destruir a caixa, de modo que nenhum outro Jason encontre o caminho de volta para este mundo.

Jason8: Não.

Jason100: De jeito nenhum.

Jason21: Como seria isso?

Jason38: Jamais.

Jason28: Prove que você está com eles. Senão, cai fora.

Jason8: Por que um sorteio? Por que a gente não luta? Que o mérito decida.

Jason109: E o que aconteceria com os que perdessem? Suicídio?

JasonADMIN: Para que esta conversa *não* se torne incompreensível, vou impedir, temporariamente, que todos os outros participem do diálogo, exceto eu e Jason9. Todos ainda podem acompanhar a conversa. Por favor, Jason9, continue.

Jason9: Sei que tem muitas maneiras de isso dar errado. Eu poderia decidir não aparecer. Vocês nunca iam saber. Alguns Jasons poderiam optar por não participar, esperar a poeira baixar e, em seguida, fazer com um de nós o que Jason2 fez conosco. O que eu sei é que vou manter minha palavra, e pode ser que seja ingênuo da minha parte, mas acho que isso quer dizer que todos vocês também vão fazer isso. Porque vocês não estariam mantendo a palavra por sua causa. Estariam mantendo a palavra por Daniela e por Charlie. A alternativa é eu desaparecer para sempre com os dois. Adotar novas identidades. Viver sempre fugindo. Sempre desconfiando de tudo.

Apesar de querer estar com eles, não quero essa vida para minha esposa e meu filho. Não tenho o direito de prender os dois a mim. Sinto isso com tanta força que estou disposto a me submeter a esta loteria, na qual, a julgar pelo grande número de envolvidos, é quase certo que eu perca. Preciso conversar com Daniela primeiro, mas, por enquanto, espalhem a ideia. Vou estar on-line amanhã à noite com mais detalhes, incluindo uma prova, Jason28.

JasonADMIN: Acho que alguém já perguntou isso, mas o que vai acontecer com os que perderem?

Jason9: Não sei ainda. O mais importante é que nossa mulher e nosso filho vivam em paz e segurança. Se você pensa de outra forma, é porque não os merece.

A luz que entra através da cortina me desperta.
    Daniela está em meus braços.
    Passo muito tempo ali deitado, imóvel.
    Abraçando-a.
    Esta mulher extraordinária.
    Finalmente, eu me desvencilho dela e pego minha pilha de roupas do chão.
    Eu me visto junto ao que resta do fogo — nada além de um leito de carvão — e jogo as duas últimas achas na lareira.
    Dormimos demais.
    O relógio no fogão diz que são nove e meia. Através da janela acima da pia, até onde a vista alcança, vejo a luz solar incidir de maneira oblíqua por entre as bétulas e sempre-vivas, formando poças de luz e de sombra no chão da floresta.
    Saio no frio da manhã e desço os degraus da varanda.
    A partir dos fundos da cabana, o terreno desce em suave declive até a margem de um lago.
    Caminho até o fim de um píer coberto de neve.

Há uma borda de gelo que se estende por alguns metros além da margem, mas o inverno mal começou e, mesmo com a tempestade recente, o restante do lago ainda não congelou.

Afasto a neve de um banco, me sento e fico acompanhando o sol subindo por trás dos pinheiros.

O frio é revigorante. Como tomar um espresso.

A névoa se ergue da superfície da água.

Passos soam na neve, às minhas costas.

Ao me virar, vejo Daniela atravessando o píer, seguindo minhas pegadas.

Ela traz duas canecas de café fumegante. Seu cabelo é um belo emaranhado e ela traz alguns cobertores jogados ao redor dos ombros, como se fossem xales.

Enquanto observo sua aproximação, penso que, muito possivelmente, esta é a última manhã que passarei com ela. Voltarei para Chicago amanhã cedo. Sozinho.

Entregando-me as canecas, ela pega um dos cobertores e me cobre. Então, se senta no banco. Bebemos o café enquanto admiramos o lago.

— Sempre achei que eu fosse acabar num lugar assim — digo.

— Não sabia que você queria morar no Wisconsin.

— Quando a gente ficar mais velho. Aí a gente encontra uma cabana para ajeitar.

— Você *consegue* ajeitar alguma coisa? — Ela ri. — Brincadeira. Entendi o que você quis dizer.

— Talvez a gente possa passar o verão aqui com nossos netos. Você podia pintar às margens do lago.

— E você ia fazer o quê?

— Não sei. Finalmente recuperar o atraso na minha assinatura da *New Yorker*? Só ficar com você?

Ela toca a linha ainda amarrada no meu dedo anelar.

— O que é isso?

— Jason2 roubou minha aliança. Teve uma hora, logo no início, que comecei a perder a noção do que era real. De quem eu era. Se eu sequer tinha sido casado com você. Então, amarrei esta linha no dedo para me lembrar que você, *esta* versão de você, existia.

Ela me beija.

Um beijo demorado.

— Preciso contar uma coisa para você.

— O quê?

— Naquela primeira Chicago em que acordei, aquela em que encontrei você na instalação de arte sobre o multiverso...

— O quê? — Ela sorri. — Você transou comigo?

— Sim.

O sorriso se desfaz.

Ela apenas olha para mim por um instante, e quase não há qualquer emoção em sua voz quando pergunta:

— Por quê?

— Eu não sabia onde estava ou o que estava acontecendo comigo. Todo mundo achava que eu estava louco. Eu tinha começado a achar isso também. Então, eu encontrei você: a única coisa familiar num mundo totalmente errado. Eu queria muito que aquela Daniela fosse você, mas não era. Não podia ser. Assim como o outro Jason não sou eu.

— Então, você saiu trepando pelo multiverso afora?

— Foi só essa vez, e eu ainda não sabia de nada quando aconteceu. Não sabia se estava ficando maluco.

— E como ela era? Como eu era?

— Talvez a gente não devesse...

— Eu contei.

— É justo. Foi exatamente como você me descreveu quando esse outro Jason voltou para casa naquela primeira noite. Foi como estar com você antes de eu saber que te amava. Como experimentar de novo esta conexão incrível pela primeira vez. O que você está pensando agora?

— Estou tentando descobrir se devo ficar furiosa com você.

— Por que você deveria ficar furiosa?

— Ah, esse é o seu argumento? Não é traição se for uma outra versão de mim?

— Bom, pelo menos é um argumento original.

Ela ri.

O fato de isso fazê-la rir explica todo o meu amor por ela.

— Como ela era? — pergunta Daniela.

— Ela era você sem mim. Sem Charlie. Ela estava meio que namorando Ryan Holder.

— Ah, pelo amor de Deus. E eu era uma artista de sucesso?

— Era.

— Você gostou da minha instalação?

— Era brilhante. Você era brilhante. Quer que eu conte mais?

— Adoraria.

Descrevo o labirinto de acrílico, o que senti ao atravessá-lo. Falo sobre as imagens surpreendentes. O design espetacular.

Seus olhos se iluminam.

Ela parece triste.

— Você acha que eu era feliz? — pergunta.

— Como assim?

— Depois de ter aberto mão de tudo para ser aquela mulher.

— Não sei. Foram só quarenta e oito horas que eu passei com ela. Acho que, assim como você, como eu, como todo mundo, ela tinha arrependimentos. Acho que às vezes acordava no meio da noite se perguntando se o caminho que seguiu foi o certo. Com medo de que não tivesse sido. Perguntando a si mesma como teria sido sua vida se tivesse ficado ao meu lado.

— Às vezes eu me pergunto essas coisas.

— Vi tantas versões de você... Comigo. Sem mim. Artista. Professora. Designer. Mas, no fim das contas, tudo isso é só a vida. Vemos isso em macro, como uma grande história, mas, quando você está dentro dela, é só o dia a dia, certo? E não é com isso que temos que conviver?

Um peixe salta no meio do lago, gerando perfeitas ondas concêntricas na água, até então lisa como vidro.

— Ontem, você me perguntou como é que a gente podia consertar isso — diz Daniela.

— Alguma ideia brilhante?

Meu primeiro instinto foi evitar que ela soubesse no que eu estava pensando, para protegê-la, mas nosso casamento não é baseado em segredos. Falamos tudo um para o outro. As coisas mais difíceis. Isso está incorporado à nossa identidade como casal.

Assim, eu conto o que propus na sala de bate-papo ontem à noite e observo a expressão em seu rosto ir se transformando, entre lampejos de raiva, horror, choque e medo.

Por fim, ela diz:

— Você vai me sortear? Como uma cesta de frutas?

— Daniela...

— Eu não preciso que você faça nada heroico.

— Não importa o que aconteça, você me terá de volta.

— Mas vai ser alguma outra versão de você. É isso o que você está me dizendo, não é? E se ele for que nem esse babaca que arruinou nossa vida? E se ele não for bom como você?

Desvio o olhar e contemplo o lago, tentando conter as lágrimas.

— Por que você se sacrificaria para que outra pessoa ficasse comigo?

— Todos nós vamos ter que nos sacrificar, Daniela. Esse é o único jeito de preservar você e Charlie. Por favor. Só me deixe fazer com que a vida de vocês em Chicago seja segura de novo.

Quando Daniela e eu voltamos para dentro da casa, Charlie está ao fogão, virando panquecas.

— Que cheiro bom — comento.

— Você vai fazer aquele seu negócio de fruta? — pergunta ele.

— Claro.

Demoro um pouco para encontrar a tábua de corte e uma faca.

Fico ao lado do meu filho, descascando maçãs, cortando-as em cubos e jogando-as numa panela cheia de xarope de bordo fervente.

Através das janelas, o sol está mais alto e a floresta se enche de luz.

Comemos e conversamos confortavelmente, e há momentos em que tudo parece quase normal, em que o fato de este provavelmente ser meu último café da manhã com eles não ocupa o primeiro plano em meus pensamentos.

No início da tarde, vamos a pé até a cidade, caminhando no meio da estrada rural desbotada, o chão seco sob o sol, neve acumulada nas sombras.

Compramos roupas num brechó e vamos a uma matinê num pequeno cinema do centro que exibe um filme de seis meses atrás.

É uma comédia romântica idiota.

Exatamente do que precisamos.

Ficamos durante os créditos, até as luzes se acenderem, e, quando saímos do cinema, já está escurecendo.

Na periferia da cidade, experimentamos o único restaurante aberto, o Ice River Roadhouse.

Nos sentamos ao balcão.

Daniela pede uma taça de pinot noir. Peço uma cerveja para mim e uma Coca-Cola para Charlie.

O lugar está lotado. É a única coisa que há para se fazer numa noite de semana em Ice River, Wisconsin.

Pedimos comida.

Bebo uma segunda cerveja, depois uma terceira.

Pouco depois, Daniela e eu estamos alegres, e o barulho no restaurante aumenta.

Ela pousa a mão na minha perna.

Seus olhos estão vidrados por causa do vinho, e é muito bom estar perto dela outra vez. Estou tentando não pensar que cada pequena coisa que acontece é minha última experiência em família, mas saber disso é algo pesado demais.

O lugar continua a encher.

Está maravilhosamente barulhento.

Uma banda começa a se preparar para tocar num pequeno palco nos fundos do restaurante.

Estou bêbado.

Não agressivo ou pegajoso.

Apenas perfeitamente bêbado.

Se eu pensar em qualquer coisa que não seja o momento, desmorono, de modo que não penso em nada que não seja o momento.

A banda, de quatro integrantes, toca músicas de estilo country-western. Daniela e eu começamos a dançar devagar em meio a um monte de gente na pequena pista.

Seu corpo está colado ao meu, minha mão na base de suas costas, e, com o violão de cordas de aço e a forma como ela olha para mim, não quero outra coisa além de levá-la de volta para nossa cama rangente com a cabeceira frouxa e derrubar todos os quadros das paredes.

Daniela e eu rimos sem parar, e nem sei direito por quê.

— Vocês estão bêbados — diz Charlie.

Pode ser um exagero, mas só por muito pouco.

— Era muita pressão para aliviar.

— A gente não teve momentos assim no último mês, não é?

Ela olha para mim.

— Não, não teve.

Cambaleamos pela estrada no escuro, sem faróis à frente ou atrás.

O silêncio na floresta é completo.

Nem mesmo uma lufada de vento.

Imóvel como uma pintura.

Tranco a porta do nosso quarto.

Daniela me ajuda a tirar o colchão da cama.

Nós o colocamos no chão, apagamos as luzes e tiramos a roupa.

Está frio no quarto, mesmo com o aquecedor portátil ligado.

Entramos, nus e trêmulos, debaixo das cobertas.

Sinto sua pele suave e fria contra a minha, sua boca macia e quente.

Eu a beijo.

Ela diz que precisa tanto de mim dentro dela que chega a doer.

Estar com Daniela não é como estar em casa.

Estar com ela define o que é estar em casa.

Eu me lembro de ter pensado isso na primeira vez que fizemos amor, quinze anos atrás. Pensando que encontrara algo que nem sabia que estava procurando.

Isso é ainda mais verdadeiro hoje à noite, enquanto o piso de madeira geme suavemente sob nossos corpos e o luar penetra pela fresta nas cortinas apenas o bastante para iluminar seu rosto enquanto sua boca se abre, sua cabeça se inclina para trás e ela sussurra meu nome com urgência.

Estamos suados, nosso coração batendo acelerado no silêncio.

Daniela corre os dedos pelo meu cabelo e está olhando para mim, no escuro, do jeito que eu adoro.

— O que foi? — pergunto.

— Charlie estava certo.

— Sobre o quê?

— Aquilo que ele disse quando a gente estava voltando para cá. *Não* tem sido assim desde que Jason2 apareceu. Você não é substituível. Nem por você mesmo. Fico pensando em como a gente se conheceu. Naquele momento das nossas vidas, a gente podia ter topado com qualquer pessoa. Mas *você* apareceu naquela festa e me salvou daquele babaca. Eu sei que parte da nossa história é a eletricidade da nossa ligação, mas a outra parte é milagrosa do mesmo jeito. É o simples fato de que você entrou na minha vida no momento exato em que entrou. Você, em vez de alguma outra pessoa. Isso não é ainda mais incrível do que a própria conexão? O simples fato de a gente ter se encontrado?

— É notável.

— O que eu percebi foi que a mesma coisa aconteceu ontem. De todas as versões do Jason, foi você quem inventou de fazer aquela loucura no restaurante, de forçar a própria prisão, o que fez a gente se reencontrar num lugar seguro.

— Então você está dizendo que é o destino.

Ela sorri.

— Acho que estou dizendo que encontramos um ao outro pela segunda vez.

Fazemos amor novamente e caímos no sono.

Na calada da noite ela me acorda, sussurrando em meu ouvido:

— Não quero que você vá.

Eu me viro de lado e olho para ela.

Seus olhos estão bem abertos no escuro.

Minha cabeça dói.

Minha boca está seca.

Estou preso naquela desorientadora transição entre a embriaguez e a ressaca, quando o prazer se transforma em dor bem devagar.

— E se a gente simplesmente continuar dirigindo? — pergunta ela.

— Para onde?

— Sei lá.

— O que é que vamos falar para Charlie? Ele tem amigos. Talvez uma namorada. Vamos obrigá-lo a simplesmente esquecer tudo isso? Ele está finalmente gostando da escola.

— Eu sei — responde Daniela. — Odeio falar isso, mas, sim, é isso que a gente tem que dizer para ele.

— O lugar onde moramos, nossos amigos, nossos empregos... tudo isso define quem somos.

— Isso não é *tudo* o que nos define. Enquanto eu estiver com você, vou saber exatamente quem sou.

— Daniela, eu não quero nada além de estar com você, mas se eu não fizer aquilo amanhã, você e Charlie nunca mais vão viver em paz. E, não importa o que aconteça, você ainda terá a mim.

— Eu não quero outra versão de você. Eu quero você.

Acordo no escuro, o coração pulsando na cabeça, a boca totalmente seca.

Visto a calça e a camisa, sigo trôpego pelo corredor.

Hoje, sem fogo, a única fonte de iluminação em todo o andar térreo é uma pequena luz noturna conectada a uma tomada acima do balcão da cozinha.

Pego um copo no armário e o encho na torneira.

Bebo.

Encho outra vez.

O aquecimento central se desliga.

Fico de pé junto à pia, bebendo a água gelada de poço.

O interior da cabana está tão silencioso que consigo escutar o chão estalando enquanto as fibras de madeira se expandem e se contraem em cantos distantes da casa.

Pela janela localizada na parede da pia da cozinha, olho para a floresta.

Adoro saber que Daniela me quer, mas não sei para onde seguir a partir de agora. Não sei como protegê-los.

Minha cabeça está a mil.

Atrás do jipe, algo chama minha atenção.

Uma sombra se movendo pela neve.

Sinto uma onda de adrenalina.

Baixo o copo, vou até a porta e calço as botas.

Na varanda, abotoo a camisa e atravesso a neve acumulada entre a escada e o carro.

Passo pelo jipe.

Ali.

Vejo o que me chamou a atenção na cozinha.

Ao me aproximar, percebo que ainda está se movendo.

Maior do que pensei a princípio.

Do tamanho de um homem.

Não.

Meu Deus.

É um homem.

O caminho ao longo do qual ele se arrasta é fácil de enxergar por causa das manchas de sangue, que parecem pretas sob a luz das estrelas.

Ele está gemendo enquanto rasteja em direção à varanda. Nunca conseguirá chegar.

Eu o alcanço e me ajoelho ao lado dele.

Sou eu. Com o casaco, a mochila da Velocity e o anel de linha.

Ele segura o abdome com uma das mãos coberta de sangue quente e me encara com os olhos mais desesperados que já vi.

— Quem fez isso com você? — pergunto.

— Um de nós.

— Como você me encontrou aqui?

Ele tosse uma névoa de sangue.

— Me ajude.

— Quantos de nós estão aqui?

— Acho que estou morrendo.

Olho ao redor. Demoro apenas um segundo para ver o par de pegadas tingidas de sangue se afastando deste Jason em direção ao jipe e, depois, dando a volta na cabana.

O Jason moribundo diz meu nome.

Nosso nome.

Implorando por ajuda.

E eu quero ajudá-lo, mas tudo em que consigo pensar no momento é: eles nos encontraram.

Não sei como, mas encontraram.

— Não deixe que a machuquem.

Olho novamente para o carro.

Não tinha notado a princípio, mas agora percebo que todos os pneus foram cortados.

Em algum lugar não muito longe de onde estou, ouço passos na neve.

Observo a mata em busca de movimento, mas a luz das estrelas não penetra a floresta mais densa, mais afastada da cabana.

— Não estou pronto para isso — diz ele.

Olho dentro de seus olhos enquanto meu próprio pânico se instala.

— Se este é o seu fim, seja corajoso.

Um tiro rasga o silêncio.

Veio de trás da cabana, de perto do lago.

Corro pela neve, passo pelo jipe e me dirijo à varanda, tentando processar o que está acontecendo.

De dentro da cabana, Daniela me chama.

Subo os degraus.

Entro correndo.

Daniela está vindo pelo corredor, enrolada num cobertor, a luz que emana do quarto principal brilhando atrás dela.

Meu filho se aproxima da cozinha.

Tranco a porta depois de entrar, enquanto Daniela e Charlie seguem para o vestíbulo.

— Isso foi um tiro? — pergunta ela.

— Foi.

— O que está acontecendo?

— Eles nos encontraram.

— Quem?

— Eu.

— Como isso é possível?

— Precisamos ir — digo. — Voltem para o quarto, vistam-se e comecem a juntar nossas coisas. Vou ver se a porta dos fundos está trancada e já encontro vocês.

Eles seguem pelo corredor.

A porta da frente está trancada.

A única outra maneira de entrar na casa é através das portas francesas que separam a sala da varanda telada.

Atravesso a cozinha.

Daniela e Charlie estarão esperando que eu lhes diga o que fazer.

Não tenho a menor ideia.

Não podemos usar o carro.

Precisaremos fugir a pé.

Ao chegar à sala, meus pensamentos se sucedem num furioso fluxo de consciência.

O que levar?

Telefones.

Dinheiro.

Onde está nosso dinheiro?

Em nosso quarto, num envelope na última gaveta da cômoda.

Do que mais precisamos?

O que não podemos esquecer?

Quantas versões de mim nos seguiram até aqui?

Será que vou morrer hoje?

Por minhas próprias mãos?

Tateio meu caminho através da escuridão, passo pelo sofá-cama, chego às portas francesas. Ao estender a mão para testar as maçanetas, percebo que não deveria estar tão frio dentro da casa.

A não ser que essas portas tenham sido abertas recentemente.

Tipo há alguns segundos.

Estão trancadas, e não me lembro de tê-las trancado.

Através dos painéis de vidro, vejo algo no pátio, mas está escuro demais para que eu consiga distinguir os detalhes. Acho que está se movendo.

Preciso voltar para junto da minha família.

Ao me afastar das portas francesas, uma sombra se ergue de trás do sofá.

Meu coração para.

Uma lâmpada se acende.

Vejo-me de pé a três metros de distância, uma das mãos no interruptor de luz, a outra apontando uma arma para mim.

Ele não está vestindo nada além de uma cueca boxer.

As mãos estão cobertas de sangue.

Dando a volta no sofá com a arma apontada para mim, ele diz baixinho:

— Tire a roupa.

O corte em seu rosto o identifica.

Dou uma olhada para trás através das portas francesas.

A luz da lâmpada ilumina apenas uma parte do pátio, e isso basta para que eu veja uma pilha de roupas — botas Timberland e um casaco estilo marinheiro — e outro Jason caído de lado, a cabeça numa poça de sangue, a garganta cortada.

— Não vou pedir de novo.

Começo a abrir os botões da camisa.

— A gente se conhece — digo.

— Obviamente.

— Não, o corte no seu rosto. Tomamos cerveja juntos duas noites atrás.

Ele me ouve, mas isso não o abala como eu esperava que fosse abalar.

— Isso não muda o que precisa acontecer. Este é o fim, irmão. Você faria o mesmo. E sabe disso.

— Na verdade, não. No começo, foi o que pensei, mas não faria.

Tiro os braços das mangas e jogo a camisa para ele.

Eu sei o que ele está planejando: se vestir com minhas roupas. Procurar Daniela fingindo ser eu. Ele terá que reabrir o corte no rosto para fazer parecer um ferimento recente.

— Eu tinha um plano para proteger Daniela — digo.

— É, eu li seu plano. Mas não vou me sacrificar para outra pessoa ficar com minha esposa e meu filho. A calça jeans também.

Desabotoo a calça, pensando que cometi um erro de julgamento. Não somos todos iguais.

— Quantos de nós você matou hoje? — pergunto.

— Quatro. E vou matar mil, se for preciso.

Tiro a calça, uma perna de cada vez.

— Aconteceu alguma coisa na caixa, naqueles mundos que você mencionou. O que foi que transformou você nisso?

— Talvez você não queira os dois de volta tanto assim. E, se for esse o caso, você não os mere...

Arremesso a calça no rosto dele e corro em sua direção.

Agarrando-o pelas pernas, eu o levanto com toda a minha força e o arremesso na parede. O impacto expulsa o ar de seus pulmões.

A arma cai no chão.

Eu a chuto para a cozinha enquanto Jason se curva e o atinjo no rosto com o joelho.

Ouço o barulho de ossos se quebrando.

Segurando a cabeça dele, preparo o joelho para desferir outro golpe, mas ele atinge minha perna esquerda com uma rasteira.

Desabo no piso de madeira, a parte de trás da minha cabeça batendo com tanta força que vejo explosões de luz, e então ele está em cima de mim, sangue pingando de seu rosto destruído, uma das mãos apertando meu pescoço.

Quando ele me atinge, sinto meu rosto se fraturar numa supernova de dor abaixo do olho esquerdo.

Ele bate outra vez.

Pisco em meio a lágrimas e sangue. Quando volto a enxergar com clareza, ele está empunhando uma faca com a mão que estava usando para me bater.

Um tiro.

Meus ouvidos zunem.

Um pequeno buraco negro se abre em seu esterno e o sangue escorre do centro de seu peito. Ele solta a faca, que cai no chão ao meu lado. Eu o vejo levar um dedo ao buraco e tentar obstruí-lo, mas o sangue não para de jorrar.

Ele inspira, produzindo um ruído molhado e rouco, e olha para o homem que o baleou.

Eu também estico o pescoço, apenas o bastante para ver outro Jason apontando uma arma para ele. Este está bem barbeado, com o casaco de couro preto que Daniela me deu de presente há dez anos, em nosso aniversário de casamento.

Em sua mão esquerda brilha uma aliança de ouro.

A minha.

Jason2 volta a puxar o gatilho, e a bala seguinte passa raspando na lateral do crânio de meu agressor.

Ele tomba.

Eu me viro e me sento devagar.

Cuspindo sangue.

Meu rosto como que em chamas.

Jason2 aponta a arma para mim.

Ele vai puxar o gatilho.

Vejo, realmente vejo, minha morte se aproximar. Não tenho palavras, apenas uma imagem fugaz de mim mesmo quando criança na fazenda de meus avós no oeste de Iowa. Um dia quente de primavera. Um céu enorme. Milharais. Estou driblando uma bola de futebol pelo quintal em direção a meu irmão, que está guardando o "gol": um espaço entre duas árvores de bordo.

Pergunto-me: por que essa última lembrança no limiar da morte? Seria meu momento mais feliz? O momento em que fui puramente eu mesmo?

— Pare!

Daniela está de pé no canto da cozinha, agora vestida.

Ela olha para Jason2.

Olha para mim.

Olha para o Jason caído com a bala na cabeça.

Para o Jason na varanda telada com a garganta cortada.

E, de algum modo, sem muito tremor na voz, ela consegue perguntar:

— Cadê meu marido?

Jason2 parece derrotado por um instante.

Limpo o sangue dos olhos.

— Bem aqui.

— O que foi que a gente fez hoje à noite? — pergunta ela.

— Dançamos música country ruim, viemos para casa e fizemos amor. — Olho para o homem que roubou minha vida. — Foi você que me sequestrou?

Ele olha para Daniela.

— Ela sabe de tudo — digo. — Não adianta mentir.

— Como você pôde fazer isso comigo? — diz ela. — Com a nossa família?

Charlie aparece ao lado da mãe, assimilando o cenário de horror em torno.

Jason2 olha para ela.

Em seguida, olha para Charlie.

Jason2 está a poucos metros de mim, mas estou sentado no chão.

Eu não conseguiria alcançá-lo antes que ele puxasse o gatilho.

Penso: faça com que ele continue falando.

— Como nos encontrou? — pergunto.

— O celular de Charlie tem um aplicativo de localização.

— Eu só liguei para mandar uma mensagem ontem à noite — diz Charlie. — Não queria que a Angela achasse que eu tinha terminado com ela.

Olho para Jason2.

— E os outros Jasons?

— Não sei. Acho que me seguiram até aqui.

— Quantos são?

— Não faço ideia. — Ele se volta para Daniela. — Eu tinha tudo o que sempre quis, menos você. E isso me assombrava. Imaginar o que poderia ter sido. Foi por isso...

— Então você devia ter ficado comigo quinze anos atrás, quando teve a oportunidade.

— Eu não teria construído a caixa.

— E por que isso seria tão terrível? Olhe em volta. O trabalho da sua vida teve outro resultado além de dor?

— Cada momento, cada respiração, contém uma escolha — diz ele. — Mas a vida é imperfeita. Fazemos escolhas erradas. Então, acabamos vivendo em perpétuo arrependimento. Não existe nada pior que isso. Construí algo que realmente pode acabar com o arrependimento. Que vai deixar você encontrar mundos onde fez a escolha certa.

— Não é assim que funciona. Você vive e aprende com suas escolhas. Não podemos enganar o sistema.

Então, muito devagar, transfiro o peso do corpo para meus pés.

Mas ele percebe.

— Nem pense nisso.

— Vai me matar na frente deles? — pergunto. — Sério?

— Você teve grandes sonhos — diz ele. — Podia ter ficado no meu mundo, na vida que construí, e ter vivido lá.

— Ah, é assim que você justifica o que fez?

— Eu sei como a sua cabeça funciona. O horror que você enfrenta todos os dias quando vai até a estação de trem para ir dar aula, pensando: *então é só isso?* Pode ser que você seja corajoso o bastante para admitir. Ou não.

— Você não pode... — começo.

— Na verdade, eu posso julgá-lo sim, Jason, porque eu *sou* você. A gente pode ter tido uma ramificação em mundos diferentes, há quinze anos, mas viemos do mesmo ramo. Você não nasceu para ser um mero professor. Para ver gente como Ryan Holder ganhar os aplausos que tinham que ser seus. Não tem *nada* que você não possa fazer. Eu sei, porque eu fiz tudo. Olhe só o que construí. Posso acordar na sua casa todas as manhãs e me olhar no espelho, porque consegui tudo o que sempre quis. E você? O que você fez?

— Construí uma vida com eles.

— Eu dei a você, a nós dois, aquilo que todo mundo quer em segredo. A chance de viver duas vidas. Nossas duas melhores vidas.

— Eu não quero duas vidas. Quero minha esposa e meu filho.

Olho para Daniela. Para Charlie.

Daniela se vira para Jason2.

— E eu quero ficar com ele. Por favor, deixe a gente viver nossa vida. Você não precisa fazer isso.

O rosto dele endurece.

Seus olhos se estreitam.

Ele avança na minha direção.

— Não! — grita ele.

A arma está a centímetros do meu rosto.

Encaro meu duplo.

— Você me mata, e aí? O que vai conseguir assim? Isso não vai fazer Daniela querer você.

A mão dele treme.

Charlie começa a se aproximar de Jason2.

— Não encoste nele.

— Fique aí, filho. — Olho para o cano da arma. — Você perdeu, Jason.

Charlie continua se aproximando. Daniela tenta impedi-lo, mas ele puxa o braço.

Conforme Charlie se aproxima, os olhos de Jason2 se afastam de mim por uma fração de segundo.

Dou um tapa na arma, pego a faca no chão e a enterro em sua barriga, a lâmina deslizando quase sem encontrar resistência.

Eu me levanto, puxo a faca e, quando Jason2 cai sobre mim, agarrando meus ombros, volto a feri-lo com a lâmina.

E de novo, de novo, de novo.

Muito sangue se derrama em sua camisa e escorre por minhas mãos, o cheiro de ferro impregnando a sala.

Ele está me segurando, a faca ainda cravada na barriga.

Penso nele com Daniela e torço a lâmina. Então, a puxo e o empurro para longe de mim.

Ele oscila.

Faz uma careta.

Leva as mãos à barriga.

O sangue escorre por entre seus dedos.

Suas pernas vacilam.

Ele se senta. Então, com um gemido, deita-se de lado e deixa a cabeça tombar no chão.

Olho para Daniela e Charlie. Então, vou até Jason2 e vasculho seus bolsos enquanto ele geme. Finalmente, encontro as chaves do meu carro.

— Onde está o Suburban? — pergunto.

Quando ele responde, preciso me inclinar para ouvir.

— Uns quinhentos metros mais à frente na estrada. No acostamento.

Corro até as roupas que tirei há pouco e me visto às pressas.

Quando termino de abotoar a camisa, me abaixo para amarrar o cadarço, olhando para Jason2, que sangra no piso desta velha cabana.

Pego a arma do chão e limpo a coronha na calça.

Precisamos fugir.

Quem sabe quantos mais estarão a caminho?

Meu duplo diz meu nome.

Olho. Ele estende minha aliança, segurando-a com os dedos encharcados de sangue.

Eu me aproximo e, quando pego o anel e o coloco no dedo, sobre o anel de linha, Jason2 agarra meu braço e me puxa para perto de seu rosto.

Está tentando dizer algo.

— Não estou ouvindo.

— Olhe... no... porta-luvas.

Charlie se aproxima, me abraçando forte, tentando conter as lágrimas, mas seus ombros tremem e os soluços não demoram a vir. Enquanto ele chora em meus braços como um garotinho, penso no horror que ele acabou de testemunhar, e isso me traz lágrimas aos olhos.

Seguro seu rosto entre as mãos.

— Você salvou minha vida — digo. — Se não tivesse tentado impedir aquele homem, eu nunca teria tido uma chance.

— Mesmo?

— Mesmo. Mas vou quebrar a porra do seu celular em mil pedacinhos. Agora, temos que ir embora. Porta dos fundos.

Passamos apressados pela sala, evitando as poças de sangue.

Destranco as portas francesas e, enquanto Charlie e Daniela vão até a varanda telada, olho para trás, para o sujeito que provocou tudo isso.

Seus olhos ainda estão abertos, piscando devagar, nos observando partir.

Fecho as portas ao sair.

Preciso passar pelo sangue de mais um Jason antes de alcançar a porta telada.

Não sei bem qual caminho tomar.

Descemos até a margem e seguimos para o norte pela mata.

O lago está liso e negro como obsidiana.

Continuo vasculhando a floresta em busca de outros Jasons — algum deles pode surgir de trás de uma árvore a qualquer momento e me matar.

Cerca de cem metros à frente, nos afastamos do litoral e seguimos em direção à estrada.

Quatro tiros ecoam na cabana.

Estamos correndo agora, todos ofegantes, cruzando a neve com muito esforço.

A adrenalina torna suportável a dor que sinto no rosto, mas não sei até quando.

Saímos da floresta para a estrada.

Fico de pé sobre a linha dupla amarela, e por um instante a floresta se torna silenciosa.

— Para que lado? — pergunta Daniela.

— Norte.

Corremos pela estrada.

— Ali! — diz Charlie.

Bem à nossa frente, vejo a traseira do nosso Suburban semioculto entre as árvores, estacionado no acostamento da direita.

Entramos no carro. Quando insiro a chave na ignição, vejo um movimento no espelho lateral: uma sombra correndo até nós pela estrada.

Ligo o motor, solto o freio de mão e engato a marcha.

Faço o Suburban dar meia-volta e piso fundo no acelerador.

— Abaixem-se! — digo.

— Por quê? — pergunta Daniela.

— Rápido!

Aceleramos pela escuridão.

Ligo os faróis.

Que revelam um Jason no meio da estrada, apontando uma arma para o carro.

Há uma explosão de fogo.

Uma bala perfura o para-brisa e atravessa o encosto de cabeça a uns três centímetros da minha orelha direita.

Outro brilho na boca da arma, outro tiro.

Daniela grita.

A que nível de insanidade deve ter chegado a mente deste Jason para arriscar atingir Daniela e Charlie?

Ele tenta sair do caminho, mas, por uma mera fração de segundo, é tarde demais.

A borda do para-choque o atinge na cintura, e o contato é devastador.

Ele rodopia violentamente e se choca de cabeça na janela do passageiro, com tanta força que quebra o vidro.

Enquanto continuo a acelerar, eu o vejo, pelo espelho retrovisor, cair do outro lado da estrada.

— Tem alguém ferido? — pergunto.

— Eu estou bem — diz Charlie.

Daniela volta a se sentar.

— Daniela?

— Estou bem — responde ela, começando a remover os cacos de vidro do cabelo.

Acelero ao longo da estrada escura.

Ninguém diz uma palavra.

São três da manhã e nosso carro é o único na estrada.

O ar da noite flui para dentro do carro pelos buracos de bala abertos no para-brisa, e o ruído da estrada é ensurdecedor através da janela quebrada no lado de Daniela.

— Você ainda está com seu celular? — pergunto.

— Sim.

— Pode me dar? O seu também, Charlie.

Eles me entregam os aparelhos. Baixo um pouco o vidro da janela e jogo os dois para fora do carro.

— Eles vão continuar vindo atrás da gente, não vão? — pergunta Daniela.

— Nunca vão desistir.

Ela tem razão. Os outros Jasons não são confiáveis. Eu estava errado quanto àquela loteria.

— Achei que tivesse um jeito de resolver isso.

— Então, o que vamos fazer?

A exaustão me domina.

Meu rosto dói mais a cada segundo.

Olho para Daniela.

— Abra o porta-luvas.

— O que quer que eu procure? — pergunta ela.
— Não sei.
Ela pega o manual do proprietário do Suburban.
Nossa papelada de seguro e registro.
Um medidor de pressão de pneus.
Uma lanterna.
E um estojo de couro que conheço muito bem.

QUINZE

Estamos no Suburban baleado, parados no estacionamento deserto.

Dirigi a noite inteira.

Examino meu rosto no espelho.

O olho esquerdo está roxo, muito inchado, e na minha face esquerda tem um hematoma enorme com sangue pisado.

Está muito sensível ao toque.

Olho para trás; para Charlie, depois para Daniela.

Ela acaricia minha nuca com a ponta das unhas.

— Que outra escolha nos resta?

— Charlie? A decisão também é sua.

— Eu não quero ir embora.

— Eu sei.

— Mas acho que precisamos ir.

Um pensamento muito estranho me ocorre, como uma nuvem passageira de verão.

Estamos tão claramente no fim. Tudo o que construímos — nossa casa, nossos trabalhos, nossos amigos, nossa vida coletiva —, tudo isso acabou. Não temos mais nada, exceto um ao outro, mas mesmo assim estou mais feliz do que nunca.

O sol da manhã atravessa as fissuras no teto, iluminando trechos do corredor escuro e desolado.

— Lugar maneiro — diz Charlie.

— Você sabe para onde está indo? — pergunta Daniela.

— Infelizmente, eu saberia chegar lá até de olhos vendados.

Estou além do cansaço enquanto os guio através das passagens abandonadas. Funciono à base de cafeína e medo. A arma que eu trouxe da cabana está enfiada na cintura às minhas costas, e levo o estojo de couro de Jason2 debaixo do braço. Penso agora que, quando dirigimos até o South Side ao amanhecer, não olhei para a silhueta da cidade quando passamos ao largo do centro.

Uma última olhada teria sido legal.

Registro uma pontada de arrependimento, mas trato de afastar imediatamente a sensação.

Penso em todas as noites em que fiquei deitado na cama, imaginando como as coisas poderiam ter sido diferentes caso eu não tivesse escolhido o caminho que me tornou pai e também um professor de física medíocre, em vez de um luminar da minha área. Acho que tudo se resume a querer o que não tive. Aquilo que poderia ter tido se tivesse feito outras escolhas.

Mas a verdade é que eu *fiz* essas outras escolhas.

Porque eu não sou apenas eu.

Minha noção de identidade foi despedaçada. Sou apenas uma faceta de um ser infinitamente facetado chamado Jason Dessen que *fez* todas as escolhas possíveis e viveu todas as vidas que se possa imaginar.

Não posso deixar de pensar que somos mais do que a soma total de nossas escolhas e que todos os caminhos que *poderíamos* ter trilhado influem de algum modo na matemática da nossa identidade.

Mas nenhum dos outros Jasons importa.

Não quero as vidas deles.

Quero a minha.

Porque, por pior que sejam as coisas, não há nenhum outro lugar no mundo onde eu preferiria estar senão com esta Daniela e com este Charlie. Se um único pequeno detalhe fosse diferente, eles não seriam as pessoas que eu amo.

Descemos a escada devagar, indo em direção ao galpão do gerador, nossos passos ecoando pelo amplo espaço aberto.

— Tem alguém lá embaixo — diz Daniela quando estamos a um lance de escada de chegarmos.

Eu paro.

Minha boca fica seca enquanto olho fixamente para a escuridão.

Vejo um homem que estava sentado no chão se levantar.

Então, outro ao lado dele.

E mais outro.

Ao longo de todo o trajeto entre o último gerador e a caixa, vários Jasons se levantam.

Merda.

Eles chegaram mais cedo para o sorteio.

Dezenas deles.

Todos nos observando.

Olho para a escadaria atrás, o sangue pulsando tão alto nos meus ouvidos que, por ora, o som abafa tudo numa cachoeira de ruído branco desencadeada pelo pânico.

— Não vamos fugir — diz Daniela. Ela pega a arma da minha cintura e me dá o braço. — Charlie, segure o braço do seu pai e não solte, não importa o que aconteça.

— Você tem certeza? — pergunto.

— Um milhão por cento de certeza.

Com Charlie e Daniela agarrados a mim, desço devagar os últimos degraus e começo a atravessar o chão de concreto rachado.

Meus duplos estão entre nós e a caixa.

Não há oxigênio aqui.

Nada afora o som de nossos passos e o vento soprando através das esquadrias sem vidro lá no alto.

Ouço Daniela emitir um suspiro trêmulo.

Sinto a mão de Charlie suando na minha.

— Continuem andando — digo.

Um dos Jasons dá um passo à frente.

— Não foi essa a sua proposta.

— As coisas mudaram — digo. — Alguns de nós tentaram me matar ontem e...

— Um de vocês atirou no nosso carro com Charlie lá dentro — me interrompe Daniela. — Acabou. Chega.

Ela me puxa para a frente.

Estamos nos aproximando deles.

Eles não estão abrindo caminho.

— Você está aqui agora — diz um deles. — Vamos fazer o sorteio.

Daniela aperta meu braço com mais força.

— Charlie e eu vamos entrar na caixa com *este* homem. — A voz dela falha. — Se houvesse algum outro jeito... Mas estamos fazendo o melhor que podemos.

Inevitavelmente, faço contato visual com o Jason mais próximo. A inveja e o ciúme são vivos em seu olhar. Trajando roupas esfarrapadas, fedendo a desamparo e a desespero, ele rosna baixinho:

— Por que *você* vai ficar com ela?

— A questão não é ele, é o que *ela* quer — responde o Jason ao lado. — As necessidades do nosso filho. Isso é tudo que importa agora, mais nada. Deixem eles passarem.

A multidão começa a se abrir.

Avançamos devagar entre o corredor de Jasons.

Alguns choram.

Lágrimas de fúria, irritação, desespero.

Eu também choro.

E Daniela.

E Charlie.

Outros permanecem estoicos e tensos.

Até que o último deles abre caminho.

A caixa está bem à nossa frente.

A porta aberta.

Charlie entra primeiro, seguido por Daniela.

No fundo, continuo esperando que algo aconteça, meu coração martelando no peito.

A esta altura, nada me surpreenderia.

Atravesso o limiar e, enquanto seguro a porta, dou uma última olhada em meu mundo.

É uma imagem que jamais esquecerei.

A luz das janelas lá no alto brilhando sobre os geradores antigos enquanto cinquenta versões de mim mesmo olham para a caixa sob um silêncio atordoado, lúgubre, desolado.

O mecanismo de travamento da porta se arma.

A tranca se fecha.

Ligo a lanterna e olho para minha família.

Por um instante, Daniela parece prestes a desmoronar, mas consegue se controlar.

Pego as seringas, agulhas e ampolas.

Arrumo tudo à minha frente.

Como nos velhos tempos.

Ajudo Charlie a arregaçar a manga da camisa.

— Na primeira vez é um pouco intenso. Está pronto?

Ele faz que sim.

Segurando seu braço com firmeza, enfio a agulha em sua veia, puxo o êmbolo e vejo o sangue se misturar ao líquido dentro da seringa.

Quando injeto a droga de Ryan na corrente sanguínea de meu filho, os olhos de Charlie rolam para trás e ele desaba contra a parede.

Amarro o torniquete no meu braço.

— Quanto tempo dura o efeito? — pergunta Daniela.

— Mais ou menos uma hora.

Charlie se senta.

— Você está bem? — pergunto.

— Isso foi estranho.

Eu me injeto. Como já faz alguns dias desde a última vez, a droga me atinge com mais força.

Quando me recupero, ergo a última seringa.

— Sua vez, meu amor.

— Odeio agulhas.

— Não se preocupe. Estou ficando muito bom nisso.

Em pouco tempo estamos todos sob o efeito da droga.

Daniela pega a lanterna da minha mão e se afasta da porta.

Quando ilumina o corredor, observo seu rosto. Observo o rosto do meu filho. Os dois parecem amedrontados. Aterrorizados. Eu me lembro da primeira vez que vi o corredor, da sensação de horror e de espanto que tomou conta de mim.

A sensação de estar em lugar nenhum.

E no meio de tudo.

— Até onde vai isso? — pergunta Charlie.

— Não tem fim.

Caminhamos pelo corredor infinito.

Não consigo acreditar que estou aqui outra vez.

Que estou aqui com eles.

Não sei muito bem o que sinto, mas não é o medo absurdo que senti nas outras vezes.

— Então, cada uma dessas portas... — diz Charlie.

— Abre um outro mundo.

— Uau.

Olho para Daniela.

— Você está bem?

— Sim. Estou com você.

Estamos andando já há algum tempo, e nosso tempo é curto.

— Não vai demorar para o efeito da droga terminar — digo. — Acho que é melhor a gente ir.

Então, paramos diante de uma porta idêntica a todas as demais.

— Eu estava pensando... — diz Daniela. — Todos aqueles outros Jasons conseguiram encontrar o caminho de volta para o mundo deles. E se um deles encontrar o caminho para o lugar que a gente escolher? Teoricamente, todos eles pensam igual a você, certo?

— É, mas não sou eu que vai abrir a porta. Nem você.

Viro-me para Charlie.

— Eu? — diz ele. — E se eu estragar tudo? E se eu levar a gente para algum lugar horrível?

— Eu confio em você.

— Eu também — diz Daniela.

— Apesar de ser você quem vai abrir a porta, na verdade estamos construindo juntos o caminho para esse outro mundo. Nós três.

Charlie olha para a porta, tenso.

— Olha. Eu tentei explicar como a caixa funciona, mas, agora, esqueça tudo o que eu disse. O negócio é o seguinte: a caixa não é muito diferente da vida. Se você entrar com medo, vai encontrar medo.

— Mas eu nem sei por onde começar — diz ele.

— É uma tela em branco.

Abraço meu filho.

Digo que o amo.

Que tenho muito orgulho dele.

Então Daniela e eu nos sentamos no chão com as costas apoiadas na parede, de frente para Charlie e para a porta. Ela pousa a cabeça no meu ombro e segura minha mão.

Ontem à noite, enquanto dirigia até aqui, imaginei que neste momento eu teria medo de entrar num mundo novo, mas não sinto medo nenhum.

Estou tomado por uma empolgação infantil, ansioso para ver o que acontecerá a seguir.

Desde que minha família esteja comigo, sei que estarei pronto para qualquer coisa.

Charlie se aproxima da porta e leva a mão à alavanca.

Pouco antes de baixá-la, ele respira fundo e olha para nós, valente e forte como sempre.

Um homem.

Ele assente.

Baixa a alavanca, e ouço a tranca se retrair.

Uma lâmina de luz penetra no corredor, tão brilhante que preciso proteger os olhos por um instante. Quando minha visão finalmente se ajusta, vejo a silhueta de Charlie desenhada à porta aberta da caixa.

Eu me levanto, ajudo Daniela a se erguer, e nós dois caminhamos em direção ao nosso filho enquanto o corredor frio, vazio e estéril se enche de luz e calor.

O vento que entra pela porta traz o cheiro de terra molhada e flores desconhecidas.

Um mundo logo após uma tempestade.

Pouso a mão no ombro de Charlie.

— Vocês estão prontos? — pergunta ele.

— Estamos bem atrás de você.

AGRADECIMENTOS

Matéria escura foi o trabalho mais difícil da minha carreira, e eu não teria cruzado a linha de chegada sem a ajuda e o apoio de uma constelação de pessoas incríveis, generosas e talentosas que iluminaram meu céu ao longo do processo de escrita.

Meu agente e amigo, David Hale Smith, fez uma mágica poderosa ao longo de todo esse período, e a equipe inteira da agência literária Inkwell Management esteve ao meu lado a cada passo do caminho. Obrigado a Richard Pine, pelos sábios conselhos quando eu mais precisava; a Alexis Hurley, por sua mente brilhante e pela determinação para vender minha obra internacionalmente; e a Nathaniel Jacks, um cara extraordinário quando se trata de papéis e formalidades.

Minha agente para direitos de cinema e televisão, Angela Cheng Caplan, e meu advogado na área, Joel VanderKloot, são excepcionais de todas as formas. Tenho muita sorte de poder contar com vocês.

A equipe da editora Crown nos Estados Unidos tem algumas das pessoas mais inteligentes com quem já trabalhei. A paixão e a dedicação que elas empreenderam neste livro foram simplesmente fenomenais. Obrigado a Molly Stern, Julian Pavia, Maya Mavjee, David Drake, Dyana Messina, Danielle Crabtree, Sarah Bedingfield, Chris Brand, Cindy Berman e a todos da Penguin Random House, por darem vida a este livro.

E um segundo obrigado a meu genial editor americano, Julian Pavia, que sempre extraiu o máximo de mim e tornou este livro melhor a cada página.

Eu não poderia contar com uma equipe melhor na tentativa de tornar realidade a ideia de um filme baseado em *Matéria escura*. Agradeço imensamente a Matt Tolmach, Brad Zimmerman, David Manpearl, Ryan Doherty e Ange Gianetti, da Sony. E também a Michael De Luca e Rachel O'Connor, que desde o início foram excelentes promotores do livro.

Jacque Ben-Zerky editou três romances da minha série *Wayward Pines* e, embora não tenha editado este, dedicou à obra o mesmo cuidado e a mesma atenção. Se não fosse por ela, *Matéria escura* não seria nem metade do que é.

O professor e doutor em astrofísica Clifford Johnson me ajudou a não parecer um completo idiota ao discutir os tão amplos e complexos conceitos de mecânica quântica. Saibam que, se eu escrevi alguma coisa errada, a culpa é inteiramente minha.

Matéria escura não poderia existir se não fosse pelo trabalho anterior de muitos físicos, astrônomos e cosmólogos que dedicaram a vida a buscar verdades fundamentais sobre a natureza da existência humana. Stephen Hawking, Carl Sagan, Neil deGrasse Tyson, Michio Kaku, Rod Bryanton e Amanda Gefter foram essenciais para me ajudar a começar a entender as teorias da mecânica quântica e alguns estudos relacionados.

Em especial, foi a elegante analogia concebida por Michio Kaku — do peixe no lago e o hiperespaço — que permitiu minha compreensão da dimensionalidade e se tornou a base para a explicação do multiverso que Jason2 dá a Daniela.

Meus primeiros leitores sofreram ao longo de diversos manuscritos e me deram feedback indispensável ao longo do caminho. Tenho especial gratidão a meu companheiro de escrita e grande amigo Chad Hodge; a meu irmão por parte de mãe, Jordan Crouch; a meus irmãos por parte de pai, Joe Konrath e Barry Eisler; à adorável Ann Voss Peterson e a minha alma gêmea de "grande ideia",

Marcus Sakey, que, durante uma visita a Chicago dois anos atrás, me ajudou a identificar o potencial para este livro num mar de ideias iniciais e me encorajou a escrevê-la, por mais que eu me assustasse. Justamente *porque* me assustava. E um imenso obrigado ao bar do excelente Longman & Eagle, em Logan Square (Chicago), onde o formato e a identidade de *Matéria escura* literalmente se materializaram em meio à névoa.

E, por último mas não menos importante, obrigado a minha família: Rebecca, Aidan, Annslee e Adeline. Por tudo. Amo vocês.

intrinseca.com.br

@intrinseca

editoraintrinseca

@intrinseca

@editoraintrinseca

editoraintrinseca

2ª edição	AGOSTO DE 2023
impressão	GEOGRÁFICA
papel de miolo	IVORY SLIM 65G/M²
papel de capa	CARTÃO SUPREMO ALTA ALVURA 250G/M²
tipografia	MINION PRO